걱정의 반대말

걱정의 반대말

김영진 옮김

벤니 린데라우프 장편소설

창비

차 례

제1부 아홉 발 집

011 우리 집에 아홉 발 집이란 이름이 붙은 이유
027 으스스한 보물
045 지하실 무덤
054 걱정의 반대말 I
066 재난
071 계속되는 재난
079 척추의 저주
085 겨울잠
093 걱정의 반대말 II
102 망쳐버린 엽궐련
111 더 많은 수수께끼들
122 그냥 다 침대일 뿐이야
136 산울타리의 비밀
147 성 유테미스 축일을 기다리며
161 화주
175 발각!
182 기나긴 길

제2부 성 밖 칭얼이

189 자, 한번 물어보렴, 환영을 하더냐고 말이야
199 자, 한번 물어보렴, 시민 환영식을 누가 받았느냐고 말이야
209 자, 한번 물어보렴, 정작 제자리를 알아야 할 사람이 누구냐고 말이야
223 자, 한번 물어보렴, 누가 물을 태울 수 있느냐고 말이야

233 자, 한번 물어보렴, 그 애한테 누가 집을 지어주었느냐고 말이야
245 자, 한번 물어보렴, 누가 기다렸느냐고 말이야

제3부 슐람밤스 사하라의 떠돌이

255 시민 환영식
262 열 발 집
270 고향을 그리는 성녀
276 불안
283 주문
292 등받이의자에 앉아 가는 마리아
301 끽끽 삐걱삐걱
311 실종
315 뒤엉킨 팔다리
321 겁쟁이가 아니야
326 슐람밤스 사하라의 떠돌이
332 싸움
342 흩어진 기억들
345 이유를 말해주세요
355 물 두 방울
362 이제 다리 하나만
371 걱정의 반대말 III

377 작가의 말
379 옮긴이의 말

내게 이야기보따리 같은 할머니를 선물해준
엄마, 미아 린데라우프보넨을 위해,
그리고 할머니가 들려준 이야기를 늘 듣고 싶어 해준
나의 파트너, 기도 보쑤아를 위해.

"얘야, 이 이야기가 사실이 아니면 할미는 요 담배를 피우다 숨이 콱 넘어갈겨."

이야기꾼이자 삶의 곡예사였던 딘 보넨에르켄스

아홉 발 집

제 1 부

우리 집에 아홉 발 집이란 이름이 붙은 이유

슐람밤스 사하라 끄트머리에는 집이 한 채 서 있었다. 그 집에 이사를 들어가고 이름을 지어준 것이 우리 식구가 처음은 아니었다. 우리는 그때까지만 해도 '성 밖 칭얼이'에 대해, '꼬맹이 샤르'에 대해 아무것도 알지 못했다. 그러나 그날, 바람만 그리 심하게 불지 않았어도 덜거덕덜거덕 뼈를 맞부딪쳐가며 깊은 땅 밑에서 보내오던 그 두 사람의 신호를 들을 수 있었을 것이다.

우리가 그 집을 처음 본 것은 1937년 8월 말, 성녀 로사 축일 다음 날이었다. 비가 오지 않은 지도 어언 칠 주째로 접어들었다. 그날도 후텁지근한 바람만 강하게 불고 있었다. 아빠와 오빠 넷은 손수레를 끌고 앞에서 걸었다. 휘몰아치는 흙먼지를 막아보려고 머리 뒤로 손수건을 동여매 입과 코를 가렸지만 내 보기엔 다 부질없는 짓이었다. 흙먼지도 흙먼지였지만 더욱 고약한 것은 깨알같이 작은 돌먼지였다.

슐람밤스 사하라는 우리 시에서 독일로 이어지는 아스팔트 길의 연장도로였지만 말이 연장도로지, 포장도 되지 않은 흙길이었다. 구불구불 길게 뻗은 그 길에는 원래 다른 이름이 있었지만 그 이름은 이제 아무도 기억하지 못했다. 하지만 왜 슐람밤스 사하라라는 이름이 붙었는지에 대해서도 우리는 아는 게 없었다.

걸음을 옮길 때마다 시내가 조금씩 멀어지고 있었다. 우리는 앞에서 들려오는 욕 소리에 귀를 기울였다. 묄케가 아빠와 오빠들이 내뱉는 욕에다 중얼중얼 몇 마디를 덧붙였다. 흙먼지는 우리한테 별문제가 아니었다. 우리는 납회색 우산을 받쳐 들고 있었으니까. 고개를 푹 숙인 우리들 눈에는 발 여섯 개가 우산 그림자를 밟아나가는 모습만 보였다.

"조금만 기다려봐." 아빠가 말했다. "바람만 멈추면 여기가 얼마나 멋있는지 너희들도 보게 될 테니까."

"피, 썰렁하니 아무것도 없는데요, 뭐." 묄케가 투덜거렸다. "그리고 아무것도 없는 데선 아무것도 할 수 없다고요." 묄케는 동의를 구하듯 나를 쿡 찔렀지만 나는 잠자코 있었다.

계속 걸어가자 왼쪽으로 공동묘지가 나타났다. 무덤들은 한 줄로 나란히 늘어선 침엽수들에 가려 보이지 않았다. 빽빽이 심긴 침엽수들은 어쩌나 반듯하고 가지런하게 잘 깎여 있던지 마치 기다란 담처럼 보였다. 북동쪽으로 삐뚤빼뚤 제멋대로 뻗어가는 슐람 밤스 사하라 옆에 그렇게 완벽하게 손질된 산울타리가 서 있으니 꼭 천방지축 어린애 옆에 완고한 어른이 서 있는 것 같았다.

널찍하던 길이 갑자기 좁은 오솔길로 변하자 아빠는 우리들 기분을 돋우려고 이런저런 이야기를 늘어놓기 시작했다. 목소리가 바람 소리에 묻혀버리지 않도록 고래고래 소리를 지르면서. "상상들 좀 해보렴. 여기에 곧 낙엽 양탄자가 깔릴 모습을 말이야. 그러다 겨울이 오면 그때야말로 진짜 굉장해지는 거지! 서리 덮인 들판! 소록소록 내리는 눈, 하얗게 변해가는 나무들! 우린 크리스마스카드에서나 볼 수 있는 그런 풍경 속으로 이사 가는 거야, 정말로!"

그러나 그것은 아빠의 남은 인생 동안 꿈으로만 남아야 했다. 바람 잘 날 없는 그 길에서 일 초 이상 버티는 나뭇잎은 한 장도 없었기 때문이다. 겨울의 눈보라와 살을 에는 듯한 바람에 대해선 말할 필요조차 없다. 물론 그 당시에는 겨울이 얼마나 잔혹할지 아직 알지 못했다. 다른 여러 것들을 다 모르고 있었던 것처럼.

"맑은 공기라면 원하는 만큼 잔뜩 있어!" 아빠가 손수건으로 입을 가린 채 외쳤다. 아빠는 그거 말고도 허울 좋은 이야기를 많이 늘어놓았다. 하지만 시간이 지남에 따라 당신의 말에 스스로 지치는 것 같았다. 아빠의 목소리는 점점 더 기운이 빠지고 있었다. 바람이 아빠의 문장들을 낚아채 나무들 뒤에다 숨기기 시작했다. "어머님, 어머님도 무슨 말씀 좀 해보세요."

할머니는 싫다는 듯 손사래를 쳤다. 나, 예스, 뮐케는 서로 눈짓을 교환했다. 메이 할머니는 평소 당신 생각을 숨기는 법이 없었다. 예를 들어 언젠가 아빠가 새 사업 때문에 또 이사를 가야겠다고 하자 할머니는 아빠를 무섭게 쏘아보며 평생을 한 가지 직업에만 바치는 게 뭐 그리 잘못된 일이냐고 따졌다.

"자네 장인은 평생 현장감독으로만 살았어." 할머니가 말했다. "자넨 왜 그렇게 못 하나? 한군데 진득이 살면서 일하는 게 뭐가 나빠?" 할머니는 그러면서 잦은 이사 때문에 이웃들에게 들려줄 수 있는 이야기는 많아졌을지 모르지만 당신 자신을 포함, 손주들이 모두 떠돌이가 되어버렸다고 불평했다.

"그래, 이번엔 또 뭘 할 건가?" 할머니가 마침내 물었다. 할머니의 정상적인 눈이 아빠를 무섭게 노려보는 동안 우리가 '부엉이 눈'이라고 부르는 할머니의 다른 쪽 눈동자가 오른쪽에서 왼쪽으로 도르르 굴러갔다. 우리야 할머니의 그런 시선에 이미 익숙해져 있었지만 낯선 사람들이 보면 등골에 소름이 오싹 끼칠 만했다.

화가 잔뜩 난 할머니의 머리에 아빠가 입을 맞추며 말했다. "걱정의 반대말이 뭐냐고 물어보세요."

아빠는 왜 진작 이런 생각을 못 했는지 모르겠다고 했다. 너무 가까이 있어서 눈에 안 들어왔던 것 같다며. 그러면서 이제 엽궐련(담뱃잎을 통째로 말아서 만든 담배—옮긴이)을 만들겠다고 했다. 담배라면 남자들이 늘 피우지 않느냐며. 사치품인 실크보다 훨씬 더 확실한 사업이라는 말도 했다. 그럼 철물 사업은? 철물 사업이야 뭐…… 더 이상 좋게 말할 건더기가 있나요? 아빠는 그렇게 말을 얼버무리면서 자신보다 먼저 엽궐련 생산에 뛰어든 이들 가운데 그 전보다 더 가난해지지 않은 사람들의 이름을 얼른 읊기 시작했다. 아빠의 옛 동창 놀 뤼텐. 반론의 여지가 없는 엽궐련 황제 필립 몰스(얼마 전까지만 해도 '기계'로 엽궐련을 생산해내던 유일한 인물). 그다음에는 스타씨온스 가에 사는 레온 캄스. 그리고 물론 아빠의 동창 놀 뤼텐.

"놀 아저씨는 벌써 말씀하셨잖아요?" 하고 내가 물었다.

아, 그랬나, 아빠의 목소리는 어느새 거의 노랫소리에 가까워져 있었다. 그런데 그 놀 뤼텐—엽궐련 생산을 '기계화'시킨 두 번째 인물—이 예전에 쓰던 장비들을 아직도 끼고 있다잖아? 멀쩡한 압축기 두 개, 궐련틀 스무 개, 잘 드는 칼 하나. 더 이상 못 쓰게 된 허섭스레기들이 아니라고, 확실해. 그걸 헐값에 사는 거야. 놀을 지금의 놀로 키워준 그 장비들을. 이런 게 행운이 아니면 뭐겠어? 근데 작은 문제가 하나 있어. 이사를 가야 할 것 같아. 우리가 지금 사는 데다가는 엽궐련 작업장을 못 만들거든. 엽궐련을 생산하려면 독립적인 공간이 필요해. 공간이 따로 있어야 허가가 나온대. 시청에서 그랬어.

"하지만……." 우리가 한데 입을 모았다.

"하지만은 무슨 하지만?" 아빠가 말했다. "내가 늘 어떻게 하라고 했지? 보고 나서 믿지 말고……."

우리는 한숨을 내쉬며 다시 합창을 했다.

"믿고 나서 봐야 한다."

"그럼 어디로 이사 갈 건지 그것도 벌써 정해놨겠군?" 할머니가 물었다. 아빠의 대답을 듣는 동안 할머니의 부엉이 눈동자는 데굴데굴 미친 듯이 굴러다녔다.

아빠가 걱정의 반대말이 뭐냐고 물은 게 이번이 처음은 아니었다. 그러나 답은 번번이 바뀌었다.

지난번에는 '실크'가, 그 전에는 '철물'이 정답이었다. 우리가 어깃장을 놓을라치면 아빠는 늘 똑같은 말로 우리들의 입을 막았다.

"얘들아, 보고 나서 믿지 말고 믿고 나서 봐야지."

우리는 옛날에 집이 아닌 커다란 지하 창고에 산 적도 있었다. 파르덴 가의 그 창고는 천 장사를 하는 모펠 씨 소유였다. 그리고 마지막에 살던 곳은 눅눅한 방 세 칸짜리 집이었는데, 그 집골목은 어찌나 좁던지 2층에서 앞집 여자애 페예와 손을 맞잡을 수 있을 정도였다.

몇 번째인지 정확히 셀 수도 없는 이사를 앞둔 몇 주간 예스와 밀케는 전쟁을 벌였다. 둘은 문이 부서져라 꽝꽝 닫고, 주먹을 불끈불

끈 쥐어 보이고, 허구한 날 눈물을 훔쳤다. 그러나 진짜 싸우려고 싸운 게 아니라 그냥 이사 가기 전에 벌이는 의식 같은 거였다. 나는 아무런 저항도 하지 않았다. 이제든 저제든 이사는 어차피 가게 되어 있었으니까. 늘, 계속, 끊임없이. 우리는 우리 시 안에서 세계여행을 하다시피 했다. 북으로, 남으로, 동으로, 서로. 덕분에 이제는 구석구석 모르는 곳이 없었지만 그 어느 곳도 우리 집은 아니었다.

이제 우리는 다시 이사를 가게 되었다.

그리고 이번에는 새 학교로 전학까지 가야 했다.

"그 학교가 가까우니까." 할머니가 말했다. 당연히 말도 안 되는 소리였다. 우리가 지금 다니는 학교도 십 분만 더 가면 되었으므로. 하지만 메이 할머니는 우리를 드디어 우르술라회 수녀학교에 집어넣을 수 있는 이 절호의 기회를 절대 놓치려 들지 않았다. 우르술라회 수녀학교는 우리가 다니던 학교보다 훨씬 더 엄격했고 교장 선생님은 할머니의 어릴 적 친구이기도 했다.

"다들 좋다고 해야 갈 거야. 누구 한 사람도 빠짐없이." 아빠가 말했다. 아빠가 그 집을 이미 빌려놓은 사실을 우리가 다 아는데 마치 아닌 것처럼. 몇 년째 텅 비어 있는 그 집을 혹시라도 누가 코앞에서 낚아채 갈까 봐 조바심이 나 벌써 계약을 끝내놓고는.

오솔길 끄트머리에 집이 보였다. 우리는 걸음을 멈췄다. 오빠들은 계속 걸었다. 앞으로의 전망에 대해 이야기하느라 다들 정신이 나간 것 같았다. 그건 부자처럼 열심히 계산을 하고 있는 오빠들의 손을 보면 알 수 있었다.

"집이 아직 먼 줄 아나 보네?" 내가 물었다.

"더 멀리는 갈 수도 없는데 뭐." 뮐케는 단단히 실망한 목소리였다.

슐람밤스 사하라는 집 뒤에서 가파르게 꺾어졌고, 그 뒤로는 아무것도 없었다. 물론 길은 국경 너머로 계속 이어지고 있었다. 하지만 거기엔 이름을 붙일 만한 뭔가가 없었다. 이름은 거기서 끝났다. 세상은 거기서 끝났다. 그리고 그렇게 끝나버린 세상은 옥수수밭 몇 개를 지나 독일로 접어든 뒤에야 비로소 다시 시작되었다.

"우리 집이란다." 아빠가 입을 가렸던 손수건을 풀며 말했다.

"세상 끝이네요!" 뮐케가 투덜거렸다. 불과 한 시간 전만 해도 우리는 큰 집으로 이사 간다, 근데 넌 아무래도 이 코딱지만 한 공동주택에서 평생 살 것 같다, 하고 폐예를 놀려놓고선. 그러나 그 애의 목소리에서 배어나던 그 승리감은 더 이상 남아 있지 않았다. 인형처럼 굵은 머리카락, 인형처럼 긴 속눈썹 그리고 인형처럼 동그란 눈 때문에 평소 살아 움직이는 인형 같던 뮐케는 이곳으로 걸어오는 동안 머리가 사납게 헝클어져 이제 인형이라기보다는 차라리 요괴에 가까워 보였다.

"묘, 묘지 보여?" 예스가 잔뜩 겁먹은 목소리로 물었다. 예스는 혼자 우산을 받치고 여전히 그 뒤에 숨어 있었다. "제, 제발 여기선

안 보인다고 말 좀 해줘.”

“죽은 사람들이 손을 흔드는데?” 뮐케가 말했다. “우후후후!”

예스가 우산 든 손으로 귀를 막아보려고 했다. 부질없는 짓이었다. 돌풍이 일더니 우산을 휙 낚아채 슐람밤스 사하라로 굴려버렸다.

“자, 어때?” 아빠가 물었다.

눈앞에 붉은 벽돌로 된 넓은 벽이 나무와 덤불에 반쯤 가려진 채 우뚝 솟아 있었다. 고개를 쳐들자 저 위 꼭대기로 세수수건만 한 다락방 창문 두 개가 보였다. 그러고 나서 한참 동안은 벽, 벽, 벽, 벽밖에 없었다. 그러다 눈을 아예 밑으로 내리까니 저 아래, 길게 자란 잡초들 사이로 작은 지하실 창문 두 개가 보였다. 벽에는 부서진 벽돌과 삐뚤빼뚤 잘못 쌓아 올린 벽돌이 심심치 않게 섞여 있었다.

“응, 어떠냐니까?” 아빠가 우리를 채근했다.

나는 멍하니 벽을 들여다보며 마땅한 말을 찾아내려고 애썼다.

“현관문은 어디 있어요?” 예스가 물었다.

순간 아빠가 또 주머니 속을 뒤지겠구나 싶었다. 입장이 난처해지면 아빠는 늘 주머니를 뒤졌다. 우리는 벽만 멀뚱히 쳐다보며 가만히 서 있었다. 집 안으로 들어가려고 해도 현관문은커녕 문 비슷한 것도 없었다. 우리가 마주 보고 서 있는 그 벽이 길 쪽으로 향한 건물 정면이 분명했음에도 불구하고.

“저쪽으로 한번 가봐요!” 피트 오빠가 외쳤다.

우리는 건물을 돌아갔다. 뭐—어, 이게 현관문이라고? 초록 널빤지 쪼가리를 몇 개 붙여놓은 것 같은 이게? 칠은 죄다 벗겨지고 손잡이는 빠져 덜렁거리는 이 문 같지도 않은 문이? 어쨌거나 그 문 가운데에는 작은 유리창이 나 있었다. 그나마 유리 한 장은 깨진 상태였다.

열쇠가 맞지 않았다.

"어, 이게 왜 이러지? 이해가 안 되네." 아빠는 애꿎은 열쇠와 자물쇠만 번갈아 보며 난감한 표정을 지었다.

"저쪽으로요. 저 뒤쪽으로 한 번 더 돌아가 봐요!" 이번에도 피트 오빠였다.

그리고 그곳에는 정말로 현관문이 있었다. 참나무로 만든 아주 육중한 문이었다. 안에서 밖을 내다볼 수 있도록 작은 문구멍도 뚫려 있었고, 조금 찌그러지기는 했지만 구리 손잡이도 달려 있었다. 딱 한 가지 거슬리는 게 있다면 문 위 벽에 구멍이 네 개나 뚫려 있는 거였다.

이번에는 열쇠가 맞았다. 다만 열쇠를 열쇠구멍에 꽂는 게 문제였다. 문턱이 무릎 높이에 있었기 때문이다.

"이 집 사람들, 홍수 날까 봐 되게 걱정했나 보네." 피트 오빠가 비웃었다.

피트 오빠, 에트 오빠, 쉐르 오빠, 크레쳉 오빠는 엄살이 좀 심하다 싶을 정도로 끙끙대며 과장된 몸짓으로 문턱을 넘어섰다.

"무릎 높이에, 그것도 집 뒤쪽에 달린 현관문이라! 어때, 진짜 놀

랍고 재미있는 집이지?" 아빠가 재빨리 선수를 쳤다.

우리는 복도로 걸어 들어갔다. 창의 덧문들이 아직 다 닫힌 상태고, 빛이라고는 현관문 색유리창으로 쏟아지는 햇살이 유일했기 때문에 바닥은 꼭 다이아몬드와 사파이어가 깔린 것처럼 어른거렸다. 복도에는 문이 네 개 있었다.

"이렇게 많은 문을 우리끼리만 쓰다니. 생전 처음 있는 일이야." 우리는 서로의 귀에다 대고 속삭였다. 누가 뭐라지도 않았는데 그냥 저절로 소곤거려졌다.

복도 끝에 다다르자 난간이 화려한 아주 넓은 계단이 나타났다.

"오, 올라가도 되는 거야?" 예스가 불안한 목소리로 물었다.

밀케가 혀를 찼다. "당연하지, 이 겁쟁이! 이제 이 집 전체가 우리 거란 말이야." 하지만 예스에게 핀잔을 놓고 여봐란 듯이 계단을 뛰어 올라가던 밀케도 계단 중간쯤에서 널 하나가 갑자기 삐걱하며 신음 소리를 토해내자 꼿꼿이 얼어붙고 말았다.

"자, 여기가 너희들 방이란다." 아빠가 말했다.

우린 너무 놀라서 숨이 컥 막혔다.

"우리 방이요? 방 하나를 우리끼리만 쓴다고요?"

벽은 하얗게 회칠이 되어 있었다. 마루가 깔린 바닥은 어서 우리들의 방이 되기만을 기다린 듯 텅 비어 있었다. 하긴 창고에 살 때도 아빠는 벽에 커튼을 달아 우리 방을 따로 만들어주었다. 그러나 지금 우리들 눈앞에 보이는 것은 진짜 방이었다. 심지어 창문까지 딸린! 우리는 창문을 열어보려고 했지만 유감스럽게도 단 1밀리미터도 움직이지 않았다.

"괜찮아, 곧 열 수 있을 거야." 아빠가 우리를 위로했다.

잠시 뒤, 손수레에 담아 끌고 온 석유풍로 위에서 커피가 끓고 있는 가운데 우리는 모두 거실에 모여 앉아 있었다. 그러자 갑자기 벌써부터 살던 집 같은 기분이 들었다. 벽에는 긴 금이 가 있고, 마룻바닥은 쩍쩍 갈라진 틈과 쪼개진 나뭇조각투성이일지라도. 집 안은 적당히 시원했고 아늑함이 느껴졌다.

늦은 오후, 메이 할머니는 당신의 괴팍함에 스스로 지쳐 바닥에 아빠의 재킷을 깔고 주저앉고 말았다. 그러더니 곧 벽에 비스듬히 몸을 기댄 채 새 집에서 나누는 우리들의 첫 대화를 드르렁드르렁 코 고는 소리로 덮어버렸다. 쭈글쭈글한 할머니의 얼굴은 부스러져 내린 횟가루에 왼쪽이 하얗게 변해 있었다.

"할머니가 이 집에서 주무실 수 있다는 건 우리도 다 잘 수 있단 얘기지." 아빠는 손수건으로 장모의 볼에 묻은 횟가루를 조심스럽게 털어냈다.

마지막 날 저녁, 우리는 2층 창문에서 한 사람씩 돌아가며 앞집

페예와 엄숙하게 손을 잡았다. 가장 먼저 뮐케가 울음을 터뜨렸다. 그리고 나서 예스가, 그리고 결국에는 나도 울고 말았다.

페예의 부모님은 우리에게 브랜디에 절인 체리 한 병을 선물로 주었다. "축하드려요."

"당장은 축하할 만한 일도 별로 없답니다." 메이 할머니가 우울한 목소리로 말했다. "어쨌거나 고마워요."

그 뒤로 몇 주 동안 난리법석이 이어졌다! 흙먼지는 또 얼마나 일었는지! 가구들은 무수한 욕설을 들으며 높은 문턱을 넘어 하나씩 하나씩 집 안으로 옮겨졌다. 모든 것이 제자리에 들어서자 메이 할머니는 손으로 입을 가린 채 탄식했다. "이 꼴을 좀 봐! 이 꼴을!" 우리는 할머니가 왜 우는지 몰랐지만 무조건 할머니를 달랬다. 메이 할머니, 아빠, 오빠들, 뮐케, 예스 그리고 나. 우리 가족은 바다처럼 텅 빈 방바닥 한가운데 섬처럼 덩그러니 솟아 있는 둥근 탁자와 의자 아홉 개를 바라보며 우두커니 서 있었다.

뮐케와 예스와 나는 집의 폭이 얼마나 되는지 셋이서 재보기로 했다. 우리는 모두 손가락 끝이 찌릿찌릿해질 정도로 팔다리를 있는 힘껏 쫙 벌리고 현관에서부터 나란히 한 줄로 서나갔다. 그렇게 해서 맨 끝 방의 맨 뒷벽에 닿을 때까지 우리는 각자 세 번씩 자리를 옮겼다.

"삼 삼은 구." 예스가 말했다.

우리 가족은 아홉 명이었다.

"와, 굉장한 우연인데." 내가 말했다.

그러나 뮐케는 절대 우연이 아니라고 했다. "내 생각에는……." 뮐케가 운을 뗐다.

"말하지 마." 예스가 애걸했다. 예스는 나도 잘 아는 호기심과 두려움이 동시에 배어나는 눈빛으로 뮐케를 바라보고 있었다. 이제 뮐케의 입에서 무슨 얘기가 나올지는 뻔했다.

"그만해." 내가 말했다.

"내 생각에는……." 뮐케가 내 말을 무시하고 다시 입을 열었다.

우리가 지난 사 년 동안 살았던 다섯 집들 가운데 세 집은 저주가 내린 집이었고, 나머지 두 집은 '처절한 비극의 흔적'이 남아 있는 집이었다. 적어도 뮐케는 그렇게 믿었다.

"아주 끔찍한 살인이 일어났던 것 같아." 뮐케가 주장했다. "칼, 피, 그런 거."

예스가 손가락으로 귀를 틀어막았다. 그러자 뮐케가 손으로 깔때기 모양을 만들어 입에 갖다 대고 소리를 질렀다. 현관문 위에 뚫린 구멍이 그 증거라고, 총알구멍이 분명하다고, 그리고 공동묘지가 괜히 집 옆에 있는 게 아니라고.

메이 할머니가 쏜살같이 달려오더니 뮐케의 따귀를 올려붙였다. 그러고 나서 시내에 가 1층 도배지나 사 오라며 우리 셋을 내쫓았다.

"꼭 그래야 했니?" 내가 물었다.

"난 적어도 내 생각을 말한다고." 뮐케가 뺨에 손을 얹은 채 대꾸했다.

"입방정 좀 그만 떨어." 내가 뮐케를 꾸짖었다.

"흥, 또 잘난 척!"

우리는 셋이서 슐람밤스 사하라를 걸어 내려갔다. 예스는 얼마 전에 아홉 살이 되었고, 뮐케는 열 살, 나는 열한 살이었다.

"언니, 언니 생각에 이번엔 할머니가 악어를 풀 것 같아?" 예스가 물었다.

뮐케가 고개를 끄덕이며 눈길은 두고 팔만 내 쪽으로 내밀었다. 나는 뮐케의 팔짱을 끼었다. 우리 같은 어린애들 의견을 누가 들어 준다고, 우리는 걸음에 맞춰 목청껏 구호를 외치기 시작했다. "풀어라, 풀어라, 풀어라."

잠시 뒤, 우리는 걸음을 멈추고 뒤를 돌아보았다. 열린 창문 너머로 메이 할머니가 양탄자 두드리는 소리가 들렸다. 그사이 조금 잦아든 바람 사이로 지빠귀 울음소리가 퍼지고 있었다.

우리는 발라벤 아저씨의 페인트 가게에 서 있었다. 벽지 두루마리가 몇 개나 필요하냐고 아저씨가 묻는 순간 우리는 놀라서 서로 얼굴만 들여다보았다.

"젠장!" 뮐케가 소리쳤다.

"쟤 오질 않았어요." 내가 말했다.

하지만 예스는 눈썹 하나 까딱하지 않았다. "저희, 이 벽지로 할게요."

"그래, 근데 두루마리가 몇 개나 필요하냐니까?" 발라벤 아저씨가 같은 질문을 되풀이했다.

예스의 입에서는 대답이 총알처럼 튀어나왔다.

"너 진짜 똑똑하다." 뮐케가 말했다.

우리 셋은 아저씨의 놀란 얼굴을 바라보며 다 같이 큰 소리로 웃었다.

"저희가 보여드릴게요." 내가 말했다.

우리는 물건이 천장까지 가득 쌓여 있는 작은 가게 뒤로 걸어 들어가 벽지와 페인트통 사이에 자리를 잡고 섰다. 그러고는 팔을 쫙쫙 벌리며 각자 세 번씩 자리를 옮기기 시작했다. 귀 뒤에 연필을 꽂은 발라벤 아저씨가 고개를 절레절레 흔들며 길이를 쟀다. 우리는 급기야 가게 밖 인도로까지 나가 우유 배달부 아저씨가 세워놓은 마차와 개가 끄는 수레 사이에 서서 킥킥거렸다.

농담을 좋아하는 발라벤 아저씨는 영수증에 이렇게 적어주었다.

아홉 발 집: 벽지—1발당 0.45굴덴(네덜란드의 옛 화폐 단위 — 옮긴이)

우리 집의 이름은 그렇게 붙여졌다.

으스스한 보물

슐람밤스 사하라 끄트머리에는 집이 한 채 서 있었다. 우리는 그 집으로 이사를 갔고, 아홉 발 집이라는 이름을 붙여주었다. 이름이 마음에 들었는지 집도 우리에게 선물을 했다. 아니, 더 정확히 말하면 뮐케에게.

"하필 왜 뮐케 언니야? 그 이름 생각해낸 건 나였는데." 예스가 투덜거렸다.

"너 사사건건 그렇게 고까워하지 좀 마." 뮐케가 쏘아붙였다. "어차피 넌 너무 놀라서 심장마비를 일으켰을 거라고."

뮐케가 그걸 발견한 다음 날은 우리가 새 집으로 이사 온 지 두 달째 되는 날이었다. 그사이 1층 도배는 모두 끝났고, 거실에 있는 벨기에산 원통형 쇠난로(뮐케는 그게 마녀가 갓난애들을 태울 때 쓰던 거라고 했다.)는 윤이 날 정도로 박박 닦여 있었다. 메이 할머니는 빗자루와 쓰레받기를 들고 바닥에 쭈그려 앉아 마루 틈새에 박힌 모래를 빼내고 있었다. 하지만 이 틈새에서 빠져나온 모래는 할머니의 비질에 묻어 다음 틈새에 가 박혔다. 붉게 변한 목덜미, 하얗게 변한 손가락마디, 할머니는 속이 부글부글 끓어오르는 중이었다.

"가서 슐람(석탄가루에 진흙을 섞어 만든 싸구려 난방연료로 제2차 세계대전 때까지 쓰였다―옮긴이) 좀 가져와라." 할머니가 뮐케에게 심부름을 시켰다.

"전 어제 가져왔잖아요."

"뮐케……."

"오늘은 언니가 가면 안 돼요?"

"핑은 지금 마당에 있잖니?"

"그럼 예스는요?"

"복도에 양동이 있다."

"예스는 만날 아무것도 안 해도 되죠." 뮐케가 투덜거렸다.

"뺨따귀 한 대 맞아야 정신 차리겠니?" 메이 할머니가 자세를 고쳐 앉으며 뮐케에게 겁을 주었다. 할머니의 무릎 밑에서 모래가 바스락거렸다.

뮐케는 양동이를 들고 석유등에 불을 붙인 뒤 구시렁구시렁 불평을 해대며 삐걱거리는 나무 계단을 내려갔다.

우리 아홉 발 집에는 지하실 방이 세 개 있었다. 첫 번째 방은 식재료 보관실로 양파, 감자 따위를 재두었고, 두 개 있는 선반장에는 과일과 야채 병조림이 보관되어 있었다. 체리가 담긴 하늘색 브랜디 병도 맨 꼭대기 칸에 놓여 있었다. 두 번째 지하실 방은 석탄과 슐람 창고였다. 그리고 세 번째 지하실 방은 출입 금지 구역이었다. 그 방은 이 집을 탐사할 때 딱 한 번 들어가 보고는 끝이었다.

"이 방에 한 번만 더 들어가는 날에는 국물도 없을 줄 알아라." 메이 할머니는 그때 우리에게 불호령을 내렸었다.

녹이 잔뜩 슨 그 방 철문 뒤에는 별별 잡동사니가 다 있었다. 겹겹이 쌓아 올린 말 담요 더미, 배가 불룩한 녹색 유리병들을 모아둔 궤짝들, 다리가 세 개뿐인 안락의자, 시큼한 냄새가 나는 맥주통 등등. 그리고 그 모든 것들은 대부분 말 담요에 덮인 채 뒤죽박죽 아무렇게나 쌓여 있었다. 아빠는 그 방을 치우겠다고 지금까지 열 번도 더 약속했지만 말뿐이었다.

밀케는 벽돌로 만든 작은 아치문을 통과해 두 번째 지하실 방으로 들어갔다. 바닥에 깔아놓은 대팻밥 위에 산더미처럼 쌓인 슐람은 어마어마한 크기의 시꺼먼 푸딩덩어리처럼 보였다.

"그때 생쥐가 나타나지 않았더라면 어떻게 됐을까?" 예스는 훗날까지 두고두고 그 질문을 던졌다.

그럼 나는 거기다 대고 이렇게 물었다. "생쥐가 나오긴 나왔는데 뮐케의 발 위를 지나가지 않았더라면 어떻게 됐을까?"

"아님 내가 구멍 뚫린 신발 말고 발등까지 꽉 막힌 신발을 신고 있었더라면?" 뮐케가 한술 더 떴다.

"그럼 생쥐가 지나가는 줄 몰랐겠지."

"그럼 양동이도 떨어뜨리지 않았을 테고."

"그랬으면 아무 일도 일어나지 않았을지도 몰라."

역사가 탄생하느냐 마느냐가 그야말로 간발의 차이로 결정된다는 것은 참으로 놀라운 일이 아닐 수 없었다.

양동이가 오래 쌓아둔 슐람 위에 떨어지는 것은 그리 큰 문제가 아니다. 슐람이 이미 돌처럼 딱딱하게 굳은 뒤이므로. 하지만 아홉 발 집 지하실에 쌓여 있던 슐람은 그날 아침 석탄 가게에서 갓 배달된 탓에 부드럽고 질퍽하니, 꼭 죽 같은 상태였다. 슐람이 뮐케의 원피스에 철퍼덕 튀는 순간 뮐케는 신음 소리를 내지 않을 수 없었다. 메이 할머니가 증오하는 게 있다면 그건 옷에 묻은 얼룩이었다. 특히 화요일에 진 얼룩에 대해서는 그야말로 치를 떨었다. 빨래를 또 해야 했기 때문이다. 하루 종일 빨래통 앞에서만 보낸 월요일이 불과 몇 시간이나 지났다고!

첫 번째 지하실 방과 두 번째 지하실 방에는 뮐케가 마땅히 얼룩을 닦아낼 만한 뭐가 없었다.

밀케는 철문을 조심스레 열고 세 번째 지하실 방으로 들어갔다. 뒷벽에 반달 모양의 작은 창이 두 개 있었다. 유리 없이 창구멍만 뻥 뚫려 있는 덕에 세 번째 지하실 방은 다른 두 방에 비해 퀴퀴한 냄새가 덜 나는 편이었다. 그곳에서 느껴지는 으스스한 분위기는 그 방에 쌓여 있는 물건들 탓은 아니었다. 그보다는 그 물건들을 덮고 있는 담요가 문제였다. 담요가 만들어내는 뾰족하고, 평평하고, 둥그스름한 기기한 형상들이.

병은 모두 비어 있었다. 밀케는 그제야 말 담요에 생각이 미쳤다.

"얼룩을 닦으려고 했을 뿐이야." 밀케는 훗날 그렇게 설명했다.

밀케에게 가장 가까이 있던 담요는 뭔가 크고 평평한 물건을 덮어놓은 것이었다. 담요는 밀케의 손이 닿는 순간, 수십 년 동안 그 손길만을 기다려왔다는 듯이 스르르 미끄러졌다. 그러고는 밀케의 손을 벗어나 바닥으로 털썩 떨어지고 말았다. 밀케의 예상보다 훨씬 무거웠기 때문이다. 밀케는 뿌연 먼지구름이 가라앉은 뒤에야 그것을 보았다.

아홉 발 집이 우리에게 주는 선물을.

"내 말 믿으라니까." 밀케는 예스가 불공평하다고 투덜거릴 때마다 그렇게 말했다. "너 같았으면 너무 놀라서 옷에다 적어도 세 번은 오줌을 지렸을 거라고."

밀케의 비명 소리에 놀라 우리는 식탁 앞에서 벌떡 일어섰다. 하

지만 우리들 엉덩이가 의자에서 완전히 떨어지기도 전에 뮐케는
벌써 계단을 뛰어 올라와 부엌에 서 있었다.

"묘비! 묘비가 있어!" 뮐케가 소리를 질렀다.

우리는 숨이 컥 막혔다. 메이 할머니가 미친 듯이 떨어대는 당신
의 부엉이 눈을 손가락으로 누르며 다른 쪽 눈으로 뮐케를 무섭게
노려보았다. 슐람 범벅이 된 뮐케의 원피스는 심지어 찢어져 있었
고, 슐람 양동이는 어디다 내팽개쳤는지 빈손이었다.

"마리아 카타리나 알폰사 테오도라 본(뮐케의 정식 이름—옮긴이),
너 뭐 잊어버린 거 없니?"

할머니의 목소리에는 아슬아슬함이 배어 있었다. 하지만 목소리
에서 풍기는 위험쯤에야 눈 하나 깜짝할 뮐케가 아니었다.

"내, 이럴 줄 알았다니까!" 뮐케가 예스와 나 사이로 끼어들더니
선 채로 빵 한 조각을 썰어내며 말했다. "내 말대로 이 집에 아주
처절한 비극이 있었던 게 틀림없어. 지하실에 묘비라니! 가서들 직
접 보라고!"

"그건 묘비가 아니야." 메이 할머니가 말했다.

"묘비 맞아요." 뮐케가 우물우물 빵을 씹어 먹으며 말을 이었다.
"해골이랑 뭐랑 있을 거 다 있단 말이에요. 우리 지하실에 그런 게
있다니…… 빨리들 가서 봐!"

"누구 하나 움직였다간 봐라." 할머니가 으르렁거렸다.

"이제 또 한바탕 훈계가 시작되겠는걸." 에트 오빠가 쉐르 오빠

에게 중얼거렸다.

우리는 할머니에게 말대꾸하지 않고 얌전히 있는 게 신상에 좋다는 것을 알고 있었다.

"아이고, 내 팔자야, 어미가 복 받은 거지. 너희 같은 골칫덩이들을 직접 키우지 않아도 됐으니, 암, 복 받은 거고말고." 할머니가 불쑥 또 엄마 이야기를 꺼냈다. 왕자 없는 공주 이야기가 없듯, 할머니의 훈계에는 죽은 엄마 얘기가 빠지는 법이 없었다. "너희가 엄마 손에 컸으면 아무것도 못 됐을 게다. 걔는 심장이 넝마였으니까."

언제나 그렇듯 할머니는 그 대목에서 눈물을 주르르 흘렸다.

우리는 할머니를 위로했다. 뮐케가 가장 열심이었다. 그러나 할머니는 당신을 다독이지도, 쓰다듬지도 그리고 당신에게 입을 맞추지도 못하게 했다. 그럼에도 불구하고 잠시 뒤 할머니는 많이 누그러졌다. 그러나 묘비를 보러 지하실에 내려가는 것만큼은 여전히 허락하지 않았다. "거기 내려가 봤자 볼 거 하나도 없다."

그날 오후 나, 뮐케, 예스는 마당 한편에 나와 서 있었다. 예전에는 야채를 심고 가꾸던 채마밭이었지만 지금은 잡초만 무성했다. 여기저기 야생으로 자라난 파와 양파가 눈에 띄었다.

하늘에는 구름이 잔뜩 끼어 있었다. 벌써 며칠째 그 모양이었다. 하지만 비는 한 방울도 오지 않았다. 울타리 사이로 슐람밤스 사하

라가 보였다. 길은 무채색으로 뻗어 있었다. 나는 허리를 굽혀 잡
초 한 뿌리를 있는 힘껏 잡아당기기 시작했다. 잡초는 꿈쩍도 하지
않았다.

"할머닌 정말 심술쟁이야." 뮐케가 나를 거들며 말했다.

"오늘 기분이 안 좋으셔서 그래." 내가 말했다.

"나도 해볼래." 예스가 끼어들었다.

"안 돼." 뮐케와 내가 동시에 외쳤다.

"하지만 난 어떻게 하면 뽑히는지 안단 말이야." 예스가 고집을
피웠다.

"징징거리지 않기." 나는 상냥한 목소리로 타일렀다.

예스는 토라져서 울타리에 등을 기댔다.

"그리고-만날-이사-다니는-게-싫어서-그러시는-거고." 뮐
케는 끙끙거리며 나와 함께 계속 잡초를 잡아당겼다.

'툭' 하는 바싹 마른 소리와 함께 줄기가 끊어지는 바람에 뮐케
와 나는 뒤로 나자빠질 뻔했다. 아래를 보자 뿌리는 여전히 땅속에
박혀 있었다.

"젠장!" 뮐케가 소리쳤다.

"내가 했으면 됐을 텐데." 예스가 말했다.

"할머니가 이사 다니는 걸 꼭 싫어하시는 건 아니야." 내가 말
했다.

"언니, 악어 잊어버렸어?" 뮐케가 발끈했다. "할머니가 아빠를

마구 몰아세우던 거 기억 안 나느냐고?"

"그건 정든 데를 떠나기 싫어서 그러신 거고."

"그게 그 말이지. 안 그래?"

"글쎄, 어떤 면에선. 하지만 새로운 곳에 도착해서 처음부터 새로 시작하는 것, 그것도 이사야."

뮐케와 예스가 눈을 동그랗게 뜨고 나를 쳐다보았다.

"이사를 그렇게 생각해본 적은 한 번도 없는데." 뮐케가 말했다.

그건 나도 마찬가지였다. 나는 가끔 스스로도 아직 생각해보지 못한 말을 할 때가 있었다.

"난 그 차이를 모르겠는데?" 예스가 말했다.

"내 말은 메이 할머니가 뭘 새로 시작하는 걸 싫어하시는 건 아니라고." 내가 예스를 바라보며 입을 열었다. "우리가 새집에 이사 올 때마다 맨 먼저 소매를 걷어붙이는 사람도 따지고 보면 할머니 잖아. 그러면서 늘 이러시잖아, '징징거리지들 말고⋯⋯'"

"'⋯⋯홈파 하치를 생각해.'" 뮐케와 예스가 합창을 했다.

우리가 너무나도 잘 알고 있는 그 말은 우리가 전, 전, 전하고도 그 전 집에 살 때 우리 앞집에 살던 이웃 아저씨를 두고 하는 말이었다.(아빠가 장사를 할 요량으로 대바구니를 잔뜩 샀다가 바닥이 다 썩은 걸 나중에 발견해 낭패를 봤던 그때다.) 홈파 하치 아저씨는 오래된 단추를 비롯해 온갖 잡동사니를 파는 사람이었다. 그런데 월세가 계속 밀리는 바람에 거리에 나앉게 되었다. 홈파 아저씨는 호락호락 굴복하지 않고 길을 당신 집으로 만들어버렸다. 처음에는 항의의 뜻으로 길에서 버텼지만 나중에는 항의해봤자 아무 소용도 없다는 걸 알면서도 어디든 살 곳이 필요했기 때문에 계속 길에서 살았다. 다행히 그 모든 일은 날이 본격적으로 더워지기 시작하는 6월에 일어났다. 아저씨의 잠자리는 어느 막다른 골목, 고깃간 옆이었다. 골목이 워낙 좁아 침대 위로는 처마가 드리워져 있었다. 몸은 우유 배달부 아저씨의 말이 물을 마시는 양동이에 가서 씻었다. 그럼에도 불구하고 홈파 아저씨는 외모에 늘 신경을 써, 옷은 번지르르하게 차려입었고, 희끗희끗한 붉은 머리는 올백으로 말끔히 빗어 넘겼다. 또, "여기 좀 만져보렴. 어때, 꼭 마스 강 조약돌 같지?"라고 항상 자신 있게 말할 만큼 아저씨의 턱과 뺨은 매끄러웠다. 그러던 어느 날 아저씨가 골목길 담벼락에 그림을, 아니 더 정확히 말하면 빈 액자들을 걸기 시작했다. 사람들 눈에는 액자로 강조된 부분들이 들어오기 시작했다. 액자가 씌워진 벽의 틈새라든지 구멍 같은 것들. 사람들은 자기들이 여태 살아왔던 골목을 갑자기 더 잘 보게 되는 것 같았다. 우리 자매가 액자 구경하는 걸 좋아한다는 사실을 눈치챈 홈파 아저씨는 우리에게 늘 새로운 것을 보여주기 위해 액자들을 이리저리 옮겨 걸었다.

"예스, 핑, 뮈이이일—케! 거미줄에서 자고 있는 거미 좀 봐."

"예스, 핑, 뮈이이일—케! 담벼락에 땡땡이무늬 버섯이 있어."

"예스, 핑, 뮈이이일—케! 잘 봐! 정확히 들여다봐야 해!"

예스는 아저씨가 "뮈이이일―케!" 하고 소리칠 때 꼭 늑대 같다고 했다.

얼마 동안은 모든 일이 잘 돌아갔다. 홈파 아저씨는 골목에서 품삯을 받으며 사람들 옷을 수선해주었다. 손이 유난히 작고 섬세한 홈파 아저씨는 어떤 천쪼가리로든 몸에 걸칠 만한 걸 만들어냈다.

여름이 끝나고 날이 다시 추워지자 홈파 하치 아저씨는 술을 마시기 시작했다. 술에 취하면 아저씨는 성미가 고약해졌다. 한밤중에 온 동네가 떠나가라 고래고래 소리를 지르는가 하면, 단골 술집에서 손님들의 외투 단추를 몰래 뜯어내다가 들켜 쫓겨나는 일도 벌어졌다. 그러던 어느 날 밤 아저씨가 단추를 먹기 시작했다. 경찰이 왔고, 아저씨는 경찰들에 의해 정신병자 수용소로 넘겨졌다.

"가여운 사람. 정신을 완전히 놓아버리다니." 메이 할머니는 손으로 입을 가린 채 넋을 잃었다. "아이고, 수용소에 갈 지경이 되다니."

우리는 '정신을 놓는다'는 게 뭔지, '정신병자 수용소'가 어떤 곳인지도 정확히 몰랐지만 그게 홈파 하치 아저씨가 단추를 먹고, 단추를 씹느라 피투성이가 된 혀로 밤에 소리를 지른 행동과 관계있다는 것 정도는 이해했다. 예스는 혀에서 피가 뚝뚝 떨어지는 커다란 늑대가 자기를 쫓아오며 "예스, 핑, 뮈이이일―케! 잘 봐! 정확히 들여다봐야 해!" 하고 고함치는 악몽을 한 달 동안이나 꾸었다.

밀케와 나는 말없이 계속 잡초를 뽑았다. 하지만 뿌리는 뽑히지 않고 여전히 애꿎은 줄기만 부러져나갔다. 손바닥에 물집이 잡히기 시작했다.

"삽이 있어야겠어요." 우리가 아빠에게 말했다.

"삽?"

"할머니가 저희더러 김을 매라고 하셨거든요."

"김이야 어차피 평생 매게 될 텐데 그러냐?"

"하지만 할머니가……." 내가 대꾸했다.

"됐다잖아. 그만해." 밀케가 핀잔을 놓으며 날 잡아끌었다.

덕분에 그날 오후는 '보물 지키기' 놀이를 하며 보냈다. 우리들 가운데 한 명은 집이고, 다른 한 명은 그 집의 보물, 그리고 마지막 한 명은 위험이었다. 대개는 내가 집이었다. 밀케는 가만히 서 있질 못하는 아이였으니까. 맨 처음 난폭한 병사가 됐던 밀케는 모든 것을 태워버리는 불로, 그다음은 모든 것을 삼켜버리는 괴물로 차례차례 변했다가 맨 마지막에는 한꺼번에 그 세 가지가 다 되어 집, 그러니까 내 주위를 성큼성큼 돌며 춤을 추었다. 그 애의 손은 활활 타오르는 불길이자 동시에 도둑의 손길이었다. 그랬음에도 불구하고 결국 우리 집 보물에는 손을 대지 못했다. 보물은 내가 지키고 있었으니까.

"언닌 왕 따분한 집이야." 밀케가 구시렁댔다.

"그러는 언니는 반칙해놓고선 뭐." 예스가 따졌다. 예스는 눈을 감은 채 내 다리 사이에 앉아 있었다. 내 원피스 자락을 꼭 붙잡고.
"한 번에 위험한 거 하나씩밖에 될 수 없잖아." 그러면서 예스는 어떻게 하는 건지 보여주겠다며 자기가 위험이 되려고 했다.

"안 돼." 뮐케가 말했다.

"돼."

"안 된대도."

"된다니까."

"위험은 자기 목표물에 살금살금 다가갈 줄 알아야 해."

"나도 할 수 있어." 예스가 꽥 소리를 질렀다.

"하지만 넌 조용히 못 걷잖아."

"할 수 있대도!"

"만날 끽끽, 삐걱삐걱거리는 주제에."

"그렇지 않아!"

"내 귀엔 잘만 들리더라 뭐."

"그렇지 않대도."

"끽끽, 삐걱삐걱, 끽끽, 삐걱삐걱."

"핑 언니! 뮐케 언니 좀 혼내줘. 날 자꾸 놀려."

예스를 달래는 일은 여간 힘든 게 아니었다. 그리고 예스를 간신히 달래놨을 땐 놀이는 이미 끝나 있었다. 우리는 집 앞 울타리에 나란히 걸터앉았다. 예스가 엄마 심장이 넝마였다는 게 무슨 뜻이냐고 물었다.

"넌 다 알면서 꼭 모르는 척하더라." 뮐케가 말했다.

손가락 사이로 침을 뱉으려던 예스의 시도는 불행히 실패로 돌아가고 말았다. 그래도 예스는 자기는 정말 무슨 말인지 모른다고 맹세했다. 나는 예스에게 손수건을 건넸다. 예스도 당연히 알고 있었다. 다만 엄마에 대한 이야기를 들을 수 있는 기회는 하나도 놓치지 않았을 뿐.

"엄마 성격이 너무 순했단 뜻이야." 내가 말했다. "싫어도 싫다는 말 절대 못 하고, 사람들한테 늘 양보하고."

"늘?" 예스가 물었다.

"그래." 나는 고개를 끄덕였다.

"늘 끽끽, 삐걱삐걱, 끽끽, 삐걱삐걱." 뮐케가 말했다.

"피―잉 언니!"

"제발 그만 좀 해! 너희 둘 다!"

우리도 백만 년 전에는 엄마가 있었다. 메이 할머니의 말에 따르면 엄만 너무나 좋은 사람이었기 때문에 엄마를 알던 사람들은 지금까지도 엄마 생각을 할 때마다 눈물을 흘린다고 했다.

엄마는 예스가 태어난 지 석 달 만에 죽었다. 메이 할머니는 그게 다 엄마의 심장 탓이라고 했다. 넝마로 된 심장은 이 세상에서 오래 버틸 수 없는 법이라며. 그건 아주 당연하다고 했다. 이런 세상에서는 강해야 산다고. 강심장이란 말이 괜히 나온 게 아니라고.

휘파람 소리가 들렸다. 오빠들이 집 밖으로 나왔다. 넷 다 입에 엽궐련을 물고 있었다. 하지만 오빠들이 가까이 다가왔을 때 보니 그건 진짜 담배가 아니라 도배하고 남은 얇은 베이지색 벽지로 만든 가짜 엽궐련이었다.

"이 오빠들이 좀 도와줄까?"

나는 손바닥의 물집을 펴 보이며 좀 더 일찍 왔어야 했다고 엄살을 부렸다. 하지만 밀케는 슬픈 표정을 지으며 제 인형 같은 머리만 흔들어 보였다. 그러면서 자기는 방금 벨기에 난로 마녀에게 살해당했다며 이미 너무 늦었다고 덧붙였다.

오빠들은 악어의 눈물을 흘리며 우리 눈앞에서 밀케를 번쩍 들어 올렸다. 마녀에게 살해당한 소녀는 우리도 저를 쳐다보나 보려고 인형 손가락 사이로 예스와 나를 엿보았다. 하지만 우리는 일부러 고개를 다른 쪽으로 돌리고 있었다.

그날 밤, 우리가 2층 우리 방에서 잠을 청하고 있는데 아빠와 할머니가 목소리를 죽여가며 대화를 나누는 소리가 들렸다. 우리는 살금살금 침대에서 빠져나와 방 한가운데 놓인 양탄자를 걷어냈다. 벌어진 마루 틈새로 빛이 한 줄기 올라와 어두운 방을 비췄다. 우리 방은 거실 바로 위였다. 틈은 뭔가를 보기엔 너무 작았지만 소리를 엿듣기에는 충분했다.

"……진작 치웠어야지." 메이 할머니가 말했다. "이제 자네도 실수를 인정할 테지?"

"너무 바빠서 그랬어요." 아빠가 말했다.

"바쁘긴, 얼어 죽을."

"엽궐련 공장은 장난이 아니에요."

"자네, 아이들한테 잡초 뽑을 필요 없다고 했나?"

"일이야 크면 어차피 만날 할 텐데요 뭐."

"아이들이 떠돌이가 돼야 직성이 풀리겠는가?"

부엌으로 가는 화난 발소리가 들렸다. 양동이에서 물을 퍼 주전자에 붓는 소리가 이어졌다. 그러고는 한동안 아무 소리도 들리지 않았다.

우리는 잠옷 차림으로 바닥에 무릎을 꿇고 앉아 있었다. 어느덧 10월 말로 접어든지라 밤공기가 여간 차갑지 않았다. 근 십 분을 가만히 앉아 있자니 너무 추워서 온몸이 시퍼레졌다. 마루 틈새로 그윽한 커피 향이 올라왔다. 향이 어찌나 좋던지 당장에라도 아래층으로 뛰어 내려가고 싶었다. 하지만 지금 내려갔다가는 할머니가 왜 저렇게 이상하게 구는지 절대 알아낼 수 없었다. 따라서 우리는 커피 향도, 추위도, 무릎의 통증도 모두 무시해버렸다.

"이 집으로 이사를 와선 안 됐어." 메이 할머니가 말했다.

"하지만 이사할 수밖에 없었잖아요." 아빠가 대꾸했다.

"안톤, 날 바보 취급 말게. 아무도 그렇게는 못 해. 단 한 사람……."

"어머님, 제발……."

"……자네가 바보 취급할 수 있는 사람은 자네 자신뿐이야. 하고 많은 장소를 다 내버려 두고 하필……."

"선택의 여지가 그렇게 많지 않았어요."

"하고많은 장소를 다 내버려 두고 하필 이 집을 골라?"

"집이 크잖아요. 채마밭도 있고. 이제야 겨우 남자애들, 여자애들이 따로 잘 수 있게 됐다고요. 자기들 방에서요. 어머님 마음이야 저도 알죠."

"안톤 본, 조심하게." 할머니의 목소리가 날카롭게 울려 퍼졌다.

아빠의 깊은 한숨 소리가 들렸다.

"죄송해요."

"애들 키우는 거야말로 장난이 아니야."

"죄송해요."

"게다가 난 이미 무덤 속에 한 다리하고도 반은 담그고 있는 거나 다름없는 나이야."

"죄송해요."

"거기다가 하필 이 집을."

"도대체 이 집이 뭐가 어떻다고 자꾸 그러세요?" 아빠가 물었다.

"난 이제 좀 조용히 해주길 바랄 뿐이야."

"누가요?" 아빠가 또 물었다.

아빠는 아무 대답도 듣지 못했다. 우리 역시 뻐꾸기시계 가는 소리와 주전자 물 끓는 소리 말고는 더 이상 아무것도 듣지 못했다. 기와 틈새로 바람이 휘파람을 불며 지나가자 기왓장들이 요란스레 덜거덕거렸다.

가장 먼저 포기한 사람은 나였다.

그다음은 덜덜 떨며 나한테 파고든 예스.

그리고 맨 마지막이 밀케였다. 밀케는 뻣뻣한 몸을 일으킨 뒤 후다닥 이불을 펼쳤다. 그러고는 침대로 올라와 이불로 온몸을 둘둘 감싼 채 쭈그리고 앉았다. 찬바람이 사정없이 파고들었다. 예스가 신음을 해댔다.

"이 집에 뭔가 일이 있었어." 밀케가 말했다.

"그래. 아주 처절한 비극이겠지." 나는 하품을 했다.

"빨리 누워서 자기나 해." 예스가 말했다.

하지만 밀케는 고집스럽게 앉아서 눈을 빛내며 어둠 속을 바라보았다.

지하실 무덤

삐꺼덕삐꺼덕, 메이 할머니와 아빠가 계단을 올라오는 소리가 들렸다. 우리는 온몸을 오들오들 떨며 침대에 누워 있었다. 바깥에서 바람이 울부짖었다. 대단한 바람이었다. 구름 사이로 빠져나온 달이 삐걱거리는 침대의 이불 위에 푸른빛을 드리웠다. 침대 기둥의 둥근 쇠꼭지가 달빛에 반짝였다. 정적이 흐르는 가운데 아빠가 침대에 눕는 소리가 들렸다. 신음하듯 토해내는 한숨 소리. 그러고는 잠시 아무 소리도 들리지 않았다.

"나, 잠깐 폭신한 데 좀 누워도 돼?" 예스가 물었다.

"안 돼." 뭘케와 내가 동시에 대답했다.

"아주 잠깐만 누워 있을게."

"안 된다니까."

"왜?"

"그건 네가 더 잘 알잖아."

예스가 숨을 거칠게 내뿜기 시작했다.

나는 한숨을 내쉬었다.

"약해지면 안 돼." 뮐케가 말했다.

"걱정 마." 내가 대꾸했다.

예스의 숨소리는 더욱 거세졌다.

"강심장이란 말이 괜히 나온 게 아니야." 뮐케가 다시 한 번 강조했다.

"얼마나 있을 건데?" 내가 물었다.

씩씩대던 예스의 숨소리가 멈췄다.

"십 분."

"오 분." 뮐케가 못을 박았다.

"언닌 빠져." 예스는 뮐케에게 쏘아붙이며 뮐케가 더 뭐라고 하기 전에 얼른 나랑 자리를 바꿨다. 우리 침대는 특별 제작된 것이었다. 오른쪽과 왼쪽에는 양털로 속을 채운 기다란 매트리스가 깔려 있었다. 나와 뮐케는 거기서 잤다. 하지만 가운데에는 널빤지만 덜렁 깔려 있고, 그 위는 그냥 이불이었다. 거기가 예스의 잠자리였다.

예스는 척추가 기형적으로 삐뚤어져 있었다. 눈에는 보이지 않았지만 손으로 만지면 알 수 있었다. 가장 좋은 방법은 눈을 감고

만지는 거였다. 삐뚤어진 부위는 어깨뼈 사이였다. 거기가 어긋나면 예스의 통증은 이만저만 심한 게 아니었다. 어떨 때는 너무 아파서 일어서지도 못했다. 그러면 척추를 눌러 다시 제자리를 잡아주어야 했고, 그때마다 며칠씩 침대에 누워 꼼짝하지 못했다. 이 년 전, 예스의 척추에 이상이 있다는 게 밝혀진 뒤 나와 밀케는 예스가 아플 때마다 '누가 먼저 어긋난 부위를 찾아내나' 놀이를 했다. 세월이 흐르면서 우리는 거의 전문가 수준이 되었고, 심지어는 예스를 진찰하는 의사들보다도 더 빨리 탈골 부위를 찾아내기도 했다.

메이 할머니는 의사의 진단이 떨어진 그날로 예스에게 소위 교정 코르셋을 사주기 위해 마스트리히트로 갔다.

"네 척추는 척추가 아니라 맹추구나, 맹추." 그날 저녁 늦게 무거운 발걸음을 질질 끌며 집으로 돌아온 할머니는 그렇게 말했다.

예스는 교정 코르셋 때문에 일주일 내내 울음을 그치지 않았다. 가죽끈이 달린 코르셋은 소시지 껍질 비슷한 것이, 참으로 볼썽사나웠다. 등 쪽에는 척추 양 옆쪽으로 막대기 같은 나무심이 붙어 있었다. 예스는 낮 동안 그걸 계속 입고 있어야 한다는 사실에 치를 떨었다. 특히 몸을 빨리 움직이면 가죽끈에 달린 버클이 끽끽거리고 삐걱삐걱댄다는 사실이 밝혀지자 절대 안 입겠다며 떼를 썼다. 그러다 코르셋을 입지 않으면 등허리가 대문자 C같이 휠 거라는 메이 할머니의 말을 듣고서야 비로소 고집을 꺾었다.

뮐케가 침대에서 일어났다. 그러고는 풀오버를 입기 시작했다.

"뭐하려고?" 내가 속삭였다.

"알잖아."

예스가 자기가 뮐케라면 일어설 생각은 꿈에도 안 하겠다고 말했다.

"예스 말이 맞아." 그렇지만 나는 말만 그렇게 했지 나도 모르는 새에 이미 스웨터를 걸치고 있었다.

우리는 메이 할머니의 방 앞을 살금살금 지나갔다. 방문이 빠끔히 벌어져 있었다.

계단을 내려가기 시작했다. 끼익 끽, 집이 신음을 토했다.

"여섯 번째 계단, 잊지 마. 여섯 번째 계단이야." 뮐케가 속삭였다.

우리는 유난히 불평이 심한 여섯 번째 계단을 건너뛰었다.

지하실로 내려가는 문 뒤는 갓 배달된 슐람처럼 새카맸다.

뮐케는 시커먼 연기가 피어오르는 석유등을 손에 든 채 앞장서서 계단을 내려가기 시작했다.

"난 이제 한 발짝도 더 안 갈 거야." 예스가 말했다.

"예스 말이 맞아." 내가 맞장구를 쳤다. 하지만 뮐케가 내 손을 확 잡아당기는 바람에 나 역시 예스의 손을 잡아끌 수밖에 없었다. 결국 우리 셋은 다 함께 지하실 계단을 내려가고 있었다. 밑으로, 밑으로. 마치 지구 중심으로 내려가는 것 같은 기분이 들었다.

밤에는 냄새에 이상한 변화가 생기는 듯했다. 냄새들은 밤이 되면 더 강해져, 스스로 사람들의 콧속으로 스멀스멀 기어 올라오는 것만 같았다. 감자에서 풍기는 흙 냄새, 말 담요에서 나는 퀴퀴한 냄새, 저 멀리서 스며 오는 김빠진 맥주 냄새. 그리고 뭐라고 딱 꼬집어 말할 수 없는 이상야릇한 냄새. 지하실에서는 과거의 냄새가 풍기고 있었다.

팔랑대는 등불에 첫 번째 지하실 방에 보관된 유리병들이 빛났다. 우리는 여전히 손을 꼭 잡고 있었다. 번번이 서로의 무릎과 어깨와 머리에 스치고 부딪치면서도 우리는 절대 손을 놓지 않았다.

"난 돌아갈래." 예스가 속삭였다. "난 이제 진짜 돌아갈래."

"갈 테면 가." 뮐케가 으르렁댔다. "갈 테면 가봐, 이 겁쟁이야."

예스의 손이 작은 발톱처럼 내 손을 꼭 움켜잡았다. 나는 예스의 손가락을 좀 풀어내고 싶었다. 우린 뭘 찾으려고 여기까지 내려온 걸까? 도대체 난 왜 따라온 거지? 그냥 침대에 누워 있었어야 했는데.

나는 벌벌 떨며 두 번째 지하실 방의 시커먼 구멍 속으로 들어갔다. 뮐케가 발을 헛디디는 바람에 등불이 바닥에 떨어질 뻔했다. 그리고 나서 우리는 몇 초 동안 꼼짝 않고 서 있었다. 예스가 메이 할머니의 목소리를 들은 것 같다고 했기 때문이다.

"무슨 소리였는데?"

"잘은 모르겠어. 그냥 무슨 소리가 났어."

우리는 가슴을 두근거리며 귀를 기울였다. 소리의 주인공이 정말로 메이 할머니였다면 좋을까, 아니었다면 좋을까? 판단이 안 섰다. 메이 할머니가 아니었다면 대체 누구 혹은 뭐였단 말이지?

지하실은 조용하고, 어둡고, 추웠다.

"흠, 무덤 속이 이렇단 말이지······." 뮐케가 입을 놀렸다.

"또 그 입방정." 나는 뮐케를 꾸짖었지만 목소리가 덜덜 떨렸다.

뮐케가 내게 등불을 건넨 뒤 세 번째 지하실 방의 문을 열었다.

뒤죽박죽 섞인 온갖 잡동사니들이 불빛 속에서 흔들렸다. 첫 번째나 두 번째 지하실 방과는 비교도 안 될 정도로 소름이 오싹 끼쳤다. 특히 그 물건들이 정확히 뭔지 알 수 없었기 때문에 두려움은 더했다. 모른다는 것은 결국 뭐든 다 될 수 있다는 뜻이니까.

"언니, 내 손 짜부라지겠어. 그만 좀 눌러." 예스가 말했다.

지하실 뒤쪽에는 크고 오래된 거울이 세워져 있었다. 위쪽 틀은 오래전에 떨어져 나갔고, 표면에는 시커먼 얼룩이 잔뜩 피어 우리가 꼭 심한 눈보라 속에 서 있는 것 같아 보였다. 우리는 잠옷에 풀오버를 걸친 우리들 모습을 뚫어져라 바라보았다. 새하얀 얼굴에는 기괴해 보이는 검은 얼룩들이 져 있었다.

"우리, 아주 끔찍한 일을 겪은 아이들처럼 보이는데." 뮐케의 목소리는 평소와 달리 아주 높았다.

"빨리, 빨리 좀 해." 예스가 성화를 부렸다. "묘비가 대체 어디 있다는 거야?"

뮐케가 손을 들어 올렸다.

예스와 나는 뮐케가 가리키는 쪽으로 한 걸음.

그리고 또 한 걸음 가까이 다가섰다.

"너, 묘비라고 그러지 않았니?" 내가 물었다.

"해골이랑 뭐랑 있을 거 다 있다며?" 예스가 따졌다.

"나도 그런 줄 알았는데……." 뮐케도 놀란 것 같았다.

우리가 발견한 것은 침대 머리판이었다. 위쪽이 둥글어 정말로 좀 묘비 같아 보이는 것이, 침대 머리판치고는 희귀하기 짝이 없었다. 안쪽에는 가장자리를 따라 가는 홈이 패어 있고, 가운데에는 날짜가 새겨져 있었다.

1863년 8월 30일~1870년 7월 7일

그러나 다리가 달린 것을 보면 그것의 정체는 확실했다. 침대 머리판. 그 이상도 이하도 아니었다.

"이제 그만 가자." 내가 말했다.

"잠깐." 뮐케가 머리판 쪽으로 등불을 가져갔다. "여기 뭐라고 더 쓰여 있어." 뮐케는 두껍게 쌓인 거미줄을 걷어내며 말을 이었다.

"칭…… 칭얼……."

"칭얼이." 예스가 말했다. "칭얼이라고 적혀 있는데?"

"조용해지길 바란다는 게 얘 때문이었을까?" 뮐케가 물었다.

나는 짜증스러운 한숨을 내쉬었다. 잠자야 할 시간에 지하실에 내려와 이런 낡은 침대나 들여다보고 있다니, 정말 어처구니가 없는 일 아닌가? 우린 이제 코흘리개 어린애들도 아닌데.

"그만 좀 해!" 내가 말했다.

우리가 "아아." 하는 소리를 처음 들은 것은 바로 그때였다!

그 첫 '아아'는 땅 밑 깊은 곳에서 올라왔다.

세월이 지남에 따라 수많은 기억들에 변화가 생겼지만 땅 밑에서 올라온 그 신음 소리에 대한 기억만큼은 조금도 변하지 않았다. 몹시 억눌린 듯한 소리였다. 땅속을 비집고 올라와 지하실 콘크리트 바닥을 간신히 뚫고 나오는 것 같은.

"아아아하⋯⋯."

소름이 오싹 끼치는 신음 소리.

"바람이야." 내가 말했다.

하지만 그게 정말 바람이었다면 난 왜 움찔하며 뒤로 물러섰던 걸까? 왜 갑자기 의자 위로 뛰어오른 거지? 지하실 바닥이 얼음판처럼 갈라지면서 당장에라도 뭔가 끔찍한 것이 튀어나올 것 같은 느낌이 든 건 도대체 왜냐고? 예스가 나를 꽉 붙잡았다. 의자가 삐걱거리면서 흔들렸다. 나는 의자에서 뛰어내리다 예스의 발꿈치를 찼고, 예스는 예스대로 놀라 뮐케의 정강이뼈를 걷어찼다. 우리는 모두 뒤로 움찔 물러났다.

"어떡해, 어떡해, 어떡해." 예스가 새된 소리를 질러댔다. "저기 봐, 저기 좀 봐!"

우리는 어느새 첫 번째 지하실 방에 서 있었다. 밀케가 등불을 이리저리 들이미는 바람에 우리들의 그림자도 한곳을 떠나 여기저기를 배회했다. 선반장에 보관해둔 과일절임 병들도 무시무시하게 보이기는 마찬가지였다. 핏빛 체리나 하얀 배는 더 이상 과일이 아니라 뭔가 다른 것처럼 보였다. 뭔가 다른 것처럼…….

"뭐가 죽어 있는 것처럼 보여." 예스가 속삭였다.

그때 두 번째 '아아' 소리가 들렸다. 처음보다 더 길게, 더 구슬프게.

나는 어딘가에 머리를 부딪쳤고, 밀케는 석유등으로 예스의 턱을 쳤다. 우리는 서로 먼저 올라가려고 밀치락달치락 생난리를 피웠다. 그 와중에 어떻게 서로를 때려죽이지 않고 지하실을 벗어날 수 있었는지, 방으로 돌아와 침대에 누울 때까지 어떻게 메이 할머니를 깨우지 않을 수 있었는지는 지금까지도 이해할 수 없는 수수께끼로 남아 있다. 우리는 풀오버와 스웨터를 고스란히 입은 채 침대에 드러누워 가쁜 숨을 몰아쉬었다. 심장이 벌렁거렸다.

그때 한 가지 깨달은 게 있다. 난 우리가 다 컸다고 생각했지만 실은 아직도 멀었다는 것을.

걱정의 반대말 Ⅰ

이른 아침, '걱정의 반대말'이 놀 뤼텐 아저씨의 손수레에 실려
우리 집에 도착했다. 거적으로 싼 꽤 무거워 보이는 꾸러미 세 개와
하나로 쌓아 올린 상자 다섯 개였다.

"이건 궐련 속에 들어가는 살담배(칼 따위로 썬 담배 — 옮긴이)야."
놀 아저씨가 꾸러미를 가리키며 말했다.

"살담배라……." 아빠가 따라 했다.

"그리고 저 상자에 든 건 담배 말 때 쓰는 상권엽이고."

아빠는 꾸러미와 상자를 번갈아 보며 놀 아저씨의 말을 되풀이
했다. 그러나 아빠의 눈은 더 이상 반짝이지 않았다.

"그리고 이게 압축기야. 하나는 기름을 좀 쳐줘야 할 거야. 하지

만 다른 하나는 멀쩡해."

"기름……. 그래, 물론이지." 아빠가 말했다.

맨 뒤에는 나무로 만든 궐련틀이 쌓여 있었다. 오빠들이 물건들을 내리기 시작했다. 메이 할머니가 놀 아저씨에게 제발 죽마고우인 아빠를 속이지 않기를 바란다고 경고했다. 더 이상 말 안 해도 알겠지만 그렇게 되면 당신이 반(半) 고아들을 먹여 살려야 한다고. 그럼 당신은 놀 아저씨를 인간 취급도 안 할 거라고. 또, 걱정은 이래도 저래도 걱정이지 않느냐며 걱정을 반으로 나눌 수 없듯 고아 역시 반으로 나눌 수 없다고. 그러니 반 고아는 고아나 마찬가지라고. 당신이 비록 한쪽 다리는 물론 나머지 다리의 절반까지도 무덤에 담그고 있는 노인네이기는 하지만 현장감독의 과부로 이제껏 혼자 버텨온 만큼 온 집안 살림을 떠맡게 된다 해서 불평을 늘어놓지는 않을 거라고, 그러나 애들을 키우기란 여간 힘든 게 아니라고, 그러면서 마지막으로 케이크를 먹겠느냐고 물었다.

놀 아저씨는 할머니의 말이 전적으로 옳다며, 주시면 기꺼이 케이크 한쪽을 먹겠노라고 대답했다. 하지만 이른 아침부터 림뷔르흐 케이크를 먹으면 너무 배부를 것 같으니 사과 케이크 한쪽을 주시면 고맙겠다고 했다. 놀 아저씨는 메이 할머니의 뼈 있는 말보다 개처럼 처량해 보이는 아빠의 시선을 더 거북해하는 눈치였다.

"이제 그만 얼굴 좀 펴. 내 아무렴 자네한테 생돈을 받았겠나?"

놀 아저씨는 배웅 나온 아빠에게 그렇게 말한 뒤 얼른 사라져버렸다.

오빠들은 녹슨 압축기의 나사를 풀어보려고 진땀을 흘렸다. 볼에는 빵빵하게 힘이 들어가고, 얼굴은 시뻘겠다. 기계를 사이로 두고 한쪽에는 피트와 에트 오빠가, 다른 한쪽에는 크레쳉 오빠가 앉아 있었다.

"아니, 너희들, 여태 여기 있는 게냐? 오늘은 학교 안 갈 참이야?" 할머니가 놀라서 소리를 질렀다. "자자, 어서들 가, 어서!"

나, 뮐케, 예스는 슐람밤스 사하라를 달려 내려갔다. "뛰지 말고, 늘 꼭 붙어 다녀야 한다! 알았지?" 하는 메이 할머니의 고함 소리가 귓가에 쟁쟁했다.

우리는 성문을 통과해 시장 언저리에 다다라서야 달리기를 멈췄다. 그러고는 흘러내린 리본을 제자리로 올린 뒤 예스의 헐떡거림이 멈출 때까지 기다렸다.

"나 아직도 삐걱거려?" 예스가 물었다.

"아니."

"잘 들어봐." 예스가 말했다.

"잘 들었어! 당연히 잘 들었지!" 뮐케와 내가 동시에 외쳤다. "너, 생쥐처럼 아무 소리도 안 나니까 걱정 마."

우리는 다행히 제시간에 학교에 도착했다. 전교생이 교실로 들어가려고 두 줄로 정렬 중이었다.

나는 옛날에 다니던 학교가 특별히 그립지는 않았다.(귀가 완전히 먹은 수도사가 교장인 그 학교는 작고 지저분한 건물에 학급도 딱 셋뿐이었다.) 그렇지만 새 학교에서 운동장에 한번 나가려면 여전히 용기를 그러모아야 했다. 예스는 나보다 훨씬 더 수줍어했다. 하지만 뮐케는 첫날부터 여자애들 네댓 명과 어울리더니 일 분도 되지 않아 고무줄을 하고 놀기 시작했다.

오전에는 각자 자기 반에서 수열을 풀고, 문장 분석을 하고, 교리 문답서를 읽으며 시간을 보냈다. 나는 슬슬 쉬는 시간을 대비하기 시작했다. 뮐케가 간밤 이야기를 꺼낼 게 분명했으니까. 그리고 그렇게 되면 안 그래도 잔뜩 겁에 질려 있는 예스는 더 겁먹게 될 테니까.

"바람이었어." 나는 뮐케가 입을 열기도 전에 선수를 쳤다. 우리는 어두침침한 학교 안뜰, 마리아 상 밑에 서 있었다. 마리아 상 역시 학교 건물과 마찬가지로 비바람에 잔뜩 벗겨져 있었다. "바람이었어. 그러니까 그 얘긴 더 이상 하지 마."

"바람이 '아아'라고 말하는 거 봤어?" 뮐케가 따지고 들었다. "게다가 바람은 땅속에서 올라오지도 않잖아."

"그냥 땅속에서 올라오는 것처럼 들렸을 뿐이야." 내가 맞섰다.

"정말 그렇게 믿어?"

"응."

"어제저녁에도 그렇게 믿었어?"

"물론이지."

"정말?" 뮐케는 끈질기게 물고 늘어졌다. "그런데 왜 공중으로 2미터나 뛰어올랐어?"

"네가 날 불안하게 만들었으니까 그렇지."

"뭔가 있어." 뮐케가 말했다. "맹세할 수 있어. 그리고 그 칭……칭…….”

"칭얼이." 예스가 말했다.

"그 칭얼이랑 관련이 있는 게 틀림없어."

"그래, 당연히 아주 처절한 비극이겠지." 내가 말했다. "이제 그만해. 우리 집엔 아무 일도 없었어. 지하실도 마찬가지고."

예스는 나와 뮐케를 번갈아 보았다. 눈앞에 던져진 소시지 두 개를 놓고 어느 것을 집어 먹어야 좋을지 몰라 고민하는 배고픈 떠돌이 개 같은 표정이었다.

방과 후, 우리는 시장에 있는 미힐 성당 앞에서 서로를 기다렸다. 옛날에 우리 앞집에 살던 페예가 우물 옆 성문까지 우리를 배웅해 주었다. 페예는 성문 옆에 서서 시무룩한 표정으로 우리에게 손을 흔들었다. 우리가 이사 간 뒤로 만날 그랬다. 그럼 우리도 성벽에서 점점 멀어지며 계속 손을 흔들었다. 우리는 꿋꿋하게 발걸음을 옮기면서도 동시에 쓸쓸함을 느꼈다.

슐람밤스 사하라가 시작되는 길목에는 그래도 집이 몇 채 있었다. 가장 먼저 눈에 띄는 집은 농부 벳젤 씨의 농장이었다. 벳젤 씨는 우리 집 뒤쪽으로 펼쳐진 목초지의 주인이기도 했다. 그리고 그 반대편으로 비스듬하게는 대장장이 나스 헤르메스 씨의 하얗게 회칠한 집이 있었다.

길가에 있는 세 번째 집은 농부 칼레 씨의 농장이었다. 그리고 그 뒤로는 아무것도 없었다.

해가 깊어지면 깊어질수록 황량함도 더해갔다. 추수가 끝나고, 사탕무까지 다 거둬들이고 나면 완만한 언덕들로 이루어진 주변 경관은 점점 더 썰렁해지다 결국에는 쟁기가 지나간 밭고랑만이 새해에 대한 기약처럼 남겨졌다.

새 집에 이사 온 메이 할머니는 우리를 절대 떠돌이로 만들지 않겠다는 결심을 더 단단히 굳힌 것 같았다. 덕분에 우리는 늘 창문을 닦아야 했다. 빨래는 불렸다가 솔로 박박 문질러 빤 다음 롤러 탈수기에 돌려 짠 뒤 널어야 했고, 오빠들이 자는 짚 매트리스는 먼지를 털고, 베갯잇과 이불보는 벗겨서 말려야 했다. 심지어는 슐람을 쌓아둔 지하실마저 일주일에 한 번씩 청소해줘야 했고, 마룻바닥도 틈새를 일일이 다 쓸어야 했다.

"모래가 어디선가 점점 더 많이 기어 들어오는 것 같아." 밀케가 투덜거렸다. 밀케는 무릎을 꿇고 앉아 거칠게 비질을 하고 있었다. 어찌나 먼지가 많이 일던지 나는 코가 다 간질거렸다. 밀케가 화난 표정으로 예스를 노려보았다. 예스는 과일절임 유리병에 새 라벨을 붙이고 있었다.

"넌 왜 늘 아무것도 안 해도 되니?" 뮐케가 물었다.

"나도 일해." 예스가 말했다. "그렇지, 핑 언니? 나도 일하지?"

"그래." 내가 말했다.

"하지만 우리가 훨씬 더 많이 하잖아." 뮐케가 투덜거리면서 나를 바라보았다. 머리에 묶은 커다란 리본이 반쯤 풀려 있었다. "내 말이 맞지, 언니? 우리가 일을 훨씬 더 많이 하잖아."

"우린 척추가 맹추가 아니잖아." 내가 말했다.

"다 엄살이지 뭐." 뮐케가 쏘아붙였다.

"핑 언니, 뮐케 언니가 나더러 엄살이래." 예스가 투정을 부렸다.

"아니야, 엄살 아니야." 내가 말했다.

그때 메이 할머니가 날 불렀다. 정말 다행이었다.

우리는 날마다 새 공동묘지 펌프에 가서 물을 길어 와야 했다. 집 옆에 있는 우물은 폐우물이 된 지 이미 오래라 거기서는 기껏해야 더러운 흙물밖에 퍼낼 수가 없었다.

우리 집에는 낡은 유모차가 한 대 있었다. 아빠는 우리가 그걸 이용해 물을 떠 올 수 있도록 유모차의 윗부분을 떼어버린 뒤 거기다 널빤지를 붙이고, 커다란 주석 대야 두 개를 얹어놓았다.

나는 유모차를 밀고 묘지로 출발했다. 길 건너편 산울타리에 보면 개구멍보다 좀 더 큰 구멍이 뚫려 있었다. 그 구멍은 물론 묘지로 들어가는 정식 입구는 아니었다. 입구는 시내 쪽에 있었다. 우리는 그 구멍을 전에 아홉 발 집에 살던 사람들이 만들어놓았을 거라고 추측했다. 나는 유모차를 밀며 간신히 구멍을 통과했다. 산울타리의 두께가 얼마나 두꺼운지는 그곳을 통과해봐야만 알 수 있었다. 산울타리는 아주 두꺼운, 그러나 뚫고 들어가면 뚫리는 성벽이었다.

새 공동묘지는 사실 더 이상 '새' 공동묘지가 아니었다. 시내에 있는 구 공동묘지가 꽉 차 여기에 묘지를 세운 게 벌써 1905년의 일이었기 때문이다. 새 공동묘지 역시 어느새 무덤이 꽤 많이 들어차 있었다. 할아버지 역시 이곳에 묻혔다. 특히 시내 쪽은 거의 다 찼고, 우리 집 있는 쪽도 무덤이 들어서기 시작했다. 새 무덤들은 죄다 그만그만해 크게 눈에 띄는 것이 없었다. 회색 묘비들은 아직 이끼도 끼지 않았고, 비바람에 씻겨나간 자국도 없었다. 단, 산울타리 근처에 있는 무덤 하나는 꽤 오래된 것 같아 보였다. 무릎 정도 오는 그 무덤은 묘비 없이 그저 석판으로만 덮여 있었다. 그리고 그 위로는 담쟁이덩굴이 제멋대로 뒤덮여 있었다.

나는 펌프질을 하기 시작했다. 끼이익, 끼이익, 펌프 손잡이의 신음 소리에 소름이 쫙쫙 끼쳤다.

집에 돌아와 보니 아빠와 오빠들이 엽궐련 작업장의 출입문을 만드는 중이었다. 오빠들은 이제 곧 문으로 만들어야 할 창문을 바라보고 있었다. 피트 오빠가 창문 밑에다 분필로 대강 문의 모양을 그렸다. 오빠가 무릎을 꿇은 채 뒤를 돌아보자 아빠는 세대로 보지도 않고 무조건 멋지다고 외쳤다. 하지만 다른 오빠들은 말도 안 된다며 큰 소리로 따졌다. 오빠들은 창문을 문으로 만드는 일이 생사라도 좌우하듯 소수점 두 자리까지 각도를 계산하고, 종이에 문을 그렸다 지우기를 몇 번이고 반복했다.

그날 밤, 예스와 함께 방에 올라와 보니 뮐케가 또 방바닥 틈새 앞에 쭈그리고 앉아 있었다. 이번에는 아예 털모자를 쓰고, 어깨에는 겨울 코트를 망토처럼 걸치고 있었다.

"오늘 밤엔 꼭." 뮐케가 말했다.

"피이." 예스가 말했다.

"두 분 다 주무시러 갈 때까지 기다리는 거야." 뮐케가 예스를 무시한 채 말을 이었다.

"난 침대에서 꼼짝도 안 할 거야." 내가 말했다.

"겁쟁이!" 뮐케가 소리쳤지만 나와 예스는 아랑곳하지 않았다.

"자, 이제 그만 고집부리고 어서 누워." 나는 몸을 덜덜 떨며 잠옷으로 갈아입었다. "그래봤자, 침대가 따뜻해질 때까지 시간만 더 걸릴 뿐이니까."

"상관없어." 뮐케가 볼멘소리를 했다.

"뮐케 언니는 왜 저러고 앉아 있는 거야?" 예스가 나와 함께 침대로 들어가며 물었다.

"할머니가 오늘 밤에도 이 집 이야기를 할 거라고 믿나 보지."
내가 말했다.

"난 악어 속에 든 이야기가 더 좋아." 예스가 말했다.

악어란 메이 할머니의 커다랗고 엄청 오래된 여행 가방을 두고
하는 말이었다. 겉은 아마로 되어 있고, 모서리에 녹슨 물미가 끼워
진 가방이었는데 손잡이가 틀 대로 튼 회녹색 가죽이었다. 그게 악
어가죽이라는 것은 밀케의 생각이었다.

기분 좋은 날이면 메이 할머니는 악어 가방 안에 달린 지퍼를 열
고 단추를 끌러 그 속에 든 사진들을 꺼냈다. 그러고는 사진 한 장
을 골라, 역시 여행 가방에서 꺼낸 작은 은쟁반 위에 올려놓았다.
할머니는 우리가 쟁반을 만지는 것은 허락했지만 사진에는 절대
손도 못 대게 했다. 사진들은 이야기였다. 할아버지와 엄마가 등장
하는 이야기.

예를 들면 이런 식이었다. "자, 한번 물어보렴. 페이 할아버지가
염소 세 마리를 몰고 집에 왔을 때 어땠는지 말이야. 그리고 그 고
약한 녀석들이 내 월요일 빨래를 어떻게 해놨는지도 물어보고." 할
머니는 그렇게 운을 띄운 뒤 페이 할아버지를 고용해 새 헛간을 지
은 농부가 돈 대신 염소로 대가를 지불한 이야기를 시작했다. 그날
빨래를 걷으려고 나왔더니 빨래는 다 없어지고 입을 우물거리고
있는 염소 세 마리만 있더라는.

우리는 악어 속에 정확히 몇 장의 사진이 들어 있는지 알지 못했다. 어떤 사진들에는 이야기가 몇 개씩 숨어 있기도 했다. 하지만 질문을 던지는 것은 금지였다. 자칫 할머니의 기분을 상하게 했다가는 여행 가방이 쾅 하고 닫혀버렸기 때문이다. 그 결과, 우리는 이야기에 대한 열망이 아무리 뱃속에서 꿈틀거려도 꾹 참으며 침묵하고 인내하는 법을 배웠다.

메이 할머니가 악어를 풀어 사진들을 벽에 거는 그날이 비로소 우리 가족이 영원히 한곳에 머물게 되는 날이었다.

"내일쯤 하나 해주실지도 몰라." 내가 속삭였다.

"정말?" 예스가 옆으로 돌아누우며 물었다.

"똑바로 누워야지."

예스는 얌전히 다시 등을 대고 침대에 누웠다. 나는 예스의 코를 간질여주었다.

"언니, 엄마들 심장이 다 넝마로 된 건 아니지?" 예스가 조용히 물었다.

"그럼. 아주 특별한 엄마들만 그런 거야."

"엄만 얼마나 특별했어?"

"네 척추만큼이나 특별했지."

뮐케가 고쳐 앉는 소리가 들렸다. 겨울 코트 단추 하나가 바닥에 툭 하고 부딪혔다. 뮐케가 모자 밑으로 이마를 긁는 모습도 보였다.

쟤가 얼마나 더 버틸 수 있을까 싶었다. 예스가 내 팔을 흔들었다.

"언니, 얘기 좀 해줘."

"무슨 얘기?"

"악어 얘기."

"밀케, 이제 그만하고 빨리 와서 자."

"조, 조금만 더." 밀케는 덜덜 떨면서도 고집을 부렸다. "이, 이제 곧 시작하실 거야. 확실해."

메이 할머니는 커피를 끓였고, 시계는 똑딱거렸고, 아빠와 오빠들은 카드놀이를 했다.

그게 다였다.

"내일은……." 밀케가 우리 옆에 누우며 중얼거렸다.

"아, 내일……." 예스는 예스대로 내일을 고대하고 있었다. 나는 예스의 목소리에서 그 애가 웃고 있다는 걸 알 수 있었다.

우리는 가만히 누워 귀를 기울였다. 아홉 발 집도 이야기를 했다. 바람이 불면 지붕 위 기와들이 중얼거렸고, 동풍이 불면 창과 창틀 사이에서 휘파람 소리가 났다. 하지만 오늘처럼 조용한 밤에도 우리는 집이 내는 소리를 들을 수 있었다. 무슨 소리인지 구분하기 힘든 것도 있었다. 그럴 때면 집은 그저 '푸르르 푸르르'라고 하거나 '위잉' 하는 아주 높은 소리를 멀리까지 띄워 보냈다.

재난

첫 번째 재난은 이틀 뒤에 찾아왔다.

뮐케, 예스와 함께 다락에서 흰 빨래를 걷고 있는데 갑자기 해가 사라졌다. 우리는 지붕창으로 달려가 몸을 기대고 바깥을 내다보았다.

"맙소사!" 예스가 중얼거렸다.

텅 빈 들판 너머, 완만한 곡선을 그리고 있는 동쪽 지평선 위로 시커먼 구름이 몰려와 있었다. 땅과 구름 사이에는 시커먼 비의 장막이 드리운 채 번쩍이는 섬광과 함께 점점 더 가까이 다가오고 있었다.

"여름한테 잡혀 있던 비가 오고 있어." 뮐케가 멍한 목소리로 말했다. "게다가 오늘 한꺼번에 되갚아주려나 본데?"

비가 본격적으로 쏟아지기 시작했다. 꼭 사과가 지붕 위로 떨어지는 것 같았다.

"뮐케?" 메이 할머니가 2층 계단 끝에서 소리를 질렀다. "뮐케니?"

"저 아니에요." 뮐케가 화난 목소리로 소리를 질렀다. "집에서 나는 소리예요."

소나기구름은 꼭 크고 굼뜬 짐승이 힘겹게 지붕을 넘어가듯 우리 집 위를 지나가고 있었다. 지붕창의 뿌연 흙먼지가 순식간에 빗줄기에 쓸려 내려갔다. 그와 거의 동시에 지붕이 새기 시작했다. 아니, 샌다기보다 더 이상 지붕이 없는 것처럼 비가 아예 다락으로 들이쳤다.

오빠들이 가장 먼저 뛰어 올라왔고, 아빠와 메이 할머니가 그 뒤를 이었다. 할머니는 손에 납회색 우산을 들고 있었다.

"핑, 예스, 뮐케, 어서 우산 밑으로 들어와라."

우리는 퍼붓는 비를 바라보며 우산 밑에 서 있었다.

"저희한테 맡기세요!" 오빠들이 외쳤다.

"우리도 좀……." 내가 나섰다.

"당장 폐렴에 걸려 침대 신세를 지고 싶은 게냐?" 메이 할머니의 꾸지람이 떨어졌다. "말도 안 되는 소리. 사내애는 계집애가 아니고, 계집애는 사내애가 아닌 법."

우리는 오빠들이 부산하게 움직이는 모습을 지켜보며 서 있었다. 그러나 오빠들이 서로 모순되는 제안만 내놓는 동안 비는 아예 양동이로 퍼붓듯 다락으로 쏟아져 내렸다. 결국 메이 할머니가 나설 수밖에 없었다.

"핑, 부엌 장에 가서 걸레랑 양동이 좀 가져와라. 밀케는 냄비랑 프라이팬 다 꺼내 오고."

"저는요? 저는요?" 예스가 저도 뭔가를 하고 싶어 발을 동동 굴렀다.

"넌 여기서 나랑 같이 감독해야지." 메이 할머니가 말했다. "핑, 밀케, 어서!"

곧 여기저기에 물받이를 세워놓긴 했지만 그건 이룰 수 없는 사랑에 대한 갈구나 다를 바 없었다. 빗물은 지붕 전체에서 새어 들고 있었다. 아홉 발 집은 채처럼 구멍이 숭숭 뚫려 있었다. 아빠와 오빠들은 머리가 가장 먼저 젖었고, 그다음은 어깨 그리고 결국에는 셔츠의 하얀 등판까지 모두 흠뻑 젖어버렸다. 다섯 사람의 속옷과 앙상한 어깨가 눈에 들어왔다. 비에 젖은 모습을 보니 평소보다 서로 더 닮아 보였다.

비는 겨우 십 분 동안 내렸을 뿐이다. 사실 대수롭지 않은 소나기, 그 이상은 아니었다. 그러나 그 소나기가 남긴 혼란은 어마어마했다. 마치 거인이 집을 번쩍 들어 마스 강에 한 번 푹 담갔다가 다시 슐람밤스 사하라에 내려놓은 것만 같았다.

피해가 가장 큰 곳은 집의 동편이었다. 오빠들의 방에도 비가 새 크레쳉 오빠와 쉐르 오빠의 짚 매트리스에서는 물이 뚝뚝 떨어졌다.

그러나 최악은 그게 아니었다.

오빠들은 비가 너무 오랫동안 오지 않은 탓이라고 했다. 그래서 땅이 돌덩이처럼 딱딱하게 굳어 있었고, 그런 까닭에 빗물이 겉흙으로만 살짝 흡수되었을 뿐, 나머지는 고였다가 유리 없는 지하실 창으로 쏟아져 내린 거라고. 지하실은 물바다로 변해버렸다. 궤짝에 들어 있던 감자들은 흙탕물에 둥둥 떠다녔고, 두 번째 방에 쌓아 둔 슐람은 사방으로 흘러내려 바닥에 꼭대기만 조금 솟아 있었다. 물 색깔은 그야말로 한밤중처럼 새까맸다.

담배를 떠올린 사람은 아무도 없었다.

거적으로 싼 꾸러미 세 개는 볕 좋은 날 노인네처럼 폭삭 주저앉아 있었다. 땅이 해야 할 일을 자기들이 대신 한 것이다. 버석버석 말라 있던 담뱃잎들은 이미 물을 탐욕스레 빨아들인 뒤였다. 옆에서 아빠의 깊은 한숨 소리가 들렸다.

재난은 도무지 끝날 것 같지가 않았고, 아니나 다를까 최악은 그게 아니었다.

메이 할머니의 침대 역시 완전히 젖어 있었다. 그리고 그 아래 고인 흙탕물 속에 악어가 놓여 있었다. 우리가 악어를 꺼내 들어 올리자 뿌연 물이 주르르 쏟아졌다. 녹색 우단 주머니, 지퍼 주머니, 단추 주머니 할 것 없이 우리가 가장 안전한 곳이라 철석같이 믿었던 가방 안에는 할아버지와 심장이 넝마로 된 엄마의 사진들이 한데 들러붙은 채 둥글게 말려 있었다.

계속되는 재난

메이 할머니는 단 한마디도 하지 않았다. 우리가 오빠들의 흠뻑 젖은 짚 매트리스를 끌고 내려오다 못에 걸려 찢뜨리는 바람에 퀴퀴한 마대 오라기와 지푸라기 들을 계단에 지저분하게 어질러놨는데도 할머니는 입도 뻥긋하지 않았다. 할머니가 보여준 유일한 행동은 성한 눈을 한 번 깜빡한 거였다. 마치 집 안의 모든 피해 사항들을 일일이 암호로 기록해 머릿속에 저장해두려는 것 같았다.

야단맞는 것에 익숙하던 아빠는 할머니의 침묵을 견디지 못하고 술집으로 도망쳤다. 오빠들도 곧 그 뒤를 따랐다.

나는 뮐케, 예스, 할머니와 함께 아래층에 앉아 있었다. 난로는 시뻘겋게 달아올라 있었다. 우리는 양파와 감자를 바닥에 펴놓고 말렸다. 조개탄은 헌 신문으로 둘둘 말아놨고, 문 위, 의자 위, 탁자 위에는 축축하게 젖은 수건, 행주, 이불, 시트 등이 걸려 있었다. 천장에서는 회반죽이 부슬부슬 떨어져 내렸고, 거실의 벽지는 한쪽이 떨어져 나가 그 뒤로 갈라진 벽이 보였다.

"아무래도 뭔가 잘못되고 있어." 그날 밤 밀케가 속삭였다.

메이 할머니는 짚 매트리스를 빌려 와 우리 방 한쪽 구석에 누워 있었다. 할머니의 방이 다시 정리될 때까지는 우리 방에서 주무셔야 했기 때문이다. 할머니 옆에는 악어가 입을 벌린 채 거꾸로 세워져 있었다. 지퍼도 열리고, 끈도 모두 풀어 헤쳐져 있었다. 사진들이 어디에 있는지는 아무도 몰랐다. 밀케가 물어봤지만 할머니에게 야단만 맞았을 뿐이다.

"뭔가 잘못되고 있어." 밀케가 같은 말을 되풀이했다.

발라벤 아저씨네 가게에 벽지를 사러 갈 때만 해도 우리는 풀어라, 풀어라, 풀어라 하고 구호를 외쳤었는데. 그러나 이게 정말 우리가 원했던 걸까? 마침내 여행 가방이 풀려버린 지금, 나는 확신이 서지 않았다.

아홉 발 집이 어느 정도 정리되기까지는 이 주일이라는 시간이 걸렸다.

우리는 새벽부터 밤늦게까지 계속 난로를 땠다. 집 안은 찜통 같았지만 아무도 감히 입을 열지 못했다.

마지막으로 세 번째 지하실 방이 치워졌다. 아빠와 오빠들은 죽상을 하고 그곳에 있던 물건들을 위로 옮겼다. 곰팡이 핀 축축한 녹색 담요들, 이제 위아래 할 것 없이 틀이 다 빠져버린 거울, 다리가 떨어져 나간 의자들, 냄새나는 맥주통. 그리고 묘비 침대까지.

"이제 언니도 그러네." 뮐케가 말했다.

"뭘?" 내가 물었다.

"묘비라고, 언니가 방금 그랬잖아."

"안 그랬어."

"그랬어."

"안 그랬다니까."

"위선자."

"수다쟁이."

"거짓말쟁이."

"삐치기 대장."

"왕재수."

"투덜이."

"예스, 네가 말해봐. 정말 묘비같이 생겼지?" 뮐케가 예스에게 물었다. 그러나 예스는 그쪽으로 눈길도 주려 하지 않았다.

"겁쟁이." 뮐케가 말했다. "어쨌거나 묘비 맞아."

"그럼 저게 최초의 다리 달린 묘비겠네?" 내가 빈정거렸다.

그러나 우린 묘비 침대를 더 자세히 살펴볼 시간이 없었다. 메이 할머니가 우리를 쫓아냈기 때문이다. 그리고 우리가 집으로 돌아왔을 땐 물건이 전부 사라진 뒤였다.

"어디다 치우셨어요?" 뮐케가 물었다.

"너랑은 상관없는 일이야." 메이 할머니가 말했다. "쓰레기장에 가져가서 태워버렸으니까 그렇게 알아라."

뮐케는 할머니가 눈 밖으로 사라지자마자 구시렁댔지만 나는 조금도 아쉽지 않았다.

갑작스러운 소나기에 피해를 본 집이 비단 우리만은 아니었다. 시내에 있는 집들 가운데에도 지붕이 샌 곳이 몇 있었고, 지하실에 물이 든 집도 네 곳이나 되었다. 그러나 지붕과 지하실이 죄다 물바다가 된 곳은 우리 집 하나였다. 그러고 나서 일주일은, 마치 훔파하치 아저씨가 되돌아와 이번에는 골목 하나가 아니라 시내 전체를 자기 집으로 만들어놓은 것 같았다. 시장부터 우물 옆 성문에 이르기까지 시내 어디를 가든 가구와 집안 살림들이 발길에 툭툭 채였다. 우단 안락의자, 전등갓, 찬장 등은 물론이요, 침대와 매트리스가 통째로 길에 나와 햇볕을 기다리는 경우도 있었다.

우리는 슐람밤스 사하라의 색깔이 그렇게 다양한지 미처 모르고 있었다. 비 덕분이었다. 먼지가 씻겨 나가자 여기저기 돌멩이와 조약돌이 햇빛을 받아 영롱하게 빛났다. 대지도 볼만했다. 땅은 하루 사이에 붉은 갈색과 어두운 베이지색으로 변했고, 풀이 자란 곳은 보랏빛으로까지 반짝거렸다.

11월 말, 일주일 동안 겨울이 찾아왔다. 울타리 위는 설탕을 뿌려놓은 듯했다. 무질서하게 뒤섞인 계절은 흔히 보기 힘든 광경을 연출했다. 그러나 뜻밖에 찾아온 슐람밤스 사하라의 겨울은 금방 끝나버렸다. 눈은 땅에 닿는 순간 그대로 녹아 수레의 바퀴자국들은 기다란 진창으로 변했고, 덕분에 발이 다 젖을 각오를 하지 않으면 도저히 집까지 걸어올 수가 없었다. 우리는 공동묘지 산울타리에 바짝 붙어 반듯하게 깎인 관목들에 어깨를 스치며 걸어 다녔다.

메이 할머니와 아빠는 다시 말을 주고받기 시작했다. 그러나 분위기가 영 이상했다. 나는 이번에도 돈 문제 때문일 거라고 생각했다. 거의 늘 그랬으니까. 항상 돈이 문제였다. 그러나 이번에는 문제가 그 어느 때보다도 심각한 것 같았다. 어느 날, 수업을 마치고 집에 와보니 한때 창문이었던 문이(더 이상 합판으로 막아놓은 구멍이 아니었다.) 활짝 열려 있었다. 작업대와 의자밖에 없는 그 썰렁한 방에 혼자 앉아 있는 아빠의 모습이 보였다. 양복저고리 차림이었다. 깃에 뚫린 단춧구멍에는 시든 카네이션이 꽂혀 있었다.

"걱정의 반대말 얘기 좀 해주세요." 내가 말했다.

아빠가 미소를 지어 보였다. "피트, 에트, 쉐르, 크레쳉이 일자리를 얻었단다."

"네?" 나는 불쑥 소리를 지르고 말았다.

"도살장 일이야." 아빠가 억지 미소를 지으며 말을 이었다. "오래 할 필요는 없을 거다. 엽궐련 제조 허가증이 나올 때까지만이야."

"그게 언제 나오는데요?"

"경우에 따라서 좀 걸릴 수도 있어."

"그냥 먼저 시작하면 안 돼요?"

"걸리면 벌을 받는단다. 그런 위험을 굳이 감수할 필요야 없지. 피트, 에트, 쉐르, 크레쳉이 일을 하니까." 아빠는 무슨 마법의 주문 이라도 외우듯 그 말을 했다. "그리고 어쩌면 나도……."

나는 무슨 말을 해야 하는지 알았지만 하지 않을 생각이었다. 상 관하고 싶지 않았으니까. 하지만 그 말은 저절로 튀어나왔다.

"허가증이 올 거예요. 그럼 오빠들도 돌아와서 아빠랑 궐련을 만 들게 될 거예요. 우리 시에서 가장 좋은 궐련을요."

"그래, 보고 나서 믿지 말고, 믿고 나서 봐야지." 아빠가 말했다.

"맞아요." 나는 미소를 지으려고 애썼다.

아빠가 나를 바라보았지만 나는 더 이상 환상을 펼치고 싶은 마 음이 없었다. 뮐케는 달랐다. 내가 아빠 이야기를 해주자 뮐케는 세계적으로 유명한 엽궐련 공장과 질투심에 빠진 시내 사람들 이 야기를 지어냈다. 아빠의 성공으로 인해 더 이상 담배를 팔지 못하 게 된 엽궐련 황제가 술꾼으로 전락했다는 이야기를 포함해서.

"그리고 아빠 도살장 일, 안 하실 거야. 벌써 가서 물어보셨을걸. 그러니까 양복저고리를 입고 계셨지. 근데 퇴짜 맞으신 거라고."

뮐케가 말했다.

"넌 그런 걸 어떻게 아니?"

"퇴짜를 맞은 이유는 왜 안 물어봐?"

"그건 안 들어도 알 것 같아." 내가 말했다.

그날 밤, 뮐케가 지금까지 일어난 재난들을 세기 시작했다.

"첫째, 물난리, 둘째, 허가증이 안 오는 거……."

"그런 건 시간이 좀 걸리는 법이야." 내가 끼어들었다. "아빠가 직접 그러셨어."

"셋째, 할머니랑 아빠랑 싸우는 거."

"할머니가 늘 먼저 싸움을 거시잖아. 너도 잘 알면서."

"넷째……."

"넷째는 무슨 넷째야? 이제 그만해." 내가 야단을 쳤다.

뮐케는 고집스러운 표정으로 나를 노려보았다.

"내가 말했잖아."

"뭘?"

"그 칭얼인지 뭔지 하는 애랑 관련 있는 게 틀림없다고."

"언제 그랬어?"

"이 집에는 저주가 내렸어."

"저주? 언제는 처절한 비극이라더니?"

메이 할머니가 우리 방으로 들어왔다. 옷은 벌써 잠옷 차림이었지만 잠잘 때 쓰는 모자는 아직 쓰지 않았다. 할머니의 흰머리는 심하게 헝클어져 있었다.

"왜들 아직 침대에 안 누웠니?" 할머니가 물었다.

"예스 기다리는 중이에요." 뮐케가 대답했다.

"기다리는 거야 누워서도 할 수 있잖니? 그럼 잘들 자려무나."

"안녕히 주무세요."

할머니가 방문을 쾅 닫고 나갔다.

"할머니가 다시 당신 방에서 주무셔서 얼마나 다행인지 모르겠어." 뮐케의 목소리에는 진심이 가득 담겨 있었다.

잠시 침묵이 흘렀다. 우리는 우리 방에 남겨진 악어를 물끄러미 바라보았다. 할머니 방이 또다시 물에 잠길까 봐 겁이 난 탓이리라.

"허가증은 다음 주에 올 거야." 내가 침묵을 깨고 속삭였다. "두고 봐."

"그렇지 않을걸. 내기할까?"

"좋아. 해."

뮐케가 옳았다.

"우체국 잘못이에요." 시청 직원이 말했다.

"시청 잘못이에요." 우체국 직원은 우체국 직원대로 잘못이 없다고 우겼다. "다음 주에 한 번 더 와보세요."

"더는 나빠질 것도 없겠다." 메이 할머니가 말했다.

그러나 사정은 더 나빠지고 말았다.

척추의 저주

그 일은 오전 쉬는 시간, 운동장에서 일어났다.

예스는 풀어진 신발 끈을 묶을 생각이었다. 그러나 허리를 굽히는 순간 그대로 굳고 말았다. 짧게 뚝뚝 끊어지는 예스의 숨소리가 들렸다.

아무도 그 앨 만져서는 안 되었다. 그건 나도 마찬가지였다. 수녀님들이 달려왔지만 뭘 어쩌면 좋을지 몰라 발만 동동 굴렀다.

그러나 우리는 알고 있었다.

따라서 우리가 수녀님들에게 지시를 내렸다.

수녀님들은 평균대를 가져와 예스의 다리 사이에 끼웠다. 그러고는 조심조심 평균대를 들고 건물 안으로 걸음을 옮겼다. 어깨를 잔뜩 움츠린 채 뻣뻣이 엎드려 있는 예스는 성당의 행렬 의식 때 옮겨지는 마리아 상처럼 보였다. 구부정한 마리아 상.

척추가 맹추라고 죽지는 않아요, 라고 의사들은 말했다.(물론 토씨 하나 틀리지 않고 그렇게 말한 건 아니다. 당연히 맹추 대신 무슨 다른 이름을 댔다. 기억할 수도 없고, 기억하고 싶지도 않은 어려운 이름을.) 그럼에도 불구하고 예스는 늘 곧 죽을 것 같아 보였다. 나라면 도저히 그렇게 못 살 것 같았다. 끔찍했다.

아이들이 나와 뮐케에게 몰려들었다.

"대체 무슨 일이니?" 어떤 여자애가 물었다.

"아무것도 아니야." 뮐케가 별것 아니라는 식으로 가볍게 대꾸했다. "척추가 좀 삐끗한 것뿐이야."

아이들이 수군거렸다. 나는 얼굴이 빨개지는 것을 느꼈다.

"자자, 얘들아, 이제 그만. 제발 조용히들 좀 해." 안젤리카 수녀님은 그렇게 외친 뒤 나를 돌아보며 말했다. "동생한테 가보렴. 의사 선생님이 곧 도착하실 거야."

수녀님들은 교탁 하나를 교무실로 옮겨 온 뒤 미끄러지지 않도록 벽에 붙였다. 예스는 거기에 팔꿈치를 기대고 구부정히 섰다.

"이-제-괜-찮-아-요." 예스가 말했다. 통증이 문장을 토막 내버렸다. 눈을 감은 예스의 이마에는 땀이 송골송골 맺혔다. 나는 예스의 손을 잡았다. 손은 차고 끈끈했다.

"이-제-정-말-괜-찮-은-것-같-아-요."

나는 잠자코 있었다. 예스가 눈을 떴다.

"아-이-들-이-다-알-아-버-렸-어."

"애들한테는 척추를 삐끗한 것뿐이라고 말했어."

"난-괴-물-같-아."

나는 예스를 한 대 쥐어박고 싶었다. 입을 막아버리고 싶었다. 그 애를 덮쳐버리고 싶었다.

"쉿." 내가 말했다.

예스가 울기 시작했다. 코를 훌쩍이며 꾸며대는 그런 울음이 아니라 볼을 따라 주르르 흘러내리는 가슴 찡한 눈물이었다. 메이 할머니가 넝마 심장을 가진 엄마 이야기를 할 때 그러는 것처럼.

의사가 도착하자 예스는 다시 예전의 예스로 돌아갔다. 불평하고, 사정하고, 협박하고. 그러나 피할 수는 없었다.

"어쩔 수 없어." 내가 솟구치는 눈물을 억지로 참으며 말했다.

"눈 한 번 깜짝하면 끝나." 의사가 말했다. "자, 착하지, 아가야. 아주 많이 아프진 않을 거야."

예스는 바닥에 엎드려야 했다. 나는 예스의 머리를 꼭 잡았다.

"이건 정말 불공평해." 예스가 울면서 소리쳤다. "불공평하다고."

의사가 예스의 척추를 꾹 눌렀다. 예스의 비명, 그리고 그 뒤로 이어지는 신음 소리. 나는 둘 중 어느 게 더 끔찍한지 알 수가 없었다.

"이게 바로 다섯 번째 재난이야." 예스가 최소한 한 달은 누워 있어야 한다는 이야기에 뮐케가 성난 표정으로 말했다. "언니는 이런 데도 여전히 재수가 좀 없었던 거라고 생각해?"

메이 할머니는 침대에 누워 있는 예스에게 여분의 베개와 이불과 더운 물주머니와 차를 가져다준 뒤 소곤소곤 이야기를 나눴다. 목소리가 어찌나 작던지 문 뒤에 서 있는 뮐케조차 무슨 이야기인지 알아들을 수가 없었다.

"뮐케." 할머니가 갑자기 소리를 질렀다. "너 어차피 거기 그러고 있을 거면 가만히 서 있지 말고 악어나 좀 가져오너라." 뮐케가 여행 가방을 가져다주자 할머니는 고맙다고 인사를 한 뒤 다시 나가 줄 것을 상냥하게 부탁했다.

뮐케와 나는 마당에 서 있었다. 우리 방 창문은 활짝 열려 있었다. 메이 할머니의 목소리가 흘러나왔다. 나직한 음악 소리처럼. 할머니의 악어 목소리였다.

"침대에 차 대령해, 물주머니 대령해……." 뮐케가 투덜거렸다. "그걸로 모자라서 악어 얘기까지? 정말 불공평해." 뮐케는 돌멩이를 걷어찼다.

"넌 맹추 아니잖아."

"어떨 땐 나도 맹추면 좋겠어." 뮐케가 볼멘소리로 대꾸했다.

"근데 가방에 사진도 없는데 어떻게 악어 얘길 하시는 거지?" 내가 물었다.

"앞치마에 숨겨두셨겠지 뭐."

"말도 안 돼. 적어도 백 장은 될 텐데? 앞치마 주머니에 그 많은 사진이 어떻게 다 들어가니?"

"그거야 나도 모르지." 밀케가 말했다.

모퉁이 뒤에서 아빠가 나타났다. "좀 어떠니?"

"많이 나아졌어요." 내가 말했다. "의사가 척추를 다시 제자리로 맞춰놨어요."

위층에서는 계속 메이 할머니의 목소리가 흘러나오고 있었다. 그러나 무슨 말인지 알아듣기에는 소리가 너무 작았다. 우리는 모두 위를 올려다보았다.

"염소랑 월요일 빨래 얘기야." 밀케가 말했다.

"그걸 네가 어떻게 아니?" 아빠가 물었다.

밀케는 어깨만 으쓱해 보였다.

"그만 들어가자. 감자 깎아야지." 내가 밀케에게 말했다.

아빠는 벽에 기댄 채 할머니의 이야기 소리에 귀를 기울이며 계속 서 있었다.

그날 저녁 밀케와 내가 방으로 올라왔을 때 악어는 이미 사라진 뒤였다.

우리는 침대 밑과 옷장 안을 들여다보았다. 그리고는 몰래 할머

니 방을 뒤지고, 마지막에는 아빠와 오빠들의 방까지 샅샅이 살펴
보았다. 그러나 악어는 증발해버리기라도 한 듯 그 어디에도 흔적
조차 보이지 않았다.

겨울잠

할머니는 더는 나빠질 것도 없겠다는 말을, 아빠는 맑은 공기라면 원하는 만큼 잔뜩 있다는 말과 크리스마스카드에서나 보는 풍경 속에서 살고 있다는 말을 그만두었다.

두 사람은 되도록이면 마주치지 않으려고 애썼다.

겨울이 찾아왔다. 뮐케와 나는 아침마다 예스를 태운 썰매를 끌고 학교에 갔다.("뛰지 말고, 늘 꼭 붙어 다녀야 한다!") 재수가 없는 날은 눈보라와 싸우며 슐람밤스 사하라를 걸어야 했다. 옷깃을 아무리 꽁꽁 여며도 눈발은 어김없이 옷 속으로 파고들었다. 길은 오솔길을 빼고는 더 이상 어디가 어딘지도 분간할 수 없게 변해버렸다. 공동묘지의 산울타리 덕분에 가야 할 방향은 늘 정확히 알고 있었지만, 그래도 우물 옆 성문이 보이면 나는 언제나 안도의 한숨을 내쉬었다.

반대로 집에 돌아오는 길에 눈이 하얗게 덮인 아홉 발 집 지붕이 앙상한 나뭇가지 사이로 보이면 마음이 아주 착잡해졌다. 집이 등을 돌린 채 우리를 거부하는 것 같은 느낌을 떨쳐버릴 수가 없었다. 그러나 그곳은 어쩔 수 없는 우리 집이었다. 메이 할머니가 차와 설탕 뿌린 빵을 준비해놓고 난로에 활활 불을 지핀 채 우리를 기다리고 있는 집.

"빨리! 더 빨리!" 오솔길에 다다르자 예스가 소리쳤다.

"안 돼, 재 척……." 나는 뮐케에게 경고하려고 했지만 뮐케는 내 말이 채 끝나기도 전에 덜컹대는 썰매를 끌며 마구 달리고 있었다.

허가증은 사라져버리고 말았다.

"벌써 두 달 전에 보내드렸어요." 시청 직원이 말했다.

"그런 허튼수작에 속으시면 안 됩니다." 우체국 직원이 말했다.

"아니, 또 오셨어요?" 시청 직원이 물었다. "근무시간 끝났습니다."

"아예 새 허가증을 신청할게요." 아빠가 말했다.

"그럼 서류철이 뒤죽박죽이 돼서 안 돼요."

12월 말이 되자 갑자기 날이 풀리면서 눈이 녹기 시작했다. 크리스마스 날. 우리는 모두 새 원피스로 갈아입어 사람들을 놀랬다. 하지만 그건 진짜 새 옷은 아니고, 알고 보면 그리 특별한 옷도 아니었다. 대부분의 아이들은 남들이 버린 옷을 입고 돌아다녔지만 메이 할머니는 당신의 손녀들은 그러면 안 된다고 생각했다. 그래서 적어도 일 년에 한 번씩은 우리들 옷을 죄다 뜯어서 직접 고쳤다. 그때마다 식탁은 소매, 몸통, 단추, 깃, 띠, 가장자리 장식 등등해서 약 삼 주 동안 옷들의 도살장으로 변했다. 할머니는 뜯어낸 조각들을 이렇게 저렇게 새로 짜 맞춰 새 원피스를 탄생시켰다.

우리들이 일요일에 입는 원피스는 좋게 말해 좀 특이했다. 메이 할머니의 바느질 솜씨는 별로 좋은 편이 아닌 데다가 모든 원피스를 새 원피스처럼 보이게 하려는 노력이 종종 지나친 탓이었다. 그 결과, 올해는 뾰족한 옷깃 아래 구리 단추들이 세 줄로 나란히 달린 원피스, 담줏 색깔의 퍼프소매 밑에 긴 바둑판무늬 소매를 덧댄 원피스 그리고 스코틀랜드 체크무늬에 세일러깃이 달린 원피스, 이렇게 세 벌이 완성되었다. 그러나 우리는 우리들의 안전을 생각해 투정은커녕 입도 뻥긋하지 않았다.

우리는 일요일에 신는 신발을 종이 봉지에 싸 들고 온 가족이 함께 성당으로 갔다. 우리들의 여름 신발은 반쯤 녹아 미끈거리는 진창길을 걸어가는 동안 속까지 다 젖고 말았다. 우리는 우물 옆 성문에 다다라서야 신발을 갈아 신었다. 그때 자동차 한 대가 우리 옆을 천천히 지나갔다. 멋진 펠트 모자를 쓰고 입에 굵은 엽궐련을 문 남자가 보였다. 그 옆에는 모피 코트를 입은 여자가 허리를 꼿꼿이 세우고 앉아 있었다. 피트, 에트, 쉐르, 크레쳉 오빠가 나지막이 휘파람을 불었다. 아빠가 손을 치켜들자 자동차에 탄 사람들이 가볍게 고개를 끄덕여 보였다.

"누구예요?" 자동차가 사라지자 뮐케가 물었다.

"엽궐련 황제." 쉐르 오빠가 대답했다.

"내년엔 우리도 저런 자동차에 앉아 있을 거야." 아빠가 말했다.

"자동차는 고사하고 자전거라도 타고 있으면 좋겠구나." 할머니가 독기 어린 목소리로 내뱉었다.

우리가 일요일에 입는 원피스를 입은 이유는 비단 크리스마스 때문만은 아니었다. 12월 25일은 페이 할아버지가 돌아가신 날이기도 했다. 할아버지는 아빠가 엄마를 만나기도 전에 돌아가셔서 아빠 역시 할아버지를 만난 적이 없었다. 나, 뮐케, 예스는 악어 속의 사진을 통해서만 할아버지를 알고 있었지만 신부님이 미사의 추모 순서 때 할아버지 이름을 부르자 이상하게 흥분해서 아주 엄숙한 기분에 휩싸였다.

"그래, 페이, 그 사람…… 아주 특별했지." 미사가 끝나면 노인들은 해마다 그렇게 운을 띄웠다. 마치 할아버지에 대해 할 말이 아주 많다는 듯이. 그러나 메이 할머니는 사람들이 끝까지 말을 하도록 받아주는 법이 없었다. 우리를 황급히 성당에서 내몰며 왼쪽, 오른쪽으로 손을 흔들고, 눈인사를 하며 부지런히 걸음을 옮겼다. 심지어 신부님조차 할머니의 눈인사로 만족해야 했다. 그것은 인사라기보다는 오히려 모욕에 가까웠다.

우리는 미사가 끝난 뒤 새 공동묘지의 산울타리 가지를 꺾어 만든 화환을 들고 할아버지의 묘지로 갔다. 할아버지의 묘지는 아주 평범했다. 회색 석판이 덮여 있고, 위쪽이 둥근 회색 묘비가 서 있고, 그 위에 새겨진 글자와 숫자는 소박했다.

페트뤼스 요한네스 마리 트뢰이 클레인
1861년 4월 6일~1918년 12월 25일

우리는 할아버지의 묘지에 올 때마다 늘 좀 불안해졌다. 할아버지의 무덤이라서가 아니라 묘비에 새겨진 이름이 할아버지 것만이 아니었기 때문이다.

마리아 휘베르티나 카롤라 빅토리나 클레인발라벤
1875년 12월 9일~

부부가 한 무덤에 같이 묻히는 것은 지극히 평범한 일이라고 아빠가 지금까지 백 번도 넘게 설명해주었지만 묘비에 새겨진 할머니의 이름은, 특히 삶과 죽음을 가르는 짧은 붙임표(~)는 우리를 번번이 불안케 했다.

집으로 돌아왔다. 우리는 옷을 갈아입어도 좋다는 허락을 받았고, 오빠들은 뜨거운 코코아를 끓였고, 아빠는 하모니카로 「고요한 밤, 거룩한 밤」을 연주했다. 그제야 모든 것이 좋아졌다. 그리고 더 좋은 일이 있었다.

"자, 한번 물어보렴." 난로 앞에 앉은 메이 할머니가 사과처럼 볼이 새빨개져 입을 열었다. "자정미사에서 독창을 한 꼬마 소녀가 누군지, 연습을 하도 많이 해 미사 전날 밤 까마귀처럼 목이 쉬어버린 소녀가 누군지 말이야."

악어는 소파 밑에서 나왔다. "하, 거기 있었던 거예요?" 뮐케가 놀라서 물었다.

가방은 색깔이 변했다. 안 그래도 심하게 텄던 가죽 손잡이는 더 쩍쩍 갈라졌고 잠금장치는 녹이 슬 대로 슬어 더 이상 제대로 잠기지가 않았다. 안감은 할머니가 몽땅 뜯어냈는지 지퍼 주머니든, 단추 주머니든 남아 있는 게 없었다. 그러나 사진들은 전부 다시 가방에 들어 있었다. 딱딱하고 찌그러진 겉껍데기 속에.

"불쌍하고 사랑스러운 악어 같으니." 예스가 동정심에 가득 찬 목소리로 말했다.

"자, 어서! 누가 물어볼래?" 할머니가 쟁반을 꺼내더니 크게 훼손된 엄마의 사진을 아주 조심스레 올려놓으며 물었다. 말쑥한 원피스에 커다란 목도리를 칭칭 감은 엄마의 엄청 어릴 적 사진이었다.

2월 말이 되자 길은 다시 얼음판으로 변했고, 바람도 거세졌다. 사육제 날, 마당에 있던 사과나무 두 그루가 바람에 쓰러졌다. 나무 부러지는 소리는 사기그릇들을 넣어둔 찬장이 넘어지는 것처럼 요란했다. 어릿광대로 분장한 에트와 크레쳉 오빠가(어릿광대 옷은 푸줏간 주인에게 빌렸다.) 피해 정도를 알아보려고 했지만 큰 성과는 없었다. 바람이 어찌나 세던지 문을 열고 나가자마자 말 그대로 집 안으로 다시 쓸려 들어왔기 때문이다.

3월부터는 날씨가 풀리면서 비가 많이 왔다. 그러나 우리도 이제는 큰 구멍들이 어디에 있는지 알았기 때문에 비 피해는 그럭저럭 견딜 만한 수준에 머물렀다. 빗방울이 떨어지기 시작하면 우리는 재빨리 계단을 뛰어 올라가("뛰지 말고! 뛰지 말고!") 다락방에 양동이와 냄비와 컵 들을 받쳐놓았다. 어느 날 놀 아저씨가 집에서 '뒹구는' 거라며 기와를 가져다줄 때까지. 아저씨가 갖다 준 기와는 붉은색이었고, 우리 집 기와는 검은색이었다. 덕분에 이제 아홉 발 집 지붕은 멀리서 보면 꼭 털갈이하는 새의 날개 같았다. 창틀은 칠이 더 많이 벗겨져 나무에 틈이 생기고 점점 갈라지기 시작했다.

지하실은 더 이상 물바다가 되지 않도록 창을 판자로 막아두었다. 마지막으로 이런 계절도 있었나 싶을 정도로 겨울이 우리들 머릿속에서 까맣게 잊혔을 무렵 드디어 봄이 찾아왔다.

그리고 그 봄과 함께 수수께끼들도 찾아왔다.

걱정의 반대말 II

나는 펌프질을 하고 있었다. 펌프 손잡이가 애달픈 소리로 울었다. 물은 신비로울 정도로 반짝이며 대야 속으로 콸콸 쏟아졌다.

공동묘지에 와 있으면 이제 마음이 편해졌다. 아홉 발 집은 우리가 살았던 다른 집들과는 비교도 되지 않을 정도로 크고, 오빠들도 집에 없는 날이 있는 날보다 더 많았지만 소음과 잡음은 그 어느 집보다 심했다. 말소리, 싸우는 소리, 발소리, 끼익 하는 문소리, 덜컹대는 창문 소리, 탁탁거리며 계단 오르내리는 소리……. 내 평생 처음으로 우리들만의 공간이 생겼건만 뮐케와 예스가 백만 번째로 말다툼을 시작하면 방이, 아니 아홉 발 집이 나를 꽁꽁 가두는 듯한 답답함이 들곤 했다. 그러나 묘지만큼은 온전한 내 차지였다. 방문객들이 없는 것은 아니었지만 그들은 몸을 녹이기 위해 화톳불 둘레에 모여 있는 사람들처럼 자기들이 찾아온 묘지 근처에만 머물렀다. 장례식은 늘 오전 9시에서 오후 4시 사이에 열렸다. 따라서 그 전과 그 후의 묘지는 내 차지였다. 심지어 산울타리 너머에 서 있으면 가끔씩 가족도, 아홉 발 집도 더 이상 존재하지 않는 듯한 느낌이 들 때가 있었다.

대야 두 개에 물을 가득 채운 뒤에야 비로소 알아차렸다.
누군가 석판만 덮인 오래된 무덤을 말끔히 치우고 깨끗이 닦아 놓은 것을. 담쟁이덩굴도 모두 걷어져 있었다. 나는 그제야 그 석판이 비바람에 씻긴 검은 대리석임을 알아보았다. 대리석은 좀 놀랍다 싶을 정도로 한가운데가 가로로 쩍 갈라져 있었다. 둘레에는 녹색 비누(황소의 담즙을 이용해 만든 천연 비누로 얼룩 제거에 쓰인다 — 옮긴이) 냄새가 여전히 희미하게 남아 있었다.
석판 위에는 이름도, 연도도 새겨져 있지 않았다.

"핑 언니! 언니!"
산울타리가 벌어지더니 밀케가 튀어나왔다. 밀케의 진흙 범벅 양말이 눈에 확 들어왔다. 외투 역시 걸치지 않았다.
"왜 그래? 무슨 일이야?" 내가 물었다.
그러나 밀케는 어서 와보라는 듯 손짓만 하고는 획 돌아서 산울타리 속으로 그대로 사라져버렸다.

허둥지둥 뮐케의 뒤를 쫓는 내 머릿속엔 별별 상상이 다 떠올랐다. 기왓장에 머리가 깨진 아빠, 계단에서 미끄러진 메이 할머니, 아님 혹시 또 예스가?

모두들 부엌 식탁을 가운데 두고 빙 둘러앉아 뭐라고들 중얼거리고 있었다. 나는 한 사람씩 재빨리 죽 훑었다. 빠진 사람은 없었다. 어찌나 마음이 놓이던지 그제야 무릎이 덜덜 떨려왔다.

"대체 무슨 일이에요?" 내가 물었다.

뮐케와 예스가 내게 자리를 내주었다. 하지만 내 눈에는 식탁 말고는 아무것도 보이지 않았다. 적어도 뮐케의 손가락이 그것을 가리키기 전까지는.

식탁에 뭔가가 놓여 있었다. 얼핏 보아서는 작고 꾸깃꾸깃하니 아주 하찮아 보였다. 잉크가 번져 더 이상 알아볼 수 없는 도장들이 가득 찍힌 지저분한 편지 봉투였다.

내가 보고 있는 것이 무엇인지 확실해지는 순간, 나는 숨이 멎고 말았다.

"혹시 이게 그……?" 내가 물었다.

아빠가 고개를 끄덕였다. 다들 입을 꾹 다물고 있었다. 한마디라도 잘못 내뱉었다가는 편지가 다시 사라져버리기라도 할 것처럼.

"우릴 못 찾아서 여태 엄청 헤맸나 봐!" 뮐케가 말했다. "여길 찾아오기까지 세계 일주라도 한 애 같아."

엽궐련 제조 허가증이 마침내 우리 집을 찾아낸 다음 날, 두 번째 걱정의 반대말이 도착했다.

"세 번째 수확한 잎이야. 그러니까 최상품은 아니라고." 놀 아저씨가 손사래를 치며 말했다. "싫어, 한 푼도 필요 없어. 아이고, 안톤, 그렇게 사양하지 좀 말게. 내가 뭐 자네가 예뻐서 가져온 줄 아나? 애들이랑 죽은 애들 엄마 생각해서 가져온 거야. 하느님, 불쌍한 영혼을 고이 잠들게 하소서."

메이 할머니는 눈물을 흘렸다. 걱정의 눈물도, 기쁨의 눈물도 아닌 그 중간쯤 되는 눈물이었다. 갑자기 아빠와 아저씨를 비롯, 오빠들까지 우당탕탕 소리를 내며 부산을 떨기 시작했다. 욕과 소음 없이는 일이 안 되는 것처럼들 굴었다. 특히 놀 아저씨가 가장 심했다.

"내 말 잘 들어라." 메이 할머니가 나중에 우리를 모아놓고 말했다. "이제 곧 엄청 바빠질 거야. 작업장을 완성시켜야 하니까. 그러니까 너희들, 아빠랑 오빠들 성가시게 하면 안 된다. 알았지?"

"네, 할머니."

"난 네티한테 다닐 거야. 놀 부인 말이다. 또 임신을 했다니까 가서 좀 도와줘야지. 그게 내가 할 수 있는 최소한의 도리니까."

"네, 할머니."

"그리고 뮐케, 너! 그렇게 이죽댈 거 없다. 이제부터 여기가 무슨 천국으로 변할 줄 아나 본데 그렇담 단단히 착각하는 게다."

할머니는 우리가 해야 할 일들을 종이에 적어 한 사람 앞에 한 장씩 나눠주었다.

"내 게 예스 거보다 훨씬 더 길어." 밀케가 투덜거렸다.

"그럼 언니, 나랑 바꿀래?" 예스가 재깍 물었다.

"바꾸고 그러는 거 없다." 메이 할머니가 버럭 소리를 질렀다.

나는 밀케와 예스의 목록을 흘깃 돌아보았다. 둘 다 내 목록의 절반도 되지 않았다.

"쟤들 둘한테 맡겼다간 집안 꼴이 엉망이 될 거라는 거, 너도 잘 알지?" 메이 할머니가 물었다.

나는 아무 말도 하지 않았다.

그때부터 눈코 뜰 새 없이 바쁜 날들이 계속되었다. 할머니는 새벽마다 식탁을 차려놓고 우리가 채 아침식사를 마치기도 전에 네티 아줌마에게 가기 위해 집을 나섰다.

나는 예스가 코르셋 입는 걸 도와주었다. 내가 가죽끈을 꽉 조이면 양옆에 달린 나무심이 예스의 살을 찔렀다. 동시에 예스의 숨소리는 얕아졌다.

"할머닌 이렇게 세게 안 조이는데." 예스가 투덜거렸다.

나는 그럴 때마다 입술을 지그시 깨물며 내 목록을 떠올렸다.

예스, 교정 코르셋 입히기. 세 번째 구멍. 분명히 그렇게 적혀 있었다.

할머니가 우리 속을 꿰뚫어 본다는 증거도 그 밑에 있었다. 핑, 예스가 조금 느슨해야 한다고 해도 절대 믿으면 안 된다.

밑에서는 오빠들이 앞으로 해야 할 일들을 무질서하게 외쳐대고 있었다. 거실에서 작업장으로 통하는 문을 막아야 하고, 새 작업대 두 개와 의자 네 개를 만들어야 하고, 압축기에 다시 기름을 쳐야 하고, 틀을 닦아야 하고, 벽을 칠해야 하고, 난로를 놓아야 한단다. 애들 장난이 아닌 것만큼은 확실했다.

밀케 말로는 오빠들이 목이 쉬어서 목소리가 일주일 새에 1킬로미터는 낮아진 것 같다고 했다. 과장이 좀 심하기는 했지만 변화는 나도 눈치채고 있었다. 엽궐련 제조 허가증은 아홉 발 집을 겨울잠에서 흔들어 깨운 것만 같았다. 더불어 우리들까지 모두 다.

"이젠 우리가 우리한테 뛰지 말라고 해야겠네." 밀케가 학교 가는 길에 농을 던졌다. "신을 더럽히거나 옷을 찢뜨리면 우리 귀싸대기도 우리가 올려붙여야 하고 말이지."

밀케가 킥킥거렸다.

"어서 가." 내가 말했다.

"네, 메이 할머니." 밀케가 또 장난을 쳤다.

"어서 계속 가라니까. 늦는단 말이야."

"언니가 있는 한 절대 안 늦어." 밀케가 말했다.

"근데 너, 반죽 가져왔니?" 내가 물었다.

"무슨 반죽?"

"무슨 반죽이라니? 빵집에 갖다 줄 반죽 말이지."

뮐케가 멍한 표정으로 나를 바라보았다. 내 입에서는 저절로 한숨이 새어 나왔다.

"할머니가 수건 두 장으로 칭칭 싸서 부엌에 놔두셨잖아."

우리는 집에서 빵을 굽지 않았다. 아빠가 돌가마를 짓겠다고 약속했지만 이제껏 약속으로만 남아 있었다. 따라서 우리 집은 할머니가 반죽을 만들면 그걸 빵집에 가서 구워 왔다. 그편이 빵을 사 먹는 것보다 쌌기 때문이다.

"젠장!" 뮐케가 소리치더니 곧장 돌아섰다.

"관둬. 학교 늦는단 말이야." 내가 말했다.

그러나 메이 할머니의 잔소리에 비하면 수녀님들의 잔소리는 자장가였다. 뮐케는 집을 향해 뛰기 시작했다. 발소리가 빠르게 멀어져 갔다.

예스가 내 뒤를 기운 없이 터벅터벅 쫓아왔다.

"왜 그래?" 내가 물었다.

"아무것도 아니야."

"뮐케도 금방 올 거야."

우리는 오솔길을 벗어났다. 강한 바람이 얼굴을 때렸다.

"나, 옛날 학교로 돌아가고 싶어." 예스가 말했다. "집도, 학교도 다시 다 옛날로 돌아갔으면 좋겠어."

"그러기엔 너무 늦었어. 자, 어서 가자." 나는 예스를 재촉했다.

여자애들 몇 명이 평소 우리가 잠시 쉬었다 가는 성벽 뒤를 점령하고 있었다. 그 애들을 잘 안다고 할 수는 없었지만 그 애들과 싸움에 휘말리면 절대 안 된다는 것 정도는 확실히 알고 있었다. 그 애들은 시내에 살았는데 그 구역은 웬만하면 가지 않는 게 좋다고 소문난 곳이었다.

"왜? 뭐 아니꼬운 거 있어?" 우리가 지나가자 그 애들이 시비를 걸었다.

"아무 말 마." 내가 예스에게 주의를 주었다.

"어쭈, 대답 안 해?" 어떤 애가 내 팔을 움켜쥐었다. 뚱보 토니였다. 그 무리에서 내가 이름을 아는 유일한 애였다. 사람들이 쑤군대는 바에 의하면 언젠가 광견병에 걸린 개가 달려들자 망치로 머리를 때려 죽였단다. 뚱보 토니는 또, 유급을 벌써 두 번이나 당해 제 패거리 아이들보다 나이도 훨씬 많았다. 아이들 사이에서는 수녀님들이 그 애를 학교에서 쫓아낼 요량으로 일부러 진급시키지 않았다는 소문이 나돌았다.

여자애들이 우리들 앞길을 막았다.

"너희, 성 밖에 사는 애들 아냐?" 여자애가 물었다.

"비켜, 우리 학교 가야 해." 내가 말했다.

"못 믿겠는데." 뚱보 토니가 히죽거렸다.

"아우, 냄새." 또 다른 여자애가 인상을 썼다. "성 밖에 사는 애들은 죄다 이상한 냄새가 난다니까."

여자애들이 나와 예스를 천천히 에워싸기 시작했다. 그때 밀케가 숨을 헉헉거리며 모퉁이를 돌아오지 않았더라면 우리한테 무슨 일이 벌어졌을지 모른다. 밀케가 대장처럼 엄한 눈초리로 뚱보 토니를 위에서 아래로 죽 훑어보았다. 뚱보 토니도 마찬가지였다. 얼음장처럼 차가운 침묵이 흘렀다.

"가." 밀케가 조용히 말했다. "벌써 많이 늦었어."

"아주 많이 늦었지." 뚱보 토니가 말했다.

나는 여전히 뚱보 토니에게 소매가 붙잡혀 있었지만 이번에는 크게 힘들이지 않고 팔을 빼낼 수 있었다.

아침에 학교 운동장에 들어설 때마다 느껴지던 복통은 이제 자취를 감췄다. 반 아이들은 내게 손을 흔들거나 소리쳐 인사를 건넸다. 가끔씩 함께 수다를 떨 때도 있었고, 같이 고무줄을 하고 놀 때도 있었다. 그러나 친구는 여전히 없었다. 난 새로 전학 온 아이고, 나머지 애들은 옛날부터 서로 알던 사이니까 그렇지,라고 나는 스스로를 위로했다. 그러나 쉬는 시간마다 한 무리의 여자애들을 거느리고 돌아다니는 밀케를 보고 있자면 나는 그게 진실이 아니라는 것을 알았다. 그럴 때면 가슴을 쿡쿡 찌르는 질투심이 느껴졌다.

망쳐버린 엽궐련

"당연히 하루아침에 엽궐련 황제가 될 수야 없지." 아빠가 말했다.

저녁이었다. 식사가 끝나고 막 설거지를 마쳤는데 쉐르 오빠가 부엌으로 뛰어 들어오더니 놀랄 일이 있다며 우리를 작업장으로 끌고 갔다.

"놀랄 일은 무슨." 말은 그렇게 하면서도 메이 할머니 역시 우리 뒤를 쫓아왔다.

작업대 위에는 담뱃잎, 살담배, 작은 칼, 궐련틀 등이 잔뜩 어질러져 있었다. 그리고 그 한가운데에 불행 담배들이 종류별로 놓여 있었다. 가장 먼저 상권엽이 풀려버린 담배들이 눈에 띄었다. 아빠말로는 살담배를 너무 꽉 채워서 그렇다고 했다. 반대로 두 번째는 살담배가 만만하게 말리지 않아 아예 담배 구실도 못 하는 궐련들이었다. 그리고 세 번째는 겉모양은 멀쩡한 새침데기 불행 담배들이었다.

피트, 에트, 쉐르, 크레칭 오빠가 작업대를 치우더니 새침데기 불행 담배들을 나란히 늘어놓았다.

"이건 너무 물러." 아빠가 담배 하나를 꾹꾹 누르며 말했다. "이러면 신문지보다도 더 빨리 타버릴걸. 그리고 여기 이건 너무 딱딱하고." 아빠가 심각한 표정으로 궐련을 입에 물더니 성냥불을 갖다대었다. 아니나 다를까, 도무지 불이 붙지가 않았다. "나 참, 돌덩이를 피워도 이거보다는 빨리 타겠네." 아빠가 궐련을 입에 문 채 투덜댔다.

그때 예스가 갑자기 울음을 터뜨렸다. 다들 깜짝 놀라 예스를 돌아보았다. 메이 할머니가 예스를 당신 무릎으로 잡아끌며 물었다.

"무슨 일이니, 우리 아가?"

"저-대-안-오-거-요."

"뭐라고? 자, 착하지, 뚝!"

예스는 또 뭐라고 뭐라고 했지만 아무도 그 애의 말을 알아들을 수가 없었다.

"뭐?"

예스는 울음을 멈추려고 숨을 헐떡거렸다. 콧물이 줄줄 흘러내렸다.

"거-걱정의-바-반대-말요."

"그게 뭐가 어떻다고?"

흐느낌을 참느라 예스의 목소리가 갑자기 높이 갈라졌다.

"뭐, 뭘 하든 계속 실패만 하잖아요. 늘 망치기만 한다고요."

할머니의 깊은 한숨 소리가 들렸다.

"그렇지 않아." 아빠는 얼른 입을 열었지만 곧 다시 벙어리가 되고 말았다. 나는 발가락을 잔뜩 오므린 채 발등으로 있는 힘껏 신발을 밀어 올렸다. 그렇게 얼마 동안 침묵이 흘렀다.

마침내 메이 할머니가 사태를 수습했다. "아이고, 예스, 이건 아주 당연한 거야. 불행 담배는 망쳐야 좋은 거야. 그래야 이렇게 만들면 안 되는 거구나, 하고 배울 수 있지. 그리고 나서…… 그런 다음에, 음…… 그래…… 해, 행운의 담배를 만드는 거야. 그렇지, 안톤? 먼저 불행 담배부터 만들고, 그리고 나서 행운 담배를 만드는 거지, 안 그래?"

아빠는 천장을 쳐다보며 헛기침부터 한 뒤에야 제 목소리를 찾았다. "그, 그럼요. 너희들 생각엔, 흠흠…… 놀 아저씨가, 으흠…… 처음에 어떻게 시작했을 것 같니? 스타씨온스 가의 캄스나 엽궐련 황제가 어떻게 시작했을 거 같냐고? 그 사람들은 뭐 처음부터 할 수 있었을 것 같아? 당연히 아니지, 안 그래? 절대 아니야. 어디, 내 말이 틀린 것 같으니?"

그러고 나서 다시 '보고 나서 믿지 말고 믿고 나서 보기', '걱정의 반대말' 등등에 대한 이야기가 줄줄 이어졌다. 우리는 언제나처럼 투덜댔지만, 마음속으로는 안도의 한숨을 내쉬었다. 어마어마한 재난을 간발의 차이로 피한 느낌이었다.

에트 오빠가 브랜디에 절인 체리 병을 가지고 왔다. "첫 엽궐련 생산을 축하해야죠."

그러나 메이 할머니는 단호히 고개를 저었다. "축하는 첫 담배를 판 다음이야." 할머니는 하늘색 병을 작업장 새 수납장 위에 올려놓았다. 따라서 우리는 오렌지에이드로 건배하는 수밖에 없었다.

"행운 담배를 위해!" 오빠들이 외쳤다.

"걱정의 반대말을 위해." 아빠가 외쳤다.

메이 할머니는 아무 말도 안 했지만 우리가 악어 이야기를 해달라고 하자 거절하지 않았다. "자, 한번 물어보렴. 페이 할아버지가 어떻게 인부들을 부려 코끼리가 기대도 끄떡없는 벽을 쌓도록 했는지 말이야."

그것은 할아버지가 현장감독이 된 직후의 이야기였다. 마침 할머니와 할아버지도 새 집으로 이사를 간 지 얼마 안 돼 그곳도 여기저기 손보고 공사할 게 많았다. 그러나 할아버지는 도저히 시간을 낼 수 없었기 때문에 집안 공사는 평소 당신 밑에서 일하는 미장이들에게 맡겼다. 그 가운데 하나는 작은 부엌에 벽을 쌓는 거였다.

"당신, 정말 자신 있어요? 이래가지고 진짜 튼튼하겠냐고요?" 할머니가 영 못 미더운 목소리로 물었다.

그러자 페이 할아버지가 대답했다. "아이고, 우리 사랑스러운 마누라, 의심도 많지. 이 벽은 코끼리가 기대도 끄떡없을 테니 아무 염려 마요."

그러나 다음 날 저녁, 할아버지가 결혼사진을 걸기 위해 못을 박는 순간 벽은 우당탕하는 소리와 함께 무너져버리고 말았다. 버터가 녹아내리는 것보다도 빨리.

우리는 사진을 들여다보았다. 할머니의 이야기에 딱 들어맞는 사진은 아니었다. 사진 속의 페이 할아버지는 나이가 좀 더 든 뒤였다. 하지만 할아버지 사진은 달리 마땅한 게 없었다. 우리가 보고 있는 사진은 여러 아저씨들이 모여 찍은 단체 사진이었는데, 페이 할아버지는 맨 앞줄에 서 있었다. 할아버지의 눈은 반짝였고, 입은 싱글벙글 귀까지 찢어져 있었다. 복장은 아주 고급스러워 보이는 펠트 모자에 실크 조끼 차림이었다. 그 뒤에는 할아버지 밑에서 일하는 미장이들이 남루한 셔츠에 모자를 쓰고 주르르 서 있었다. 그 가운데 한 명은 미친 듯이 웃고 있었다.

"이 남자는 왜 이렇게 웃고 있어요?" 뮐케가 물었다.

예스와 나는 뮐케를 툭 치며 무섭게 노려보았다.

"미장이들한테 당연히 할아버지의 불호령이 떨어졌지." 몇 초 동안 이어지던 차가운 침묵을 깨고 메이 할머니가 입을 열었다. "그래서 벽을 아예 다시 쌓아야 했단다. 일요일이었는데 말이야. 현장감독 집에 무너진 벽이라니, 가당치도 않지. 그래. 너희들 할아버지는 그런 분이셨단다."

그날 밤, 잠자리에 들어서야 우리는 예스가 울음을 터뜨린 진짜 이유를 알았다.

"악어가 다시 할머니 방에 있어." 예스가 말했다. "내 눈으로 똑똑히 봤다고."

"그게 뭐 어떻다고 호들갑이야?" 뮐케가 대꾸했다. "전에도 거기 있었는데."

"내 말은 침대 밑 말고……." 예스가 말했다.

우리는 눈빛을 주고받았다.

"악어가 할머니 침대 밑에 없어?"

예스가 고개를 끄덕였다. "거봐, 언니들은 끝까지 듣지도 않고 만날 잘난 척부터 해. 침대 밑 말고, 그냥 옆에 서 있단 말이야. 똑바로."

"젠장!" 뮐케는 너무 놀라서 크게 소리치지도 못하고 혼잣말로 중얼거렸다.

우리 식구들 가운데 이사 갈 날이 머지않았음을 직감하는 사람이 있다면 그건 다름 아닌 메이 할머니였다. 그리고 우리는 메이 할머니의 악어를 보고 이제 그 집에 살 날이 얼마나 더 남았는지를 알아냈다.

"침대 옆이라⋯⋯." 뮐케가 말했다. "그럼 한 달 안팎이겠군."

예스는 몸을 덜덜 떨었다. "그게 다가 아니야. 덮개도 벌써 다 덮어놓으셨다고."

뮐케의 표정에는 놀란 기색이 역력했다. "그렇담 길어야 삼 주란 소린데."

"이제 그만들 좀 해." 내가 버럭 소리를 질렀다. 뮐케와 예스가 나를 쳐다보았다. 나는 숨부터 깊이 들이마셨다.

"할머니가 집이 또 물바다가 될까 봐 벌벌 떠시는 거, 너희도 나만큼이나 잘 알잖아. 이 집 사정이 그런데 너희들 생각엔 할머니가 악어를 또 침대 밑에 넣어두실 것 같니? 응? 너희 정말 그렇게 생각하는 거야?"

"하지만⋯⋯."

"똑바로 세워놔야 안전하지, 그런 것쯤 너희들도 알잖아." 나는 계속 몰아붙였다. "그리고 덮개로 덮어놔야 훨씬 더 안전하고. 게다가 또 있어. 아빠가 아까 걱정의 반대말 얘기 꺼냈을 때 할머니도 아빠 편을 드셨잖아. 너희들 생각엔 일이 잘될 것 같지도 않은데 무조건 아빠 편을 드셨을 것 같니? 할머니가 그런 사람이야, 응?"

뮐케와 예스가 안도의 한숨을 내쉬었다.

"이런 겁쟁이들 같으니라고." 내가 말했다.

"잘난 척은." 예스가 애교스럽게 어깃장을 놓았다.

나는 돌아누웠다. 예스의 왼쪽 발이 내 발을 건드렸다. 그 애의 오른발은 밀케의 발을 찾고 있으리라.

"그러니까 언니 생각엔 걱정의 반대말이 아직 유효하단 말이지?" 예스가 내 쪽으로 파고들며 물었다.

"그래."

"그럼 내 척추가 나을 거라는 것도 믿을래."

"쉿, 이제 그만." 내가 말했다.

"그리고 모든 게 좋아질 거라는 것도."

"그래, 분명히 그럴 거야."

"다ー아."

"쉿."

"믿고 나서 봐야 해."

"지금은 자야 해."

"언니, 아홉 발 집 말이야, 옛날엔 어땠는지 알아?"

"자."

"그 이름, 내가 지은 거지, 언니? 그렇지?"

"그래, 너 혼자 지었어. 그러니까 이제 얼른 눈 감아."

밀케가 가장 먼저 잠들었다. 그러고 나서 예스가 잠들기까지는 시간이 조금 걸렸다.

나는 계속 몸을 뒤척였다. 예스가 옳으면 어쩌지? 걱정의 반대말이 절대 찾아오지 않으면? 정말로 곧 이사를 가야 하면? 또 죄다 싸들고 낯선 곳으로 가 처음부터 다시 시작해야 하면?

"이사란, 전체 이야기를 처음부터 다시 시작하는 거랑 비슷한 거야." 아빠는 언젠가 그렇게 말했다. 그러나 나는 새 이야기 따위는 필요 없다. 아홉 발 집이 내 이상에 맞는 집이어서가 아니다. 다만…… 때로는 그저 한곳에 머무르는 것만으로도 충분했기 때문이다.

그날 밤 내가 잠들기까지는 아주 오랜 시간이 걸렸다.

더 많은 수수께끼들

어느 날 오후, 우리는 바깥에다 흰 빨래를 널고 있었다. 울타리 위에는 침대 시트와 식탁보가 봄볕을 쬐고 있었다. 우리가 마지막 빨래를 널고 있는데 오빠들이 다가왔다.

"없어졌어." 쉐르 오빠가 말했다.

"감쪽같이." 에트 오빠가 말을 이었다.

"사라졌다고." 이번엔 피트 오빠였다.

"아니야, 누가 훔쳐 간 거야." 크레쳉 오빠가 고개를 저었다.

무슨 일이 벌어진 게 틀림없었다. 사연인즉, 오빠들이 작업장 문을 열어둔 채 잠시 부엌에 가 커피를 마시고 와보니 궐련이 없어졌단다.

"열두 개나 없어졌어." 쉐르 오빠가 말했다. "쉰 개를 만들었는데 서른여덟 개밖에 안 남았다고."

우리는 일제히 아빠를 돌아보았다. 아빠는 오빠들 옆에 우두커니 서서 뭔가를 곰곰이 생각하듯 볼만 자근자근 씹을 뿐 아직 한마디도 않고 있었다.

"어쨌거나 우리 담배가 훔칠 만한 가치가 있다는 얘기지." 아빠가 짤막하게 한마디 했다.

메이 할머니는 아무 말도 하지 않았다. 문을—한때는 창문이었던—왜 잠그지 않았느냐며 아빠를 닦달하지도, 어차피 원하는 사람 하나 없는 불행 담배 아니었냐는 가시 돋친 말로 아빠를 공격하지도 않았다. 그러나 그날 밤, 엽궐련 도둑이 침대 밑에 숨어 있을 거라는 뮐케의 말에 예스가 벌벌 떨며 방으로 올라가지 않겠다고 고집을 부리자 할머니도 폭발하고 말았다.

"이런 겁쟁이 같으니라고, 언제까지 그렇게 벌벌 떨기만 할 테야, 응? 너도 머리가 있으면 생각을 좀 해보란 말이다." 할머니가 예스에게 소리를 질렀다. "대체 도둑이 얼마나 작아야 너희들 침대 밑에 숨을 수 있겠니? 너희들 침대 밑엔 담배 한 개비도 간신히 들어갈까 말까 한데!" 할머니는 당신의 높은 언성에 스스로 놀랐는지 곧장 예스의 손을 잡고 우리 방으로 올라가 침대 밑을 들여다봐 주고, 그래도 예스가 못 미더워하자 빗자루를 가져와 자루로 침대 밑을 쑤셔대는 시늉까지 해 보였다.

"자, 이제 다 죽었으니까," 할머니가 말했다. "얼른 옷 갈아입고 침대로 들어가거라."

다음 날 수업을 마치고 집에 가는데, 어떤 아저씨가 자전거를 타고 슐람밤스 사하라를 달리고, 아니 달려보려고 노력하고 있었다. 맞바람이 워낙 센 데다 웅덩이와 진창이 천지라 아저씨는 번번이 자전거에서 내려야 했다. 아저씨는 우리들 시야에서 잠깐씩 사라졌다가도 커브길 끄트머리나 오솔길이 살짝 굽어지는 데에서 또다시 모습을 드러내곤 했다.

"어디 가는 걸까?" 묄케가 물었다.

"손님일지도 모르지." 예스가 말했다.

"손님?"

"우리 엽궐련을 사러 가는 손님."

우리는 서로 눈길을 주고받았다.

"에이, 말도 안 돼." 묄케는 그렇게 말하더니 들입다 달리기 시작했다.

"천천히 가." 예스가 뒤에서 쫓아오며 헉헉거렸다. 그러나 결국은 나와 묄케가 커브를 돌기도 전에 걸음을 멈추고는 가쁜 숨을 몰아쉬는 것 같았다. "기다려! 좀 기다리라고!" 잔뜩 화난 목소리였다.

드디어 나와 뮐케가 집에 도착했다. 아저씨는 우리 집 대문 앞을 기웃거리고 있었다. 문에 기대 세워놓은 아저씨의 자전거는 진흙 투성이였고, 더 가까이 가보니 바짓단도 말이 아니었다. 실오라기 처럼 가는 머리카락이 이마에 온통 들러붙어 있었다.

"아버지 계시니?" 아저씨가 우리를 돌아보지도 않고 물었다. 아저씨의 눈은 원래 창문이었던 문을 뚫어져라 들여다보고 있었다. 문 뒤에서 아빠가 압축기에 대고 큰 소리로 욕을 퍼붓는 소리가 들렸다.

"엽궐련 사러 오셨어요?" 나는 숨을 헐떡이면서도 대뜸 질문부터 던졌다.

"맛이 아주 좋아요." 뮐케도 헉헉거렸다. "향도 진하고요." 뮐케가 덧붙였다. 나는 놀라서 눈을 동그랗게 뜨고 뮐케를 바라보았다. 얘가 이런 말을 어디서 배웠지? 수수께끼가 아닐 수 없었다.

아저씨는 작업장에서 여전히 눈을 떼지 않았다. 안에서 쿵 하는 소리가 울려 나오는 것으로 보아 아빠가 압축기를 발로 한 대 걷어 찼지 싶었다. 아빠는 아까보다도 더 크게 욕을 퍼부었다.

"계십니까?" 아저씨가 자신 없는 목소리로 외쳤다. 아저씨의 눈은 대문과 아홉 발 집 사이에 고인 진흙 웅덩이와 당신의 신발을 번갈아 보고 있었다. 가늘고 검은 신발 끈이 묶인 굽 낮은 에나멜 구두였다. 아저씨가 납작한 가방을 열더니 구겨지거나 접힌 데가 단한 군데도 없는 새하얀 봉투를 꺼냈다.

"이거 아버지한테 좀 전해주련?" 아저씨가 말했다. 그 말을 하는 아저씨의 얼굴이 새빨개진 탓에 나까지 얼굴이 빨개지고 말았다. 나는 봉투를 받아 들며 고개를 끄덕였다. 아저씨가 한시름 던 표정으로 자전거에 올라타더니 발뒤꿈치로 힘차게 페달을 밟았다.

"잊어버리면 안 된다!" 아저씨가 소리쳤다.

"이게 뭔데요?" 벌써 커브를 돌아가 버린 아저씨의 등에다 대고 밀케가 그제야 소리쳤다.

"무슨 편지 같아." 내가 말했다.

"그 정돈 나도 알아! 무슨 편지냐가 문제지."

"그걸 내가 어떻게 아니?" 나는 두 손으로 편지를 쳐들었다. 봉투 안에 든 편지는 날카로우리만치 깨끗하게 접혀 있었다.

"로테르담 은행이라면……" 밀케가 봉투를 읽었다. "아빠가 거래하는 은행이잖아. 은행에서 무슨 일로 아빠한테 편지를 보냈지?" 밀케의 표정에는 충격을 받은 기색이 뚜렷했다. "분명 돈 문제일 거야. 어서 열어봐."

"미쳤니?"

"아님 뭐겠어?" 밀케가 화를 냈다. "악어가 알아서 떠날 때까지 그냥 가만히 보고만 있자고?"

"하지만……."

"이리 내!"

"안 돼."

"좋아, 그럼 관둬." 뮐케가 자기는 아무래도 좋다는 듯 어깨를 으쓱해 보였다. 하지만 내가 마음을 놓자 확 달려들어 편지를 낚아 채려고 들었다.

"이거 놔." 내가 화를 냈다.

"언니가 놔."

"어서 놓으라니까! 말 들어, 뮐케!"

그 순간 벌어질 수밖에 없었던 일이 벌어지고야 말았다. 부─욱 하는 듣기 싫은 소리와 함께 편지가 두 조각으로 찢어지고 만 것이다. 뮐케와 나는 놀라서 찢어진 편지를 바라보았다.

그때부터는 모든 일들이 순간적으로 이루어졌다. 울어서 눈이 시뻘게진 예스가 잔뜩 화난 표정으로 드디어 커브 뒤에서 모습을 드러냈고, 그와 동시에 작업장 문이 열리며 아빠가 나왔다. 나는 몹시 당황했지만 심장이 뛰고 얼굴만 새빨개졌을 뿐 손은 놀라우리만치 빠르고 침착하게 움직였다. 나는 뮐케의 손에 들린 편지 반쪽을 재빨리 낚아채 꼬깃꼬깃 뭉친 뒤 묘지 산울타리 쪽으로 휙 던져 버렸다. 바람이 불어와 쪽지를 실어가 버렸다.

뮐케가 날 뚫어져라 바라보았다. 놀라움과 감탄 사이를 오락가락하는 표정이었다.

보름달이 환한 밤이었다. 예스는 등허리를 대고 똑바로 누워 이따금씩 이마를 찡그리며 자고 있었다. 뮐케는 달리기라도 하듯 한쪽

다리는 앞으로, 다른 쪽 다리는 뒤로 구부린 채 옆으로 누워 있었다.

나는 계속해서 몸을 뒤척였다. 밀케와 예스가 깨지 않는 것이 신기했다. 도대체 내가 무슨 짓을 한 걸까? 편지가 발각되는 날엔? 중요한 편지가 그렇게 간단히 사라질 리가 만무했다. 하지만 정말 중요한 편지였을까? 돈에 관한 편지. 늘어난 빚에 관한 편지? 혹시 다른 내용일 수도 있었을까? 하지만 다른 게 뭐가 있을까?

방법은 딱 한 가지.

나는 조용히 침대에서 일어나 치마를 입고 풀오버를 걸쳤다. 그러고는 양말을 손에 든 채 방을 살짝 빠져나와 살금살금 복도를 따라 내려갔다. 작은 창을 통해 층계참을 비추는 달빛이 울퉁불퉁한 바닥에 환한 띠를 드리우고 있었다. 나는 계단이 시작되는 캄캄한 복도에서 잠시 걸음을 멈추고 귀를 기울였다.

방마다 조금씩 열려 있는 문틈 사이로 코 고는 소리와 숨소리가 들려왔다. 아무도 깨지 않았다는 사실을 확인하기 위해 먼저 열까지 센 뒤 마침내 계단을 내려가기 시작했다. 생각이 온통 편지에만 가 있지 않았던들 별 탈 없이 성공을 거두었으리라. 그러나 나는 편지에 정신이 팔려 여섯 번째 계단을 까맣게 잊은 채 그대로 발을 내디디고 말았다. 동시에 나무가 내려앉나 싶더니 끼이익 하는 불만의 소리가 한밤중의 적막을 깨버렸다. 나는 너무 놀라 몇 시간처럼 느껴지는 몇 분 동안 그 자리에서 꼼짝도 않고 서 있었다. 메이 할머니가 소리를 들었을까? 이제 곧 내 이름을 부르며 복도로 뛰쳐나올까? 재앙을 예고하는 부엉이 눈동자를 데굴데굴 굴리며?

그런 일은 일어나지 않았다.

아래층 식탁에는 다음 날 아침 식사 준비가 벌써 다 끝나 있었다. 달빛이 어찌나 밝은지 연두색 접시 테두리가 보일 정도였다. 나이프와 포크가 반짝였다. 낯선 침묵을 뻐꾸기시계 초침 소리가 가르고 있었다.

마당으로 나가는 문은 잠겨 있지 않았다.

바람은 잔잔했다. 안개가 약간 낀 것 말고는 하늘도 맑았다. 달은 한쪽이 푹 꺼진 왕계란처럼 슐람밤스 사하라 위에 휘영청 떠 있었다. 나는 진흙 웅덩이를 조심스레 피해가며 대문 쪽으로 걸어갔다. 온 세상이 커다란 담요에 뒤덮이기라도 한 듯 바깥은 신기할 정도로 조용했다.

묘지의 산울타리가 뚜렷이 눈에 들어왔다. 관목들은 달빛을 받아 푸른빛으로 빛나고 있었다. 삐죽삐죽 자란 나무 꼭대기들도 보였다. 심지어는 시청 정원사가 어떤 가지를 깜빡 잊고 자르지 않았는지까지 하나하나 죄다 알아볼 수 있었다.

나는 산울타리 쪽으로 다가갔다.

걸음을 옮길 때마다 산울타리는 점점 더 높고 점점 더 거대한 벽이 되어갔다.

나는 길 옆 잔디와 산울타리 속을 뒤졌다. 오솔길이 나올 때까지 슐람밤스 사하라를 낱낱이 살피며 걸었다. 오 분도 채 안 돼 신발과 치마가 완전히 젖어버렸다. 추운 밤이 아니었건만 온몸이 후들후들 떨렸다. 앞으로 한 발을 내디딜 때마다 절망감은 깊어만 갔다. 만날 바람이 휘몰아치는 이 길에서 꾸깃꾸깃한 종잇조각을 정말 찾을 수 있을 거라고 믿었단 말인가?

나는 아홉 발 집을 등진 채 슐람밤스 사하라를 내려다보았다.

저 멀리 대성당 지붕 꼭대기의 검은 윤곽이 보였다. 너무나도 눈에 익은 그 모습. 어디선가 여우 우는 소리가 들렸다.

제 집에서 곤하게 잠들어 있을 페예가 생각났다. 창밖으로 뻗어 마주 잡던 우리들의 손이. 언젠가 뮐케는 우리 집 창문과 페예네 창문 사이에 나무판을 걸어놓고 그 위를 기어 페예에게 가려고 했다. 불안스러울 정도로 삐걱대는 판자 위에 뮐케가 무릎을 갖다 대는 찰나, 언제나처럼 마지막 순간에 귀신처럼 냄새를 맡고 방으로 뛰어 들어오던 메이 할머니.

향수(鄕愁)가 느껴졌다. 어마어마한 향수가. 언젠가 이곳을 떠나 진짜 세상 끝으로 이사를 가더라도 아홉 발 집을 생각하면서는 절대로 이런 느낌을 가지지 못하리라. 나는 잘 우는 편이 아니었지만 순간 눈물이 흐르는 것을 느꼈다. 그러나 이번에는 눈물을 참으려는 일말의 노력도 하지 않았다. 소용없어, 다 소용없다고, 어차피 이제 곧 모든 게 밝혀질 테니까. 메이 할머니는 또다시 분노로 폭발할 테고, 아빠는 할머니를 진정시키려 들 테지. 그러면 할머니는 더 크게 화를 낼 테고. 아빠는 집을 나가 한참을 돌아오지 않다가 새 계획과 새 장소와 새 걱정의 반대말을 찾아가지고 돌아오리라. 그런 일이 벌써 몇 번째인지 모른다. 결국 이번은 처음이 아니듯 마지막도 아닐 것이다.

희망이 없었다.

나는 엉엉 큰 소리를 내며 마구 울었다. 흐느낄 때마다 머리와 가슴속에 쌓여 있던 압박이 조금씩 줄어들었다. 나는 비참함과 홀가분함을 동시에 느끼며 두 손으로 얼굴을 가리고 있었다.

큰 소리로 통곡하는 내내 또 다른 신음 소리가 들렸던 것은 사실이지만 나는 내 근심 걱정에 빠져 그저 여우가 같이 우는 거라고 여겼다. 그러나 내가 듣고 있는—내가 정말로 듣고 있는—그 소리의 정체를 깨닫는 순간 내 머릿속은 순식간에 맑아졌다. 나는 놀라서 고개를 돌렸다.

내가 아는 소리였다. 자주 듣는, 아니 더 정확히 말하면 나 스스로가 허구한 날 빚어내는 소리, 바로 묘지의 펌프 소리였다.

누군가 물을 긷고 있었다.

이 한밤중에!

우리는 시간이 지난 뒤에도 그날 일을 두고두고 떠올리며 '만약에' 이야기를 지어내곤 했다.

그날 우리가 학교에서 늦게 돌아왔더라면 어떻게 됐을까?

로테르담 은행에서 온 아저씨를 만나지 못해 편지를 놓고 싸움을 벌이지 않았더라면?

그래도 그날 밤 내가 그걸 목격할 수 있었을까?

우리가 아홉 발 집의 비밀을 알아낼 수 있었을까?

내가 본 것이 뮐케의 처절한 비극 이야기에 자주 등장하는 유령이었다면 차라리 이상하지 않았을 것이다. 그렇다면 난 오히려 침착할 수 있었으리라. 그러나 그것은 유령이 아니었다.

달빛을 받아 하얗게 빛나는 공동묘지의 무덤들 사이로, 유령처럼 창백한 그러나 이승의 것이 분명한 얼굴이 이를 악문 채 짧고 힘이 많이 들어가는 동작을 되풀이하고 있었다. 수천 명의 얼굴 가운데서도 내가 대번에 알아볼 수 있는 얼굴, 거기 앉아 있는 사람은 다름 아닌 메이 할머니였다. 할머니는 이름 없는 무덤 옆에 쭈그리고 앉아 당신의 목숨이라도 달린 듯 검은 대리석을 박박 닦고 있었다.

그냥 다 침대일 뿐이야

아빠와 오빠들은 외출했고, 메이 할머니도 네티 아주머니네 집에 가고 없었다. 나는 간밤에 본 것을 뭘케에게만 말해주기로 결심했다. 예스는 빼고. 안 그래도 겁이 많은 애를 더 무섭게 하고 싶지는 않았다.

우리는 나무 울타리에 앉아 있었다.

"예스, 부탁 하나 들어줄래?" 내가 물었다.

나는 유모차의 빈 대야를 가리켰다.

"내가?" 예스가 놀라서 물었다.

"저걸 묘지까지 밀고 가서 대야에 물만 받아놔. 끌고 오는 건 내가 할 테니까."

예스는 여전히 날 바라만 보고 있었다.

"너한텐 다시없는 기회야." 내가 말을 이었다. "메이 할머니가 돌아오시면……."

예스는 생각을 해보는 것 같았다. 그 애의 까만 눈동자가 더 새까매졌다. 우리 셋 중에서 까만 눈을 가진 아이는 예스밖에 없었다. 그건 심장이 넝마였던 엄마의 눈이었다. 나는 예스가 저에게 금지된 집안일을 얼마나 하고 싶어 하는지 잘 알고 있었다.

"언니가 같이 가면."

나는 고개를 저었다. "할 거면 혼자 다 하고, 아니면 관둬."

"하지만 내 맹추……."

"이 정도는 괜찮아."

"하지만 할머니가……."

"할머닌 가끔씩 과장이 좀 심하셔."

예스가 공동묘지 쪽을 돌아보았다. 주저하는 모습이 역력했다. 결국 그 애의 두려움이 승리를 거두는 것 같았다. 미리 짐작했어야 했는데. 우리처럼 되고 싶어 하면서도 묘지에 대한 두려움만큼은 결코 이겨내지 못하리라는 것을. 내 옆에 있던 뮐케가 자세를 고쳐 앉으며 입을 열었다. "눈을 살짝 감아봐. 그러고 나서 무덤들을 보면 꼭 다 침대처럼 보여. 침대 머리판, 발판……. 그럼 이렇게 말하는 거야. '그냥 다 침대일 뿐이야.'"

예스가 산울타리를 바라보았다.

"어서 말해." 뮐케가 예츠를 재촉했다.

"그냥 다 침대일 뿐이야……."

"별거 아니라고."

"……별거 아니라고."

"다시."

예스는 같은 말을 하고, 하고, 또 했다. 다행스럽게도 잔뜩 움츠렸던 그 애의 어깨가 조금씩 펴지고 있었다. 예스가 마침내 유모차의 손잡이를 잡더니 입속말을 계속 웅얼거리며 눈을 반쯤 감고 산울타리 쪽으로 걸어가기 시작했다. 묘지로 통하는 개구멍 앞에서 예스가 잠시 우리를 돌아보았다.

"그냥 다 침대야." 뮐케가 외쳤다.

"물만 담아봐." 내가 예스에게 한 번 더 주의를 주었다. "나머지는 내가 할 테니까."

예스는 우리에게 손을 한 번 흔든 뒤 사라져버렸다.

나는 뮐케에게 모든 것을 털어놓았다. 뮐케는 맨 처음엔 샘내는 표정을 지었고(나 혼자 몰래 집 밖으로 빠져나간 이야기를 들을 때), 그다음엔 웃음을 터뜨렸고(내가 땅바닥을 엉금엉금 기어 다니며 필사적으로 구겨버린 편지 조각을 찾아 헤맨 이야기를 들을 때), 그리고 마지막에 가서는 넋이 나가 잠시 할 말을 잃고 말았다.

"메이 할머니가?"

"그래."

"한밤중에 공동묘지에?"

"그렇다니까."

"이름 없는 무덤을 닦으셨다고?"

"목숨이 걸린 일인 것처럼."

뮐케가 휘파람을 불더니 잠시 아무 말도 하지 않았다. 그러나 나는 그 애의 두 눈이 이글이글 타오르기 시작하는 것을 보았다. 간밤일을 뮐케에게 털어놓은 게 과연 잘한 짓인지 갑자기 자신이 없어졌다.

"이상한 일들이 일어나고 있어." 뮐케의 목소리는 음산했다.

"이상한 일들이 아니고 이상한 일 하나야." 내가 대꾸했다.

뮐케가 고개를 저었다. "그럼 담배 도둑맞은 건? 땅 밑에서 들려오던 신음 소리는 또 어떻고?"

어쩌면 난 뮐케에게서 논리적인 설명을 듣길 내심 바랐는지도 모른다. 아니면 아예 그 애의 비웃음을 사길 원했거나. 그 두 가지 가운데 어떤 것이 되었든 지금 이 반응보다는 백배 천배 더 나았으리라.

"'아아' 소린 그때 딱 한 번 그러고 말았잖아." 내가 말했다. "그러고 나선 다시는 못 들었다고. 그리고 담배는…… 음…… 그건 그냥 도둑맞은 거야. 어디서든 흔히 있는 일인데 뭐."

"할머니가 밤중에 무덤을 닦는 건? 그것도 어디서든 흔히 있는 일이야?"

"꿈이었을지도 몰라." 나는 짜증을 냈다.

"언닌 그게 꿈이었으면 좋겠지?"

나는 가끔씩 나 스스로도 놀랄 정도로 밀케가 몹시 미워질 때가 있었다.

"언니한테 귀싸대기 맞을 각오 하고 하는 얘긴데," 밀케가 착 가라앉은 목소리로 말을 이었다. "이건 언니도 꼭 알아야 해." 밀케가 다시 자세를 고쳐 앉더니 갈라진 나무를 뜯어내고 치맛자락을 매만지며 뜸을 들였다.

"어쩜 할머니한테 몽유병이 있는지도 몰라." 나는 겁이 나서 변명거리를 주워섬겼다. 그러나 그런 말도 안 되는 소리에 누가 속아넘어가겠는가?

"언니만 뭘 발견한 게 아니야." 밀케가 말했다.

"뭐?"

멀리서 끼이익 끼이익 하는 펌프 손잡이 소리가 들렸다.

"우리 집에 물난리 났던 거 기억나?"

"그게 뭐가 어때서?" 내가 물었다.

"그때 아빠랑 오빠들이 세 번째 지하실 방에 있던 물건들을 죄다 치웠잖아. 생각나지?"

"응."

밀케가 다시 입을 다물었다.

"뮐케!" 나는 버럭 화를 내고야 말았다. "제발 그놈의 연극 좀 그만하고, 어서 말해."

뮐케가 울타리에서 펄쩍 뛰어내렸다.

"차라리 같이 가서 직접 봐. 그게 더 낫겠어."

"그럼 어서 서둘러." 나는 뮐케를 재촉했다. "예스보다 먼저 와 있어야 한단 말이야."

농부 벳젤 씨의 목초지는 우리 집 뒤, 산울타리와 슐람밤스 사하라 사이에 자리 잡고 있었다. 그곳에는 나무판자로 허술하게 지어진 창고가 산울타리 쪽에 하나 있었다. 작은 출입문은 다 썩어가는 자루로 막아놨고, 지붕에는 군데군데 깨진 기와가 눈에 띄었으며, 옆으로 돌아가면 작은 창문이 하나 있었다.

"여기야." 뮐케가 문을 살짝 들어 올리며 몇 차례 세게 흔들자 찰칵하는 쇠붙이 소리가 나면서 놀라우리만치 조용히 문이 열렸다.

나는 문턱에 서서 꼼짝도 하지 않았다. "여기 뭐가 있다고?"

"들어가 봐."

뮐케가 확 떠미는 바람에 나는 비틀거리며 안으로 발을 내디뎠다. 바닥은 흙과 부서진 시멘트로 되어 있었다. 콧속으로 땀과 헌 옷가지와 소똥 냄새가 확 풍겼다.

"너 미쳤니?" 나는 버럭 화를 냈다. "너 때문에 하마터면 넘어질 뻔했잖아. 바닥에 별의별 게 다 기어 다닐 텐데."

뮐케는 대꾸가 없었다. 고개를 돌리자 어두컴컴한 오른쪽 구석을 가리키고 있는 뮐케의 집게손가락이 보였다.

그게 뭔지 알아보기까지는 시간이 좀 걸렸다.

"어때?" 내 눈썹이 치켜 올라가는 걸 본 뮐케가 득의양양한 목소리로 물었다.

"뭐가?" 내가 맨송맨송 되물었다.

얜 도대체 나한테 뭘 기대한 거야? 내가 뭐 놀라서 기절이라도 할 줄 알았나 보지? 척추의 저주와 물난리와 사라진 편지와 심지어 한밤중에 무덤을 닦고 앉아 있던 메이 할머니까지 경험한 나였다. 따라서 나도 이젠 엔간한 일에는 눈도 깜짝하지 않았다.

우리는 오래된 침대를 찬찬히 들여다보았다. 침대는 분해되어 벽에 세워져 있었다. 지하실 바닥에서 '아아' 소리가 올라왔던 그날 밤이 생각났다. 그러나 더 이상은 무섭지 않았다. 이제는 아무도 자지 않을, 분해된 채 창고에 숨겨진 가구 그 이상은 아니었으므로. 아니, 오히려 조금은 슬프고 가엾다는 생각마저 들었다. 나는 나도 모르게 침대 앞으로 한 발짝 더 가까이 다가갔다. 부서진 시멘트가 발밑에서 바스락거렸다.

"어때, 끔찍하지?" 뮐케가 물었다.

나는 침대 머리판 기둥에 공처럼 생긴 둥근 나무 장식을 알아보고 자연스레 손을 갖다 댔다. 이상한 친근감이 느껴졌다. 잘 다듬어진 나무 위로 손가락이 미끄러졌다.

"작은 나뭇잎들이야." 밀케가 조용히 속삭였다. "침대 다리마다 작은 이파리들이 조각되어 있어. 바람에 휘날리는 것 같은 게 꼭 진짜 나뭇잎 같아. 참 예쁘다, 그치?"

"그냥 낡아빠진 침대일 뿐이야." 나는 밀케에게 떠밀린 분풀이를 그렇게 해댔다.

그때였다. 해가 내 말에 항의라도 하듯 작은 창문으로 빛 줄기를 던졌다. 부산하게 떠다니는 수많은 먼지 알갱이들, 가까이 다가온 여름의 온기, 그 속에서 헉하고 놀라는 밀케의 숨소리가 들렸다. 아니, 어쩜 나였을까?

머리판 옆에는 발판이 세워져 있었다. 발판은 머리판보다 낮고 가장자리에는 나선 장식이 되어 있었다. 그러나 우리의 숨을 멈추게 한 것은 거기에 조각된 황홀하리만치 아름다운 언덕 풍경이었다. 이삭이 물결치는 들판, 저 멀리 보이는 교회와 집들, 구불구불 뻗어 있는 길 그리고 그 길 한가운데⋯⋯.

"아니, 이게 대체 뭐지?" 밀케가 놀라서 물었다.

"작은 의자 같은데." 내가 말했다.

우리는 길 한가운데 아주 작게 조각된 의자를 들여다보았다.

"슐람밤스 사하라 한가운데 왜 의자가 있지?" 밀케가 물었다.

우리는 거기 조각된 풍경이 우리 길, 우리 시라는 사실을 한눈에 알아보았다.

"할머닌 더 많이 알고 계실 거야." 다시 밖으로 나왔을 때 밀케가 입을 열었다.

"뭘?"

"우리가 모르는 거."

"그게 뭔데?"

"그걸 내가 어떻게 알아?" 밀케가 짜증스럽게 되물었다. "아직은 나도 아무것도 몰라. 하지만 곧 밝혀내고야 말 거야."

나는 땅이 꺼져라 한숨을 내쉬었다. "너 또 작년 꼴 나려고 그러니? 브라우버스 아줌마의 비밀을 캐겠다고 설치다가 혼쭐난 거 생각 안 나?"

"그거랑은 완전히 달라." 밀케가 발끈했다.

"너, 그때도 이웃집 아줌마 귀걸이를 훔쳐 간 게 그 아줌마라고 우겼잖아."

"근거가 전혀 없었던 건 아니란 말이야."

"그리고 연시(일 년에 한두 번 정기적으로 열리는 큰 장—옮긴이)가 열렸을 때 일주일 내내 마티 아저씨를 미행한 건 또 어떻고?"

"그 아저씨 등허리에 털이 났으니까 그렇지. 언니도 봐놓고선."

"그렇다고 멀쩡한 사람을 늑대 인간이라고 우겨?"

밀케가 어깨를 으쓱하며 말했다. "착각 한번 했기로서니 계속 착각만 하란 법은 없잖아. 생각해봐, 할머니 행동이 이상하잖아. 밤에 무덤을 닦으시질 않나, 여기 이렇게 멀쩡히 있는 침대를 두고 태워버렸다고 거짓말을 하시질 않나."

"태워버리려다 마음을 바꾸셨나 보지."

"그런데 왜⋯⋯" 뮐케가 말을 이었다. "우리한테는 태워버렸다고 하셨느냔 말이지. 그리고 우리 집 지하실 놔두고 왜 여기다 갖다 두신 거냐고? 그리고 또⋯⋯."

그러나 나는 뮐케가 던지려던 질문을 영영 들을 수 없었다. 몸서리쳐지도록 오싹한 비명 소리가 울려 퍼진 탓이었다.

우리는 허둥지둥 산울타리 쪽으로 달려갔다. 울면서 산울타리의 개구멍 사이로 빠져나오고 있는 예스의 모습이 보였다. 예스는 정신 나간 사람처럼 비틀거리며 슐람밤스 사하라를 건너왔다. 나도 황급히 예스 쪽으로 달려갔다. 예스가 어찌나 세게 내 품에 와 안기던지 나는 하마터면 뒤로 나자빠질 뻔했다. 내가 중심을 잡는 동안 예스는 기어오르기라도 할 듯 나를 꽉 움켜잡았다. 내 팔을 파고드는 그 애의 갈고리 같은 손톱이 느껴졌다.

"또 무슨 일이야?" 뮐케가 물었다.

예스가 어찌나 엄살을 떨어대던지 나는 한마디도 알아들을 수가 없었다.

"자자, 진정하고. 아얏! 그렇게 꽉 붙잡지 좀 마, 예스! 대체 무슨 일이야?"

"시-시테-시테!"

"뭐라고?"

"시, 시테!" 예스가 침을 한 번 꿀꺽 삼키더니 입술을 깨물며 다시 말했다. "시체가 있다고!"

"어디에?"

"고, 공동묘지에."

"공동묘지에 시체 있는 거야 당연하지." 뮐케가 아무렇지도 않다는 듯이 대꾸했다.

예스의 눈에서 불똥이 튀었다. 얼굴이 심하게 실룩거리는 것으로 보아 금방이라도 다시 울음을 터뜨릴 것 같았지만 결국에는 분노가 승리를 거두었다.

"핑 언니, 정말로 저기 시체가 있어, 진짜야."

"시체를 본 것 같은 거 아니고?"

"정말이라니까!" 예스가 고함을 치더니 우리 집 울타리를 걷어 찼다.

"너 그러다 또 삐끗하려고 그러니?" 나와 뮐케가 동시에 외쳤다.

뮐케와 나는 손을 잡고 공동묘지로 갔다.

"정말이야." 예스가 산울타리 반대쪽에 남아 소리를 질렀다.

"시체가 어떻게 생겼는데?" 뮐케가 큰 소리로 되물었다.

잠시 아무 소리도 들리지 않았다.

"못 봤어."

"시체를 봤다며?" 내가 외쳤다. "근데 어떻게 생겼는지 못 봤다고?"

"시체를 다 본 건 아니야. 조금만 봤어."

"조금만?"

"팔만."

뮐케와 나는 눈짓을 주고받았다.

"팔?"

"응."

"어디서?"

"사실은 팔이 아니라……" 예스가 말했다. "손이었어."

"손?"

"어…… 손가락 하나. 하지만 진짜 완전히 죽은 손가락이 창밖으로 삐죽 튀어나와 있었다고."

"창? 무슨 창?"

"산울타리에 있는 창."

뮐케가 손가락을 이마 옆에 갖다 대고 빙글빙글 돌렸다. 하긴, 그 순간에는 나조차 예스의 말을 어떻게 받아들여야 좋을지 몰라 난감했으니까. 창에, 손에, 시체라니. 그러나 한 가지는 확실했다. 예스를 혼자 묘지에 보낸 것은 지금까지 내가 해낸 생각 중에 가장 어리석은 것임에 틀림없었다.

"언니." 밀케가 긴장한 목소리로 나를 불렀다.

"왜?"

"핑 언니!"

"왜 그러느냐니까?"

"저기 좀 봐."

밀케의 손가락은 산울타리 쪽을 가리키고 있었다.

산울타리는 여전히 깔끔했지만 정원사가 마지막으로 손질한 지 벌써 몇 달이 지나서 모양새가 서서히 흐트러지고 있었다.

그런데 거기에 구멍이 나 있었다.

우리가 드나드는 개구멍 말고, 정말로 나무들 한가운데 구멍이 뻥 뚫려 있었다. 아니, 그건 구멍이라기보다 예스의 말대로 창이라고 하는 편이 옳았다. 그러나 손수건만 한 크기의 그 창문은 산울타리를 잘 들여다봐야지, 그렇지 않고 무심히 스쳐 지나가면 절대 눈에 띌 것 같지 않았다. 어쨌든 침엽수들 한가운데 정사각형 모양으로 뚫린 그 구멍은 창문이라고밖에 할 수 없었다. 게다가 거기에는 작은 커튼까지 드리워져 있었다. 맹세컨대 틀림없는 초록색 우단 커튼이었다. 그러나 가장 이상한 것은 그 커튼이 마치 거기에 늘 그렇게 걸려 있었던 것처럼 자연스러워 보였다는 사실이다.

우리는 산울타리 쪽으로 가까이 다가가 허리를 굽히고 창 안을 들여다보았다. 밀케는 훗날 자기는 대번에 알아봤다고 우겼지만 그건 거짓말이었다. 우리 둘 다 그게 뭔지를 알아차리기까지는 적어도 삼 초라는 시간이 걸렸다. 그런 다음에는 정신이 멍해져 도무지 우리들 눈을 믿을 수가 없었다.

커튼이 열리면서

얼굴이 튀어나왔기 때문이다.

산울타리의 비밀

슐람밤스 사하라 끄트머리에는 집이 한 채 서 있었다. 이름 하여 아홉 발 집.

우리는 그때까지 '성 밖 칭얼이'에 대해, '꼬맹이 샤르'에 대해 아무것도 알지 못했다. 그러나 우리가 산울타리에서 얼굴을 발견하는 그 순간부터 두 사람은 이미 베일을 벗고 있었다.

아니, 모든 것이 낱낱이 밝혀지고 있었다. 다만 우리가 미처 깨닫지 못했을 뿐.

팔이 하나 튀어나왔다. 소름이 오싹 끼치는 푸르스름한 팔이 나를 꽉 붙잡았다. 나는 도망치려고 했지만 도무지 발이 떨어지지가 않았다. 이대로 산울타리한테 꼼짝없이 잡아먹히는구나 싶었다. 이렇게 사라지고 나면 나는 사람들 기억 속에서 영영 잊힐 테지.

그러나 내가 미처 생각하지 못한 변수가 있었다. 바로 뮐케였다. 뮐케가 괴성을 지르며 앞으로 달려 나오더니 그 푸르스름한 녹색 팔을 있는 힘껏 꽉 깨물었다. 나지막한 신음 소리와 함께 나를 붙잡고 있는 그 뭔가가 팔을 빼내려고 했다. 하지만 우리가 수년 동안 해온 '보물 지키기' 놀이에서 뮐케가 괜히 병사를 한 게 아니었다. 뮐케는 앞으로 뒤로 실랑이를 벌이면서도 녹색 팔을 입에 문 채 절대 놔주지 않았다. 뮐케의 머리는 산울타리 속에 처박혔다 튀어나왔다를 반복했다. 나뭇가지에 머리카락이 엉키고, 치맛자락이 들러붙어 무릎이 훤히 드러났지만 뮐케는 절대로 물러서지 않았다.

나도 비명을 지르고 뭘 좀 해보려고 했지만 쌓아놓은 석탄 더미처럼 멀뚱히 서 있기만 할 뿐, 목소리조차 내질 못했다.

"뮐케!"

뮐케는 몸이 산울타리 속으로 반쯤 딸려 들어가 한쪽 팔꿈치는 나뭇가지 속에 파묻히고 발은 땅에 닿을락 말락 하면서도 입에 문 팔만큼은 끈질기게 물고 있었다.

"뮈이이일―케!"

"뭐―어?" 뮐케의 눈이 동그래졌다.

"뮈이이일―케?" 산울타리에서 또다시 뮐케를 부르는 소리가 들렸다.

"뭐—어?" 이번엔 내 눈이 동그래졌다.

"이런, 젠장!" 뮐케가 소리쳤다.

아저씨는 우리가 마지막으로 봤을 때보다 얼굴이 많이 수척해지고 훨씬 더 쭈글쭈글해져 있었다. 양초처럼 허연 얼굴은 찐득찐득한 황갈색 송진이 묻어 얼룩덜룩했다. 머리는 거의 삭발하다시피 해 반짝거리는 머리통이 그대로 다 드러났다. 그러나 무엇보다도 놀라운 것은 아무렇게나 자란 꺼칠한 수염이었다. 한때 마스 강 조약돌처럼 매끈하지 않냐며 그토록 자랑하던 턱은 이제 희끗희끗한 붉은 수염으로 지저분하게 덮여 있었다.

그러나 목소리만큼은 여전했다.

"후, 훔파 아저씨?" 뮐케가 소리쳤다.

단추를 씹어 먹던 바로 그 훔파 하치 아저씨가 산울타리 창밖으로 우리를 물끄러미 바라보고 있었다.

"핑 언니, 뮐케 언니, 대체 무슨 일이야? 왜 이렇게 오래 걸려?" 산울타리 건너편에서 겁에 잔뜩 질린 예스의 목소리가 들려왔다. 예스가 훔파 하치 아저씨의 지금 이 모습을 본다면 평생 악몽에 시달릴 게 분명했다.

"아무것도 아니야. 금방 갈 테니까 거기서 조금만 더 기다려." 내가 얼른 소리쳤다. 목소리가 어찌나 침착하던지 나 스스로 놀랄 정도였다.

"금방 언제?"

"금방."

"오 분?"

"그래, 오 분."

홈파 하치 아저씨가 손을 흔들었다. 뮐케한테 물어뜯긴 팔에서는 피가 나고 있었다.

"우리더러 어쩌라는 거야?" 내가 물었다.

"바보, 안으로 들어오라는 거지." 뮐케는 홈파 하치 아저씨가 정신병원에서 나온 사람이 아니라 일요일이면 놀러 가고 싶은 고상한 친척 아줌마나 되는 듯 그리고 산울타리는(그것도 침엽수 산울타리!) 산울타리가 아니라 편안한 집이나 되는 듯 말했다.

"죄송해요, 홈파 아저씨." 나는 최대한 공손하게 말하려고 애썼다. "집에 할 일이 너무 많아서요. 혹시 시간 나면 다음에 찾아뵐게요." 그러고 나서 나는 얼른 뮐케를 돌아보며 속삭였다. "우리 목숨이 위험할 수도 있어."

"겁쟁이!" 뮐케가 발끈했다. "단추대왕 홈파 아저씨잖아. 언니도 보고 있으면서."

"단추대왕이 아니라 단추 씹어 먹던 사람이겠지. 너 저 아저씨가 정신병원에 들어갔던 거 벌써 잊어버렸니?"

"하지만 지금은 아니잖아."

"어서 가." 내가 말했다.

"잠깐만."

"지금."

"잠깐이면 된다니까."

"할머니 오실 시간 다 됐어." 내가 화를 냈다. "어쩜 벌써 오셨을지도 몰라. 소리가 들리는 것 같단 말이야."

날 보고 있던 훔파 아저씨가 뮐케 쪽으로 눈길을 돌리며 얼굴을 쓱 문질렀다. 볼에 피가 묻었다.

"어서 가. 지금 당장!" 나는 뮐케를 바라보며 으르렁거렸다.

"누구랑 얘기했어?"

"아무랑도 얘기 안 했어."

"시체랑?"

"예스." 내가 입을 열었다. "시체 따윈 있지도 않았어."

"하지만 내가 두 눈으로 똑똑히 봤단 말이야." 예스의 입술이 또다시 덜덜 떨리기 시작했다.

나는 뮐케를 바라보았다. 뮐케는 절레절레 고개를 내젓고 있었다.

"그건 시체가 아니라," 내가 말했다. "훔파 아저씨였어."

나는 그때 시체 수천 구를 보았다고 하는 편이 차라리 나았으리라는 사실을 뒤늦게 깨닫고 무릎을 쳤다. 시체들이 우리를 잡아 냄비 속에 집어넣고 산 채로 푹푹 삶으려 들었다고 했어야 했는데. 예스의 얼굴이 어찌나 창백해졌는지 기절하지 않고 서 있는 게 신기했다.

"우리끼리만 아는 비밀이야." 뮐케가 말했다.

"안 돼!" 내가 반대하고 나섰다.

"이제 곧 우리를 다 잡아먹을 거야." 예스가 울음을 터뜨렸다.

뮐케가 신경질적으로 혀를 찼다.

"홈파 아저씨가? 나 참 기가 막혀서!"

"정신이 나갔잖아."

"그래봤자 너 정도야."

"그게 무슨 말이야? 그럼 그 아저씨가 말짱하단 말이야?"

"그래!"

"언닌 입만 살았어!"

"겁쟁이!"

"심술쟁이!"

"엄살쟁이!"

"내가 사람들한테 다 말할 거야!" 예스가 약이 올라 소리를 꽥 질렀다.

"어쩌면 사람들이 벌써 찾고 있을지도 몰라." 내가 입을 열었다. "그러니까 이런 일은 비밀로 하면 안 돼."

뮐케가 화난 눈초리로 나를 쳐다보았다. "언닌 너무 고지식해."

나는 어깨만 한 번 으쓱했을 뿐 생각을 바꾸지 않았다.

그러자 뮐케 병사가 갑자기 뮐케 장군으로 변해 팔짱을 끼고 나를 잡아먹을 듯 노려보았다.

"그럼 나도 할머니한테 말할까? 언니가 예스 혼자 유모차 밀어서 물 떠 오라고 시켰다고." 그러고 나서 예스한테는 이렇게 물었다. "그리고 너, 남들 몰래 코르셋 헐겁게 푸는 거 할머니한테 말해?"

"뭐?" 내가 외마디 소리를 질렀다.

"언니 정말 너무해!" 예스는 얼굴이 새빨개졌다.

나는 예스를 붙잡고 얼른 코르셋을 더듬어보았다. 정말로 나무심이 헐거워져 있었다. "너 미쳤니?"

"할머닌 가끔씩 과장이 심하다고 언니가 언니 입으로 그랬잖아."

"그래, 가끔씩 지나치실 때가 있는 건 사실이야. 하지만 할머닌 거짓말은 안 하셔. 너 대문자 C처럼 등허리가 휘고 싶어서 이러니?"

"지금도 어차피 휘었는데 뭐." 예스가 입을 삐죽거렸다.

"바보!" 나는 예스를 야단쳤다.

"예스, 넌 어서 코르셋 다시 조이고," 뮐케가 사태를 수습했다. "언닌 아무 말도 하지 마. 홈파 아저씬 우리끼리만 아는 비밀이야. 그게 우리 모두를 위해 가장 좋아. 어때, 동의하지?"

"도대체 왜 비밀로 해야 하는 건데?"

뮐케가 어깨를 으쓱하며 대답했다. "할머니가 우리한테 비밀이 있으니까 우리도 할머니한테 뭔가를 숨기는 거야. 그래야 공평하니까."

"비밀? 무슨 비밀?" 예스가 물었다.

"아무것도 아니야." 묄케와 내가 동시에 외쳤다.

나는 묄케의 의견에 따르기로 했다. 묄케의 고자질이 무서워서가 아니라 어차피 이번 일은 비밀이 될 수 없었기 때문이다. 얼마 안 가 홈파 하치 아저씨 스스로가 당신의 존재를 누설시킬 게 뻔했다. 우리 집에서 50미터밖에 떨어지지 않은 산울타리 속에 살면서 영원히 들키지 않을 사람은 단 한 명도 없었다. 특히 메이 할머니한테는. 적어도 내 생각에는 그랬다.

집에 가니 손님이 와 있었다. 놀 뤼텐 아저씨가 부엌에 앉아 찻숟가락으로 식탁을 하염없이 두드리고 있었다. 묄케가 팔꿈치로 나를 쿡 찌르며 밑을 보라는 시늉을 했다. 놀 아저씨의 신발이 짝짝이였다.

"괜찮을 거야." 아빠가 말했다.

우리는 눈짓을 교환하며 물었다.

"뭐가요?"

아빠는 대답 대신 찻주전자에 새로 끓인 물을 부었다. 하지만 물이 넘치기 시작하는데도 전혀 알아차리지 못하는 것을 보면 아빠도 제정신은 아니지 싶었다.

"제가 할게요." 내가 나섰다.

아빠는 내게 고마워하는 눈길을 보낸 뒤 놀 아저씨 옆에 앉아 친구의 어깨를 어색하게 몇 번 두드려주었다. 그러고는 당신도 손가락으로 식탁을 두드리기 시작했다. 다 큰 남자 두 사람이 갑자기 어린애들처럼 보였다.

"할머닌 당분간 밤에도 이 친구 집에 계실 거야." 아빠가 말했다.

"왜요?" 예스가 물었다.

"에……." 아빠는 얼굴이 빨개졌다.

"왜냐니까요?" 예스가 또다시 같은 질문을 던졌다.

"넌 그런 거 알기엔 너무 어려." 뮐케가 핀잔을 놓았다.

"피, 나도 어린애 물어다 주는 황새 따위 없다는 거, 고릿적부터 알고 있었네요." 예스가 툴툴거렸다. "난 그냥 할머니가 왜 밤에도 못 오시는지 그게 알고 싶을 뿐이야."

"가끔씩 세상에 나오기 싫어하는 아기들이 있어서 그래." 나는 언젠가 할머니가 폐예 부모님들한테 했던 말을 예스에게 그대로 옮겼다. 그때 할머니는 놀 아저씨의 부인도 아이들을 거저 얻지는 못한다는 말을 했다. 태어나면서 목숨을 잃은 아이가 그때까지 벌써 둘이나 됐기 때문이다.

놀 아저씨가 짝짝이 신발을 신고 우리 집 부엌에 앉아 하느님에게 전보라도 치듯 식탁을 두드리고 있는 이유도 바로 그래서였다.

"이번에는 죽지 않을 거예요." 뮐케가 놀 아저씨를 위로했다.

그러나 안 그래도 창백하던 놀 아저씨의 얼굴은 뮐케의 위로에 더 창백해지고 말았다.

그날 밤에는 메이 할머니 대신 아빠가 우리를 잠자리로 데려갔다. 우리가 침대에 눕자 아빠가 조심스레 이불을 여며주었다.

"더 꼭이요."

아빠는 이불을 더 꼭 덮어주었다.

"더요." 뮐케가 말했다. "할머니는 우리가 거의 숨도 못 쉴 정도로 이불을 꼭 덮어주신단 말이에요. 그리고 예스는 등허리로 똑바로 누워야 해요. 얼른 예스더러 똑바로 누우라고 하세요."

"피, 언니더러 고자질이나 하지 말라고 하세요."

아빠는 뮐케와 예스가 시키는 말을 고분고분 다 따라 한 뒤 우리들을 쓰다듬어주고, 넋 나간 표정으로나마 우리들 이마에 입까지 맞춰주었다. 잠시 뒤 신발을 질질 끌며 멀어져가는 아빠의 발소리가 들렸다. 참 이상한 일이었다. 할머니보다 아빠가 훨씬 더 다정했는데도 우리는 왠지 할머니가 그리웠다.

셋 다 이리저리 몸을 뒤척였다. 결국 이불이 미끄러지면서 발이 밖으로 튀어나가고 말았다. 우리는 그걸 놓고 또 한참을 네 탓, 내 탓 해가며 옥신각신했다.

"너 근데 코르셋은 왜 풀었니?" 우리 모두 제자리에 다시 똑바로 누웠을 때 내가 물었다.

예스는 어깨만 으쓱했다.

"어서 대답해." 내가 재촉했다.

"그럼 소리가 덜 난단 말이야."

"하지만 척추가 또 삐끗할 수도 있잖아. 네가 더 잘 알면서."

"아무 일도 없었어."

"정말?"

"정말."

하지만 예스는 돌아누우면서 낮은 신음 소리를 냈다.

"아프니?"

"아니."

"거짓말하지 말고."

"거짓말 아니야."

"방금 끙끙거렸잖아."

"언니도 만날 끙끙거리면서." 예스는 그렇게 말하면서 얼굴을 획 돌려버렸다.

그날 밤 우리는 예스의 울음소리에 잠이 깨고 말았다.

십 분 뒤, 아빠는 다들 곤히 잠든 한밤중에 의사를 부르러 달려가고 있었다.

성 유테미스 축일을 기다리며

난 그냥 밖에 있겠다고, 그 안에 들어가는 건 생각조차 하기 싫다고 말했다. 하지만 뮐케가 뒤도 돌아보지 않고 산울타리 속으로 사라지자 내 발은 갑자기 제멋대로 움직이기 시작해 입은 투덜대면서도 몸은 뮐케를 쫓아가고 있었다.

홈파 하치 아저씨의 집은 비밀 통로를 통해서만 들어갈 수 있었다. 우리가 드나드는 개구멍 사이에 교묘히 감춰져 있는 그 통로는 거기 그런 게 있다는 것을 아는 사람이나 찾아내지, 그렇지 않으면 도저히 찾아낼 수 없을 정도로 감쪽같았다. 비밀 통로는 먼저 개구멍 안으로 두 발짝 들어가서 90도로 꺾어진 다음 슐람밤스 사하라와 묘지를 따라 나란히 산울타리 속으로 깊숙이 들어가야 했다. 그렇게 계속 들어가다 보면 산울타리가 점점 더 빽빽해져 마치 콘크리트 벽에 막힌 것처럼 느껴지는 지점이 나왔다. 그러나 그 앞에 쭈그리고 앉아서 나무를 헤치면 가지들은 의외로 쉽게 들춰져 더 깊숙이 기어 들어갈 수 있었다. 그것들은 다 뮐케가 발견한 결과였다.

무릎을 땅에 대고 산울타리 속으로 엉금엉금 기어 들어가던 뮐케가 별안간 소리를 질러댔다. "아야야, 내 머리! 언니, 내 머리카락 좀!"

나는 산울타리 속으로 조심조심 손을 집어넣었다. 마르고 까칠한 느낌이 손등에 와 닿았다. 나뭇가지에 엉킨 뮐케의 머리카락을 떼어내는 일은 여간 힘든 게 아니었다.

"너, 얼른 이리 다시 나와. 손으로 머리 감싸 쥐고." 나는 겨우겨우 머리카락을 떼어낸 뒤 뮐케를 야단쳤다.

"언닌 내가 그럼 좋겠지?" 뮐케는 그 한마디를 톡 던지고는 그대로 더 깊숙이 들어가 버렸다.

하는 수 없었다. 나는 머리를 최대한 납작 숙이고 비밀 통로로 조심조심 기어 들어가기 시작했다. 얼마 뒤 나뭇가지로 가려놓은 좁은 굴길이 나왔다. 천장은 말라 죽은 갈색 가지들로 뒤덮여 있었고, 그 위로는 작은 빛들이 어른거렸다. 바닥에는 천장보다 더 바싹 마른 잔가지들이 양탄자처럼 깔려 있었다. 천장이 됐든 벽이 됐든 좀 앙상하다 싶은 나뭇가지들은 서로 바싹 잡아당겨 실로 묶어놓았는데, 그 덕에 굴길은 훨씬 더 탄탄하고 빈틈없는 느낌이 들었다.

뭔가 뾰족한 것이 내 무릎을 찔러댔다. 목덜미에도 뭔가가 스멀스멀 기어가는 느낌이었다.

"뮐케 본, 나 너 정말 싫어."

"알아, 당연해." 뮐케가 대꾸했다. "하지만 내가 없으면 언니 인생은 그야말로 왕따분일걸. 너무 심심해서 언젠가 아이고야 하면서 그냥 픽 쓰러져 죽고 말 거라고. 그런 병이 정말 있대. 심심해 죽는 병 말이야. 언젠가 의사 선생님이 그랬어."

나는 예스 생각을 하지 않으려고 애썼다. 오늘 새벽, 아래층으로 내려오는 의사 선생님을 쳐다보며 느꼈던 그 비참한 기분은 기억하고 싶지도 않았다. 이번엔 그리 심하지 않다며, 길어야 이 주면 될 거라고 의사 선생님은 말했지만 그 말도 내겐 큰 위로가 되지 못했다.

"다 내 잘못이야." 내가 뮐케에게 말했다.

"에이, 그게 무슨 소리야?" 뮐케가 대꾸했다. "예스 지가 코르셋을 헐겁게 풀어서 저 지경이 된 건데. 게다가 난 알았지만 언닌 알지도 못했잖아. 그러니까 굳이 잘잘못을 따지자면 차라리 내 잘못이야."

하지만 뮐케가 무슨 말을 하든 나는 내가 더 신경을 썼어야 했다는 죄책감에서 빠져나올 수 없었다.

굴길 끝에는 초록 우단이 드리워져 있었다. 우단을 한쪽 옆으로 들어 올리는 순간, 우리는 둘 다 할 말을 잃고 잠시 멍하니 앉아 있어야만 했다. 눈앞에 커다란 동굴이 나타났던 것이다 — 정말 어마어마하게 큰 동굴이었다. 그 안에서는 심지어 똑바로 일어설 수도 있었고, 폭도 넓어서 팔을 활짝 벌려야 벽과 벽에 손이 닿았다. 눈을 들어보니 그곳도 머리 위의 가지들은 실로 서로 촘촘히 묶여 있었다. 나는 방 안을 둘러보다 "오!" 하고 외마디 소리를 지르고 말았다. 그제야 비로소 깨달았다. 산울타리가 왜 그렇게 넓은지를! 뮐케도 나와 동시에 그 이유를 눈치챈 모양이었다.

"산울타리가 하나가 아니었잖아!" 뮐케가 놀라서 소리쳤다. "하나가 아니라 둘이야, 둘!"

그렇게 해서 우리는 침엽수들이 한 줄로 심긴 게 아니라 실은 두 줄로 나란히 심겨져 있다는 사실을 발견했다. 원래 두 줄로 심긴 나무들은 세월이 지남에 따라 한데 뒤엉켜 자랐고, 정원사들이 늘 반듯하게 깎아놓는 바람에 나무가 두 줄로 서 있다는 게 이제껏 눈에 띄지 않았던 것이다. 동굴은 바깥쪽 가지들을 그대로 둔 채 안쪽 가지들만 쳐내 만든 공간이었다.

"이 동굴, 아저씨가 만드셨어요?" 뮐케가 물었다.

홈파 아저씨는 흙바닥에 앉아 있었다. 관악대 단원이 입는 재킷에 밀짚모자 차림이었는데 옷의 단추는 찌그러지고 소매는 너무 짧았다. 아저씨는 목구멍에서 이상한 소리를 내며 우리를 바라보기만 했다.

"이거 다 직접 만드신 거냐고요?"

천장을 올려다보며 나뭇가지들을 묶어놓은 얇은 실을 더듬던 뮐케가 아저씨한테 대답이 없자 같은 질문을 한 번 더 던졌다. 잠시 뒤, 뮐케는 구석에서 낡은 담요를 발견하고 먼지를 툭툭 턴 뒤 그 위에 털썩 주저앉았다.

"언니도 이리 와 앉아." 뮐케가 내게 말했다.

그러나 나는 그러고 싶은 마음이 눈곱만큼도 없었다. 거기 이와 벼룩이 득시글거릴 텐데. 따라서 나는 고개를 조금 숙인 채 꼼짝도 하지 않았다. 머릿속에는 딱 한 가지 생각뿐이었다. 여긴 지금 산울타리 속이야. 산울타리 속이라고!

"아저씨, 아저씨 정말 정신병자 수용소에 들어가 계셨어요?" 뮐케가 물었다.

"뮐케, 그런 질문은 하는 거 아니야." 내가 뮐케를 꾸짖었다.

"왜?"

홈파 아저씨가 뮐케와 나를 번갈아 보았다.

"정말 들어가 계셨어요?" 뮐케는 끈질겼다.

홈파 아저씨는 침묵만 지켰다.

"그 얘기, 하고 싶어 하지 않으시잖아." 내가 말했다. "넌 보면 모르니?"

희미한 빛이 산울타리 속으로 스며들었다. 우리들의 머리, 원피스 할 것 없이 모든 게 초록색으로 물들었다. 벽과 바닥에 어른거리는 햇빛 조각들조차 초록색이었다.

커튼이 드리운 네모난 창문은 오래전 홈파 아저씨가 골목에 걸어놨던 액자같이 보였다. 다만 창문으로 내다보이는 것은 금 간 담벼락이 아니라 잔디밭과 이름 없는 무덤의 일부였다.

"다 익숙해지기 나름이야." 뮐케가 말했다. "그렇죠, 홈파 아저씨?"

홈파 하치 아저씨가 저고리 주머니에서 작은 가위를 꺼내더니 천장의 나뭇잎과 잔가지 들을 자르기 시작했다. 아저씨가 팔을 들어 올리자 당장에라도 소매가 뜯어질 듯 위험한 소리가 났다.

"저런 옷은 대체 어디서 났을까?" 내가 뮐케에게 귓속말로 물었다. 나는 정신병자 수용소에 대해 전혀 아는 게 없었지만 거기 갇힌 환자들이 관악대 옷에 밀짚모자를 쓰고 돌아다니리라고는 생각되지 않았다.

"당연히 훔치셨겠지!" 뮐케가 한쪽 구석을 가리키며 말했다. "저기 저것들처럼 말이야."

홈파 아저씨 옆에는 나무 궤짝이 하나 뒤집혀져 있었다. 그 위에는 주석 접시가 놓여 있었는데 뮐케의 손가락은 그 위를 가리키고 있었다. 우리가 잃어버린 불행 담배들이었다. 아니, 더 정확히 말하면 이미 다 타버린 불행 담배의 찌꺼기들, 처량하기 짝이 없는 기형 꽁초 세 개였다. 하나는 잎이 풀려 있었고, 나머지 두 개는 거의 다 타서 그야말로 끄트머리만 골무처럼 달랑 남아 있었다.

우리는 학교에 갈 때 더 이상 급하게 뛸 필요가 없었다. 이제 슐람밤스 사하라는 내 속 들여다보듯 훤했기 때문이다. 맞바람이 불면 오 분을, 모래 폭풍이 불거나 비가 와 길이 진창으로 변한 경우에는 십오 분을 더 잡으면 됐다. 반 시간씩이나 일찍 집을 나서야 하는 경우는 겨울에 진짜 심한 눈보라가 칠 때뿐이었다. 그러나 지금처럼 계절이 여름으로 치달을 때는 뮐케 때문에 빚어지는 불의의 사고만 조심하면 됐다. 뮐케는 빵집에 갖다 줄 반죽을 깜빡할 때도 있었고, 제 신발이나 머리끈을 못 찾아 발을 동동 구를 때도 있었다. 오늘은 예스가 처음으로 다시 학교에 가는 날이었다. 그런데 뮐케가 머리를 산발을 해가지고 쫓아 나왔다.

"너 머리를 대체 어떻게 한 거니?" 내가 물었다.

"몰라." 뮐케는 짧게 대꾸하고 입을 다물었다.

나는 솔빗을 들고 걸어가면서 뮐케의 머리를 빗겼다. 뮐케의 담임인 테오도라 수녀님은 단정치 못한 사람이라면 아주 질색을 했다. 들리는 소문에 의하면 언젠가 빗질을 하지 않은 여학생의 머리를 산울타리 자르는 커다란 가위로 싹둑 잘라버렸다고 했다.

"아야야! 그렇게 세게 빗지 좀 마. 아프잖아." 뮐케가 투덜거렸다.

하지만 난 동정심이나 보이고 있을 시간이 없었다. "계속 걸어,

예스!" 내 잔소리에 예스가 한숨을 푹 내쉬었다.

우리들 오른쪽으로 펼쳐진 산울타리는 언제나처럼 빽빽하고 말끔하게 정돈되어 있었다. 그 어디를 봐도 산울타리의 비밀을 저버릴 만한 단서는 없었다. 그 속에 동굴이 있고, 떠돌이가 산다는 비밀을.

"숨 크게 쉬어야지." 시장 근처에 다다르자마자 내가 명령을 내렸다.

"걱정 마, 끽끽대고 있으니까." 예스가 대꾸했다.

"숨 크게 쉬라니까."

예스가 심호흡을 했다.

"거봐, 잘하면서." 나는 귀에 거슬리는 그 소리를 듣고서야 마음을 놓았다. "겨우 이것 때문에 그렇게 고집을 부렸니?"

"나 좀 내버려 둬!"

수업을 마치고 나오는데 메이 할머니가 교문 밖에서 우리를 기다리고 있었다. 할머니는 네티 아줌마의 자전거를 붙잡고 서 있었는데 시장에 다녀오는 길인지 짐칸에는 장거리가 담긴 나무 궤짝이 실려 있었다. 할머니의 표정은 세상에서 가장 평범한 일을 하고 있는 듯했지만 우리는 그게 할머니에게 얼마나 특별한 의미를 지니는지 잘 알았다. 할머니는 자전거를 가져보는 게 평생소원이었기 때문이다.

할머니의 혀는 여전히 날카로웠지만("조심해라! 뮐케, 자전거에 기대지 말고. 예스, 똑바로 서지 못하니? 등허리가 대문자 C처럼…….") 나는 할머니가 우리를 만나 한없이 기쁘고, 우리가 할머니를 그리워한 것만큼이나 할머니도 우리를 보고 싶어 했다는 것을 느낄 수 있었다.

"네티 아줌마는 어떠세요?" 우리가 물었다.

메이 할머니가 고개를 끄덕거렸다. 그것으로 대답은 충분했다. 펠트 장미가 달린 할머니의 모자 밑으로 하얀 머리카락이 바람에 흩날렸다. 나는 두 팔을 활짝 벌려 할머니를 와락 껴안고 체취를 흠뻑 들이마시고 싶었다.

"거기 아직도 오래 계셔야 돼요?" 뮐케가 물었다.

"하느님이 원하시는 만큼 있어야지." 할머니는 짧게 대답한 뒤 자전거 뒤에 실린 궤짝을 들어 뮐케와 내게 건넸다. "자, 이제 그만 집에 가봐라. 늘 꼭 붙어 다녀야 한다. 예스는 허리 펴고 똑바로 걷는 거 잊지 말고. 핑, 예스가 똑바로 걷는지 네가 늘 살펴야 한다. 그리고 아빠한테 크놉스 씨한테 모기장 만들 수 있는 거즈가 있더라고 전해라. 잊으면 안 돼." 할머니는 자전거 페달을 밟으며 안장에 휙 올라앉더니 허리를 꼿꼿이 펴고 돌로 포장된 길 위를 덜컹거리며 천천히 멀어져갔다. 장미꽃 달린 모자가 바르르 떨렸다.

등 뒤에서 왁자한 웃음소리가 들렸다.

뚱보 토니와 그 애가 거느리고 다니는 무리였다.

"에이, 재수 없어." 여자애들이 시비를 걸었다. "저거 척추 병신 예스 아니야?"

"상대하지 마." 밀케가 말했다. "그냥 무시해버려."

우리는 시장과 우물 거리와 우물 옆 성문을 차례로 통과해 시내를 빠져나왔다.

"폐예가 요즘엔 왜 우릴 안 기다리지?" 내가 물었다. "못 본 지 되게 오래됐어."

"난 몰라." 예스가 말했다.

"너 어제 걔네 집에 갔다 왔잖아."

"응."

"폐예가 아무 말도 안 해?"

"응."

"편을 바꾼 거지 뭐." 밀케가 말했다.

밀케와 나는 궤짝 든 손을 바꾼 뒤 계속 걸었다.

"우리 오늘 오후에 '보물 지키기' 놀이 할까?" 내가 물었다.

예스는 어깨만 으쓱했다.

"오늘은 너도 잠깐 '위험' 해." 내 말에 예스의 눈이 반짝했다. 하지만 빛은 이내 사라지고 말았다.

"됐어."

우리가 집에 도착하자마자 뮐케는 밖으로 다시 나가려고 했다.

"잠깐만 보고 올게." 뮐케가 속삭였다.

"설거지해야지."

"나중에 해도 되잖아."

"일거리 목록에 적혀 있단 말이야."

"몇 시에 하라고까지 적혀 있는 건 아니잖아." 뮐케가 주석 대야를 바라보더니 작업장에 있는 아빠에게 소리를 질렀다. 설거지할 게 너무 많아서 집에 있는 물 가지고는 어림도 없을 것 같다며, 나가서 물 좀 떠 와도 되겠느냐고.

아빠의 허락이 떨어졌다.

나는 투덜투덜, 구시렁구시렁하면서도 뮐케를 따라갔다. 뮐케가 단추 씹어 먹는 아저씨와 단둘이 있는 건 상상만 해도 끔찍했기 때문이다.

처음엔 홈파 아저씨가 그저 잘 숨었으려니 했다. 뮐케가 커튼을 걷어내고 머리를 아예 창에다 처박았다. 잠시나마 뮐케는 머리 없는 아이처럼 보였다.

"이럴 수가!"

"왜?"

"아저씨가 사라져버렸어."

나는 어찌나 마음이 놓이던지 숨기기가 힘들 정도였다. 그래도 말은 "내일이면 다시 나타나실 거야."라고 했다.

달리 할 일이 없어진 탓에 뮐케는 이름 없는 무덤을 자세히 조사하기 시작했다. 돌을 만져보고, 들여다보고, 냄새를 맡았다.

"아무것도 새겨져 있질 않아." 뮐케가 말했다.

"내가 그렇다고 했잖아."

"글씨도, 숫자도, 아무것도."

"뮐케?"

"응?"

"우리 근데 엄마한테는 왜 더 이상 안 가는 거니?"

누구라도 누워 있을 수 있는, 이름조차 새겨지지 않은 쓸쓸한 묘지 탓이었을까? 나는 갑자기 가슴이 저미도록 엄마가 그리웠다.

"하늘은 어디에나 있으니까." 뮐케가 자동적으로 대답했다.

그것 역시 걱정의 반대말처럼 아빠가 늘 읊어대는 말이었다. "묘지에는 가서 뭐하려고? 그러지 말고 그냥 나가서들 놀렴. 슬퍼할 시간은 평생 있으니까. 그리고 사실 묘지는 꼭 안 가도 돼."

"왜요?"

"엄만 하늘나라에 있으니까. 그리고 하늘은 어디에든 있잖니?"

메이 할머니는 한 달에 한 번씩 가장 좋은 옷을 입고, 앞치마와 수세미와 갈퀴를 가방에 챙겨 역 앞에서 출발하는 버스에 올라탔다. 엄마는 아빠의 고향 마을에 묻혀 있었다. 우리는 엄마가 죽기 전까지 그곳에 살았다. 가끔씩 묘지에 찾아갔던 기억이 어렴풋이 남아 있기는 했지만 따져보면 아주 오래전 일이었다. 할머니 역시 아빠와 비슷해서 우리가 같이 가도 되느냐고 물어볼 때마다 딱지를 놓았다. 묘지에 가봤자 하릴없이 노닥거리기만 할 텐데 애들은 하릴없이 노닥거리면 안 되는 법이라며.

"그럼 페이 할아버지 무덤엔 왜 가도 되는데?" 내가 물었다.

뮐케가 어깻짓을 했다. "그런 거 자꾸 물어보지 마. 무슨 대답이 나올지 언니도 뻔히 다 알잖아."

"하지만 난 엄마한테 가고 싶어."

"그럼 성 유테미스 축일이 될 때까지 기다려."(그런 날은 영원히 오지 않을 거라는 뜻—옮긴이) 뮐케는 관심 없다는 투였다.

"너 엄마 아직 기억나니?" 내가 물었다.

"그럼, 죄다 기억나고말고."

"어떤 거?"

"그만 가. 여기 더 있어봤자 볼 것도 없어."

"어떤 거 기억나느냐니까?"

"아우, 제발, 그만 좀 해. 언니 꼭 예스 같아."

"너도 다 잊어버렸구나."

"엄마가 노래를 불러줬잖아."

"그건 다른 엄마들도 다 그러잖아."

"나이프와 포크로 식사를 하셨고."

"얼씨구? 무슨 그런 말이 다 있니?"

밀케는 발을 쿵쿵 구르며 앞으로 걸어가 버렸다.

"너도 다 잊어버렸어!" 나는 밀케의 등 뒤에다 대고 소리를 질렀다. "다 잊어버렸다고. 인정해, 밀케 본! 생각 안 난다고 인정하라고!"

화주

몇 주, 아니 몇 달 만에 처음으로 천사들이 우리를 돕는 듯했다. 홈파 하치 아저씨는 다음 날에도 나타나지 않았다.

그다음 날에도.

그리고 그다음 날에도.

뮐케의 기분은 바닥을 쳤다. 구시렁대고 투덜대는 수준이 메이 할머니 기분 나쁠 때 저리 가라였다. 따라서 뮐케와 예스 사이에는 잠시도 조용한 날이 없었다.

"겁쟁이!"

"심술쟁이!"

"엄살쟁이!"

"왕재수!"

"이제 그만들 좀 해라!" 어느 일요일, 미사를 마치고 잠시 집에
들른 메이 할머니가 호통을 쳤다. "너희 둘 다 한 번만 더 서로 욕
했다가는 비누로 입을 씻어버릴 테니."

당신 손주들을 이따금씩 그런 말로 혼내는 할머니들은 아마 꽤
될 거다. 그러나 내가 아는 한 우리 할머니는 그 말을 실천으로 옮
기는 유일한 사람이었다.

밀케와 예스는 그러고 나서도 얼마 동안 말싸움을 주고받았지만
소리가 커지지 않도록 조심했다.

내 희망은 딱 사흘간 계속되었다.

"돌아오셨어." 나흘째 되던 날 밀케가 설거지물을 쏟아버리며
속삭였다.

배 속에 돌덩이가 들어앉은 것 같았다. "너, 그거 확실해? 그냥
네 생각에 그런 거 같은 거 아니야?"

"그럼 언닌 더 좋았을 텐데, 그지?" 밀케가 날 생각해주는 척했
다. "그러지 말고 이리 와봐."

홈파 아저씨는 창밖으로 얼굴을 내민 채 영 못 미더운 표정으로
우리를 바라보았다. 아저씨는 빵을 먹고 있었는데 멀리서 봐도 곰

곰팡이 핀 빵이라는 게 한눈에 들어왔다. 속이 울렁거렸다.

"저희, 들어가도 돼요?" 뮐케가 물었다.

홈파 아저씨가 위협적으로 가위질을 해댔다.

삭둑! 삭둑!

우리가 다가가자 아저씨가 갑자기 쉭쉭댔다. 입에서 빵 부스러기가 튀어나와 수염에 들러붙었다. 나는 움찔했다.

"차라리 물이나 길으러 가자." 내가 말했다.

이번에는 뮐케도 쉽게 발걸음을 돌렸다.

"도둑질 다니는 걸 거야. 틀림없어." 뮐케가 눈을 반짝이며 말했다. "그래서 며칠씩 사라지는 거라고. 돈이 없으니까 물건을 훔칠 수밖에 없고. 돈은 정신병자 수용소에 있을 때 다 빼앗겼을 거야. 거기서 일하는 사람들은 늘 그러거든. 뺏은 돈은 어디 빈 나무 속에 숨겨놨겠지. 정신병자 수용소 마당에는 속 빈 나무들 천지니까."

네가 그런 걸 어떻게 아느냐고 따지고 싶었지만 그런 질문은 차라리 던지지 않는 편이 나았다. 그랬다간 안 그래도 신나게 돌아가는 물레방아에 물만 더 부어주는 격이 될 테니. 나는 입을 꾹 다물고 주석 대야를 펌프 밑으로 밀어 넣은 다음 물을 가득 받았다.

"언니, 우리가 이제 뭘 어떻게 해야 하는지 알고 싶지?" 내가 펌프질을 끝내자 뮐케가 물었다.

"내가 싫다고 해도 말할 거면서 뭐."

우리는 유모차 손잡이를 잡고 같이 밀기 시작했다. 의심스러운 눈빛으로 우리를 바라보는 홈파 아저씨의 시선이 등에 따갑게 느껴졌지만 나는 태연히 걸으려고 무진장 애를 썼다.

"우리가 아저씨를 도와드려야 해." 밀케가 말했다. 나무들이 자라 개구멍이 좁아진 탓에 유모차를 빼내려면 여간 힘든 게 아니었다. 밀케가 유모차를 발로 한 대 뺑 차는 바람에 물이 내 신발 위로 넘쳐흘렀다.

"조심해!" 내가 소리쳤다.

"별것도 아닌 걸 가지고 뭘 그래? 그러지 말고 불쌍한 홈파 아저씨를 우리가 어떻게 도와드릴 수 있을지 그거나 좀 궁리해보라고." 밀케가 아주 경건한 표정을 지어 보였다.

아홉 발 집이 나타났다. 삐뚤빼뚤 쌓인 낡은 벽돌들이 저물어가는 저녁 햇살을 받아 마치 속에서 빛을 발하고 있는 것처럼 보였다. 제비들이 붉은색과 보라색으로 물든 저녁 하늘 위로 미끄러지듯 날아갔다.

"너 홈파 아저씨가 계속 여기 있었으면 해서 그러는 거지?" 내가 입을 열었다. "아저씨가 사라져버리고 나면 처절한 비극 이야기가 사라지니까."

"언니 맘대로 생각해."

"너도 나만큼이나 잘 알면서 그러니? 우리가 아저씨를 도울 수 있는 방법은 딱 한 가지야. 사람들한테 말하는 거. 그래야 아저씨가 산울타리에서 살지 않고 제대로 된 집을 얻을 수 있다고."

"아니야."

"뮐케, 제발 그 고집 좀……."

"언니, 로테르담 은행에서 온 편지 다시 찾았어?"

"바보 같은 소리 그만해."

"예스한테 또 물 떠 오라고 시킬까?"

"내가 너한테 협박당할 거라고 생각하지 마, 뮐케 본."

뮐케는 벳젤 씨의 목초지에 있는 창고에서 낡은 의자를 하나 가져다가 톱으로 다리 길이를 4분의 3쯤 잘라내 낮은 앉은뱅이 의자로 만들어버렸다.

"이럼 적어도 바닥에 쭈그리고 앉을 필요는 없어." 뮐케가 말했다. "가여운 홈파 아저씨……."

"아저씨가 그렇게 걱정이 되면 먹을 것도 좀 챙겨드리지 그러니? 곰팡이 핀 빵 말고 뭐 좀 제대로 된 걸로 말이야."

"병조림." 뮐케가 대뜸 말했다.

"너 미쳤니?" 내가 놀라서 외쳤다. "할머니가 대번에 눈치채실 거야."

"아닐걸." 뮐케가 대꾸했다. "할머니가 언제 지하실에 직접 내려가시는 거 봤어? 그리고 병조림은 어차피 겨울에 먹을 거잖아. 할머니가 눈치채시면 우리가 병 하나 깼다고 하면 돼."

난 벌써부터 정신이 아찔했다.

"하지만 이건 약속해. 딱 하나만이야. 더는 안 돼."

"당연하지. 내가 뭐 정신 나간 줄 알아?"

뮐케는 그렇게 말하면서 선반장에서 병 두 개를 집어 들었다.

"언니들 뭐 하는 거야?" 예스가 물었다.

"겁쟁이는 몰라도 돼." 뮐케가 대꾸했다.

"그 병조림 가지고 뭐하려고?"

"안 가르쳐줘."

"그럼 할머니한테 이른다."

"너, 코르셋은 꽉 조였니?" 뮐케가 아주 상냥한 목소리로 물었다.

예스가 윗몸을 이리저리 돌렸다. 가죽끈에 달린 버클이 끽끽 소리를 냈다. 여봐란 듯 승리감에 도취된 소리여야 했지만 현실은 그렇지 않았다.

"홈파 하치 아저씨한테 줄 거야." 내가 말했다. "뭐 좀 드셔야 하니까."

"언니들 지금 거기 가는 거야?"

나는 고개를 끄덕였다.

"나도 같이 갈래."

"너도 같이 가겠다고?" 내가 놀라서 외쳤다.

"바지에 오줌 싸지 않을 자신 있으면 따라와." 뮐케가 말했다.

"이것 좀 보세요." 뮐케가 말했다. "저희가 뭘 가져왔는지 좀 보시라고요. 맛있겠죠? 뭐부터 드시고 싶으세요? 배요? 아니면 아스파라거스요?"

나는 이게 뮐케의 목소리인가 싶어 깜짝 놀랐다. 뮐케는 아주 사근사근 조용히 말을 했다.

삭둑! 홈파 하치 아저씨가 다시 가위질을 했다. 삭둑. 그러나 이번에는 소리도 작고 그다지 위협적이지 않았다.

"그리고 또 있어요." 뮐케가 짧게 다듬어진 잔디 위에 앉더니 팔을 무릎 위에 올리며 말했다. "예스, 그거 좀 이리 줘봐."

안전거리를 유지하며 서 있던 예스가 앉은뱅이 의자를 꺼내 내쪽으로 밀었다. 나는 의자를 뮐케에게 건넸다.

"어때요, 멋지죠?" 뮐케가 물었다. "이제 편안히 앉으실 수 있어요. 편히 앉고 싶으시죠?" 뮐케가 몸을 반쯤 일으키더니 나지막한 의자 위에 자기가 시범으로 앉아 보였다. "아아, 좋다. 진짜 편해요." 뮐케가 꼭 메이 할머니 같은 말투로 말했다. 목에선 심지어 가르랑거리는 소리마저 들렸다.

홈파 아저씨는 뮐케의 행동을 유심히 관찰하는 것 같았다. 가위소리는 더 이상 나지 않았다. 아저씨가 갑자기 손을 흔들었다.

"우릴 다시 알아보셨어." 뮐케가 말했다. "들어가 보자."

하지만 예스는 유모차 옆에 남아 있었다.

동굴 안 나뭇가지들은 그새 더 많이 묶여 있었다. 실은 아주 정확하게 십자 모양으로 교차되어 있었다. 바닥에는 짚이 한 층 깔리고 그 위에 작은 양탄자도 펼쳐져 있었다. 구석에 커다란 자루가 눈에 띄었다. 아니나 다를까, 뮐케는 당장 그쪽으로 기어갔다.

"그냥 둬." 내가 말했다.

하지만 뮐케는 자루를 기어이 열어보고야 말았다. "이것 좀 봐!"

자루 안에는 작은 상자, 헌 옷가지들, 찌그러진 전등갓, 컵, 칼, 숟가락 그리고 고상한 마나님들이 목에 두르는 여우 목도리가 들어 있었다. 그러나 아저씨의 자루에서 나온 여우 목도리는 눈에 진주 단추가 박힌 좀 쏜 괴물에 지나지 않았기 때문에 마나님들이 목에 두르기는커녕 보기만 해도 손사래를 치며 도망칠 것 같았다. 여우는 썩은 이를 드러낸 채 웃고 있었다.

"다 어디서 훔쳐 온 걸 거야. 내기해도 좋아." 뮐케가 내 귀에다 대고 속삭였다.

홈파 하치 아저씨가 게걸스레 병뚜껑 하나를 여는 동안 나는 계속 창문을 내다보며 예스가 잘 있는지 지켜보았다.

홈파 아저씨는 병 하나를 마파람에 게 눈 감추듯 먹어버렸다. 절인 배였다. 단물이 아저씨의 더러운 수염을 타고 주르르 흘러내렸다. 아저씨가 쩝쩝 입맛을 다셨다. 나는 보기만 해도 너무 지저분해 속이 울렁거렸지만 뮐케는 아저씨가 무슨 희귀한 동물이나 되는 것처럼 잠시도 눈을 떼지 않았다. "맛있죠, 홈파 아저씨? 맛있게 드셨어요?"

홈파 아저씨가 가위를 집더니 삭둑 하고 가위질을 한 번 했다.

"아이, 그러지 말고 맛있었다고 한 번만 말해보세요." 뮐케가 알랑대는 목소리로 애교를 떨었다.

홈파 아저씨가 가위질을 두 번 했다.

뮐케가 이맛살을 찌푸렸다. "도대체 왜 아무 말씀도 안 하시는 걸까?"

"그걸 내가 어떻게 알아?"

"얼마 전에는 말을 하셨잖아."

"언제?"

"내가 아저씨를 공격했을 때. 그때 내 이름을 외치셨잖아. 홈파 아저씨, 그러지 마시고 제 이름 한 번만 불러보세요."

홈파 아저씨가 히죽 웃었다.

"말을 꼭 해야 할 때만 하시나 보지." 내가 대꾸했다.

또다시 홈파 아저씨의 가위 소리가 울렸다.

"방금 말하셨잖아." 예스였다. 예스는 어느새 산울타리 창 앞으로 가까이 다가와 있었다.

"뭐라고?"

"방금 말씀하셨다고." 예스는 잔뜩 겁먹은 눈으로 아저씨를 지켜보며 같은 말을 되풀이했다.

"그럼 엄청 작게 말씀하셨나 보네?"

"그게 아니라 가위를 가지고 말씀하시는 거야." 예스가 말했다.

밀케가 멍한 표정으로 예스를 바라보았다.

"가위질 한 번은 '웅'이고," 예스가 설명했다. "두 번은 '아니'란 뜻이야."

밀케는 제정신이냐는 듯 이마에 대고 손가락을 돌리려다 가까스로 참는 것 같았다. 그러더니 골똘한 표정으로 처음에는 예스를, 이어서 홈파 아저씨를 들여다보았다.

"정말이에요, 아저씨?"

홈파 아저씨가 천장을 올려다보았다. 가위를 든 손이 천천히 올라갔다.

삭둑.

"설마. 우연이겠지. 그죠, 아저씨? 다 말도 안 되는 소리죠?"

삭둑. 삭둑.

"와우, 넌 정말 천재야, 예스!" 밀케가 소리쳤다.

테오도르 기욤 안나 테레사 뤼텐이 태어난 것은 토요일 밤이었다. 메이 할머니는 그 아기를 두고 하마터면 시작되지도 못했을 역사라고 말했다. 할머니가 발목을 쥐고 더운물과 찬물에 번갈아가며 담그는데도 아기는 얼굴만 점점 시퍼레질 뿐 고집스레 할머니를 바라보고만 있었단다. 그러다 사람들이 다 '이제 죽겠구나.' 하고 포기하는 순간 울음을 터뜨렸고, 그 뒤로 사흘을 내리 쉬지 않고 울기만 했단다.

우리는 일요일에 입는 원피스 차림으로 아기를 보러 갔다. 네티 아줌마는 기다란 머리를 풀어 헤친 채 침대에 누워 있어 우리를 적이 당황시켰다. 늘 머리를 틀어 올린 모습만 봐왔기 때문이다. 우리는 림뷔르흐 케이크를 한 조각씩 먹고, 기저귀가 말끔하게 채워진 아기를 조금 부러운 눈으로 바라보았다.

놀 아저씨 집에는 하루 종일 손님들의 발길이 끊이지 않았다. 할머니는 우리만 먼저 집으로 돌려보내려고 했지만 우리는 우리끼리 집에 갈 마음이 눈곱만큼도 없었다. 할머니가 뜨개질거리와 옷을 가방에 챙겨 작별 인사를 나누기까지는 몇 년쯤 걸리는 것만 같았다. 집 밖으로 나온 할머니는 아쉬운 듯 자전거 안장을 몇 번 톡톡 두드렸다. 그리고는 마침내 우리를 데리고 시내를 벗어났다. 우리는 할머니의 둘레를 빙빙 돌며 서로 가방을 들겠다고 싸웠고, 잠시도 할머니에게서 눈을 떼지 않았다. 우리는 할머니가 강하고 억센 우리들의 할머니―발이 하도 커서 남자 신발밖에 못 신는―가 아니라 바람 불면 훅 날아가는 깃털이나 이삭인 양 굴었다.

멀리 아홉 발 집의 얼룩덜룩한 기와지붕이 보였다. 뱃속에서 안도감이 꿈틀꿈틀 기어 올라왔다.

테오도르 뤼텐이 세상에 안전하게 태어나고, 네티 아줌마의 몸조리도 어느 정도 끝나자 할머니의 정상적인 눈은 다시 우리에게로 향했다. 위험을 감지하는 부엉이 눈도 마찬가지였다.

"어디들 가는 게냐?"

"물 좀 받아 오려고요."

"셋이서?"

"그럼 훨씬 더 쉽거든요."

메이 할머니가 주석 대야를 바라보며 말했다.

"우리가 무슨 물고기라고 착각들 하는 게냐?"

"그런 게 아니라……."

"아직 물 많다. 심심한가 본데 내 다른 일거리를 주도록 하지."

나는 사실 별 상관 없었다. 뮐케가 옛날 우리들의 이웃사촌 홈파 하치 아저씨 아니냐고 아무리 강조해도 내겐 그저 정신병자 수용소에서 나온 미친 사람일 뿐이었다. 나는 사실 메이 할머니가 홈파 아저씨를 발견하길 속으로 여전히 바라고 있었다. 그리고 홈파 아저씨가 쥐 죽은 듯 조용히 버티는 재주만 없었던들 그 일은 벌써 일어나고 말았을 것이다. "정신병자 수용소에서 도망쳤으니까 그렇지." 뮐케가 말했다. "수용소 간수들이 아저씨를 찾고 있을 거야. 그래서 저렇게 조용한 거라고."

"그걸 네가 어떻게 알아?"

"아저씨가 직접 그랬어." 뮐케가 우겼다.

나는 뮐케의 말을 믿지 않았다. 홈파 아저씨가 가위를 이용해 우리들에게 의사를 전달할 수 있는 것은 사실이지만 그렇다고 해서 정말로 말을 하는 것은 아니었다. 뮐케가 너무 꼬치꼬치 캐묻는다 싶으면 아저씨는 산울타리 천장을 올려다보며 뭐라고 뭐라고 알아들을 수 없는 말을 중얼거렸다.

"다시 말을 배워야 해." 뮐케가 말했다.

"난 아저씨가 그냥 계속 입 다물고 있어도 상관없어."

"언닌 아저씨가 계속 정신병자로 있었으면 좋겠어? 우리가 다시 말하는 법을 가르쳐주면 저절로 제정신으로 돌아올 거야. 가여운 홈파 아저씨……."

"성녀 났다, 성녀 났어." 내가 톡 쏘아붙였다.

하지만 뮐케는 내 말을 무시해버렸다.

"아저씨한테 뭔가 효과 있는 걸 갖다 줘야겠어."

"무슨 소리야?"

"화주(불을 붙이면 탈 만큼 독한 증류주 — 옮긴이)!"

"뭐?"

"술 말이야, 맹하긴."

난 가끔씩 메이 할머니의 심정이 바로 이거겠구나 하고 절절히 이해가 갔다.

"뮐케 본, 이제 너까지 슬슬 제정신이 아니구나? 아저씨가 지난번에 술 드시고 나서 정신병자 수용소로 끌려가셨던 거 잊어버렸니?"

"하지만 그땐 말을 하실 수 있었잖아." 뮐케가 말했다.

"너 그러기만 해봐. 그땐 나도 할머니한테 다 말씀드릴 거야. 네가 고자질하든 말든 상관없어."

"공갈 마. 그러지 못할 거라는 거 언니가 더 잘 알면서."

뮐케가 나를 뚫어져라 쳐다보았지만 나는 고개를 숙이지 않았다. 이번엔 절대 물러서지 않으리라. 참는 데도 한계가 있으니까.

그러자 뮐케가 갑자기 눈을 깜빡이며 인형 같은 입을 뾰족 내밀고 생긋 웃었다. "에이, 장난 한번 해본 거야!" 그러고는 내 어깨에 손을 올리며 말을 이었다. "언니도 참, 내가 화주를 어디서 구해? 할머닌 집에 맥주 한 잔 두는 법이 없는데."

한밤중이었다. 옆자리에 누운 예스가 잠결에 다리를 널판때기에 긁어대는 바람에 양털 담요가 반쯤 미끄러져 내렸다. 나는 담요를 다시 끌어 올려 예스를 덮어주었다. 어깨를 잔뜩 움츠린 채 옆으로 누워 턱을 가슴 속에 파묻은 모습. 잠잘 때 보면 예스는 영락없는 작은 새였다. 앙증맞은 뾰족한 코는 부리였다. 나는 예스의 목덜미에 조심스레 손을 올린 뒤 손가락 두 개로 잠옷 위를 더듬어 내려갔다. 늘 말썽을 일으키는 척추 부위가 만져질 때까지. 그곳은 금세 찾아졌다. 다른 뼈들보다 아주 조금 더 작고, 아주 조금 튀어나온 맹추 뼈. 한밤중에, 어둠 속에서 예스의 척추를 느끼고 있자니 고향에 돌아온 느낌이 들었다.

발각!

그러고 나서 일들이 다시 틀어지기 시작했다.

게다가 이번에는 우리 때문에 하마터면 정말로 처절한 비극이
일어날 뻔했다.

그해 들어 처음으로 해가 저물도록 날이 따뜻하던 날, 우리는 보
리수나무 밑에서 저녁을 먹었다. 할머니의 명령에 따라 식탁이 밖
으로 옮겨졌다. 할머니는 생활비를 벌기 위해 케이크를 네 개나 만
들어 빵집에서 구워 왔다. 우리 집에는 여전히 돌가마가 없었다.
할머니는 그런 일을 꽤 자주 했다. 이번에는 시에서 있을 큰 결혼식
을 위해서였는데 막판에 신랑이 도망가버리는 바람에 모두 헛수고

가 되고 말았다.

　"이 담배는 너무 빨리 타버려." 쉐르 오빠가 말했다. "두 번 빨면 코가 타 들어갈 것 같다니까."

　피트와 크레쳉 오빠는 쉐르 오빠와 마주 앉아 말아놓은 엽궐련을 도로 다 풀기 시작했다. 식탁 위는 순식간에 담뱃잎과 살담배와 칼과 궐련틀로 어질러졌지만 할머니는 아무 말도 하지 않았다.

　"폭탄 맞은 것 같아요." 뮐케가 말했다.

　"두고 보렴. 잘될 테니까." 아빠가 말했다. 하지만 아빠의 엽궐련은 속을 잘못 쑤셔 넣은 소시지처럼 가운데 배만 불룩하고 양끝은 홀쭉했다.

　우리는 결국 잔디 위에 자리를 잡고 앉았다. 케이크를 어찌나 많이 먹었던지 몸이 무거워 움직일 수조차 없었다. 뮐케는 등을 대고 그대로 뻗어버렸다. 한쪽 무릎은 왼쪽으로, 고개는 오른쪽으로 꺾고 누운 모습이 꼭 몸뚱이가 조각조각 떨어져 나간 아이처럼 보였다.

　"우리 '보물 지키기' 하지 않을래?" 예스가 물었다.

　"어린애들이나 하는 거야." 뮐케가 대꾸했다.

　"지난주엔 그런 말 안 했잖아." 내가 말했다.

　뮐케가 혀를 날름 내밀었다.

　"난 이제 열한 살이야."

　"아직은 아니야."

"열한 살이나 다름없어."

"아직 멀었다니까."

"멀지 않았어."

"뮐케, 그만 좀 해라." 할머니가 뜨개질거리에서 눈을 떼지 않은 채 뮐케를 나무랐다. 계절에 비해 날이 너무 더웠다. 하늘에는 구름이 잔뜩 끼어 있었고, 공기는 뜨뜻미지근한 죽처럼 걸쭉하고 후텁지근했다.

아주 오랜만에 악어가 다시 열렸다. 이번에는 심장이 넝마였던 엄마의 어렸을 적 이야기로 우리 시의 수호성녀인 로사 축일에 벌어진 사건에 관해서였다. 할머니는 그해 성녀 로사 축일에 갑자기 병이 나버렸다. 집 안의 작은 제단은 다행히 하루 전날 미리 꾸며 대문 앞에 내놓은 덕에 성직자 행렬이 지나갈 때 주교님의 축복을 받는 데는 별문제가 없었다. 그런데 달구지를 끌던 석탄 가게 주인의 말이 갑자기 미쳐 날뛰는 바람에(석탄 가게 주인이 그날 평소처럼 장사를 했기 때문에 성녀 로사님이 화가 나서 내린 벌이라고 사람들은 쑤군댔다.) 달구지가 뒤집어지고, 석탄과 슐람이 길거리로 쏟아져 할머니네 집으로 가는 골목이 막혀버렸다. 성직자들 가운데 자신의 제복을 더럽히고 싶어 하는 사람은 당연히 한 명도 없었다. 따라서 행렬은 예정된 길이 아닌 다른 길로 지나게 되었다. 그 소리를 들은 엄마는 잠시도 망설이지 않고 양초와 촛대, 마리아 석

고상, 묵주, 제단 덮개를 바구니에 챙겨 들었다. 그런 다음 무거운 참나무 탁자를 어깨에 들쳐 메고 석탄과 슐람 더미를 넘어 군중 사이를 비집고 행렬이 지나가는 곳에 제단을 세웠다.

"그렇게 해서 우린 결국 축복을 받았단다." 할머니가 말했다. "엄만 제단 뒤에 얌전히 무릎을 꿇고 앉아 있었지. 그래서 신발이랑 하얀 원피스 자락이 까마귀사촌처럼 변한 걸 아무도 눈치 못 챘다더구나."

우리는 동그랗게 말려 올라간 작은 사진을 뚫어져라 들여다보았다. 하얀 옷을 차려입은 여자애들의 단체 사진이었다. 머리에는 모두 하얀 장미 화관을 쓰고 있었다. 엄마도 거기 있었다. 뒤쪽에. 할머니가 이게 엄마라며 한 여자애를 가리켰지만 얼굴이 하도 작아 이 세상 누구라도 될 수 있을 것 같았다.

"벳젤이 목초지에서 뭘 태우나?" 할머니가 갑자기 물었다. 우리는 코를 킁킁거렸다. 아닌 게 아니라 뭔가 타는 냄새가 났다. 다들 입을 다문 그제야 냄새뿐만 아니라 타다닥타다닥하고 타 들어가는 소리가 들린다는 사실을 알아차렸다. 갑자기 퍼펙, 쨍그랑하고 유리 깨지는 소리가 났다. 가슴이 철렁 내려앉았다.

"묘지 쪽에서 나는 소리예요." 에트 오빠가 소리가 들려오는 쪽으로 달려가며 외쳤다.

나는 놀라서 예스와 밀케를 보았다.

대문께에서 에트 오빠가 우리 쪽을 돌아보며 또다시 소리쳤다.

"산울타리예요!"

우리 가운데 가장 침착한 사람은 역시 메이 할머니였다. 할머니는 우리더러 유모차를 가져오라고 한 뒤 거기다 대야, 양동이 할 것 없이 죄다 실으라고 시켰다. 그러고 나서 우리는 유모차를 밀고 다 같이 개구멍 쪽으로 달려갔다. 그때 바람이 반대로 불고 있었더라면 우린 평생 펌프에 도착하지 못했을 것이다. 그러나 그렇지 않았던 덕에 연기는 비록 안개처럼 자욱했지만 개구멍은 아직 안전했다. 바람이 불길을 개구멍 반대쪽으로 걷어내 준 덕분이었다. 우리는 유모차를 밀며 힘겹게 개구멍을 통과한 뒤 최대한 빨리 펌프 쪽으로 달려갔다.

타닥거리던 소리는 어느새 후드득대는 요란한 소리로 변해 있었다. 불길도 벌써 치솟기 시작했다. 살아 있는 나무들이 그렇게 빨리 타다니 참 신기한 일이었다. 후에 피트 오빠는 산울타리 바닥에 깔려 있던 짚 때문이었을 거라고 말했다.

아빠는 펌프질을 했고 오빠들은 근처 무덤들에서 가져온 꽃병에 물을 담았다. "여기! 여기!" 오빠들이 소리를 질렀다.

나는 할머니, 뮐케, 예스와 함께 사나운 불길에서 가장 멀리 떨어진 곳에서 불을 껐다. 그러나 그 먼 곳에서 쳐다봐도 정말로 무시무시한 광경이었다. 불은 모든 것을 집어삼키고 파괴하는 빛이었다. 속을 들여다볼 수가 없었다. 땀으로 번들거리는 오빠들의 얼굴에

이글거리는 불빛이 반사되었다.

펌프질도, 불 끄는 일도 영원히 끝나지 않을 것 같았다. 손과 팔이 마비되면서, 더는 못하겠다고, 불이 이겼다고 포기하려는 순간 불길은 천천히 바닥으로 사그라지기 시작해 마침내 길게 타오르는 연기와 시커멓게 타버린 산울타리만 남기고 꺼졌다.

아빠와 오빠들은 서로의 어깨를 두드렸다. 에트와 피트 오빠는 불씨가 남지 않았는지 산울타리를 다시 한 번 꼼꼼히 살폈다. 그날 바람의 방향이 달랐더라면 어떻게 됐을까? 달랑 양동이 두 개에 꽃병 한 개밖에 없었더라면…….

흐느끼는 소리가 들렸다.

"예스, 그만 좀 해라." 메이 할머니가 화를 냈다.

흐느낌이 더 거세졌다.

"그렇게 울 일 아니야."

"저 아니란 말이에요." 할머니의 꾸지람에 예스가 발끈했다.

우리는 주위를 돌아보았다.

뮐케가 시커먼 손으로 얼굴을 가린 채 엉엉 울고 있었다. 맹렬한 지옥의 불길을 저 혼자서 꺼야 했던 아이처럼. 뮐케는 산울타리 옆에 서 있었다. 나뭇가지들은 시커멓게 타버린 뼈 같았다. 불길에 잡아먹혀 뻥뻥 뚫린 구멍들 사이로 홈파 하치 아저씨의 집이 보였다. 아니, 그 잔재들이. 새까매진 앉은뱅이 의자와 양탄자, 불길이 닿지 않아 아직 아저씨가 묶어놓은 그 상태 그대로 있는 나뭇가지들, 시커먼 재를 잔뜩 뒤집어쓴 두꺼운 유리 조각들, 이리저리 뒹구는 깨진 유리병들. 그리고 그 사이로 하늘색 유리 조각이 보였다.

우리는 슐람밤스 사하라 한가운데에서 아저씨를 찾아냈다. 아저씨는 다리를 쫙 벌리고 대자로 뻗어 있었다. 옷에서는 아직도 연기가 피어올랐고, 짧고 희끗희끗한 붉은 수염은 거뭇거뭇 그슬려 있었다. 입 밖으로 툭 튀어나온 불행 담배꽁초가 눈에 띄었다. 눈썹도 다 타서 남아 있지 않았다. 어쩌면 그래서 그리 놀란 사람처럼 보였던 건지도 모른다. 손에는 여우를 꼭 쥐고 있었는데, 여우 역시 털은 다 타들어 가고, 눈은 완전히 녹아 없어진 상태였다. 제대로 남은 거라곤 자그마한 이빨들뿐이었다.

"이런 젠장!" 오빠들이 동시에 외쳤다. 다들 넋 나간 표정으로 연기가 모락모락 피어오르는 홈파 하치 아저씨를 내려다보았다. 아저씨 역시 몸집만 커버린 아기 같은 표정으로 우리를 올려다보았다. 아저씨는 체리를 절인 브랜디에 곤드레만드레가 되어 있었다. 페예의 부모님한테서 받은, 처절한 비극을 맛보려는 욕심에 뮐케가 훔쳐다 준, 새파란 하늘색 유리병에 고이고이 담겨 있던 바로 그 브랜디에.

기나긴 길

"이건 애들이 들을 만한 얘기가 아니야." 메이 할머니가 중얼거렸다. "아니고말고."

우리는 부엌 식탁에 둘러앉아 있었다. 머리와 옷에서는 아직도 연기 냄새가 났다. 온몸이 재와 검댕 투성이였다. 석유등 불빛이 우리를 밝은 부분과 어두운 부분으로 가르며 식탁 가운데에 작은 원을 그리고 있었다.

침묵이 흐르는 가운데 빠끔히 열린 거실 문 사이로 굵게 코 고는 소리가 들렸다.

홈파 하치 아저씨는 한쪽은 아빠의, 다른 한쪽은 쉐르와 피트 오빠의 부축을 받으며 비틀비틀 아홉 발 집에 발을 들였다.

"다리에 화상을 입으신 거예요?" 뮐케가 물었다. "그래요?" 뮐케는 할머니가 쫓아낼 때까지 아저씨의 주위를 맴맴 돌며 안달복달을 해댔다.

"고주망태가 되신 것뿐이야." 내가 짧게 내뱉었다.

그러나 그건 사실이 아니었다. 할머니가 홈파 아저씨를 돌보다 말고 붕대와 가위와 바셀린 연고를 찾았기 때문이다. 할머니는 아주 단호한 태도로 거실과 부엌 사이의 문을 닫았다. 어차피 꽉 닫히지 않는 문이었지만 닫힐 수 있는 만큼은 닫혔다.

"아주 심한 화상을 입으셨을 거야." 뮐케의 눈빛이 반짝거렸다. "이제 곧 다리나 팔이 떨어져 나갈걸! 아, 이런 젠장."

예스가 손가락을 귓구멍 속에 찔러 넣으며 아빠에게 소리를 질렀다. "이제 그만 좀 하라고 하세요!" 그러나 아빠는 여전히 놀란 얼굴로 눈만 껌뻑일 뿐이었다.

"저 사람, 여기서 대체 뭘 한 게냐?" 아빠가 물었다.

뮐케가 또 제 세 치 혀를 놀리려고 했다.

"너, 처절한 비극이 어쩌고 할 생각이면 아예 관둬." 내가 말했다.

"애들이 들을 만한 얘기가 아니야." 할머니가 약상자를 치우며 같은 말을 되풀이했다.

"전 벌써 열한 살이나 됐잖아요." 뮐케가 재깍 말대답을 했다.

"의자 흔들지 말고!"

뮐케는 의자를 바닥에 다시 똑바로 세웠다.

할머니는 예스만 위층으로 올려 보냈을 뿐, 이상하게 우리한테는 아무 말도 하지 않았다. 의자를 잡아당기는 할머니의 손이 바셀린으로 번들거렸다. 할머니가 자리에 앉자 아빠가 물었다.

"홈파, 그 사람이 여기 있는 거 아셨어요?"

"짐작은 했지." 할머니가 대답했다.

"그런데 왜 아무 말씀도 하지 않으셨어요?"

"그럼 내가 뭘 어째? 경찰한테 일러서 그 불쌍한 사람을 잡아가게라도 해야 했단 말인가?"

"물건을 훔쳤어요."

"불행 담배, 망친 담배 말이지!" 할머니의 목소리가 아빠를 경멸하듯 울려 퍼졌다.

할머니는 잠시 입을 다물었다. 아무도 감히 말을 꺼내지 못했다. 홈파 아저씨의 신음 소리가 들렸다.

"불행 담배!" 할머니는 같은 말을 되풀이했지만 기세는 많이 누그러들어 있었다. "가여운 사람 같으니라고! 저만하기 다행이지, 자칫 무슨 일이 벌어졌을지 몰라."

"다 자기 잘못이죠." 아빠는 여전히 화난 목소리였다. "술을 저렇게 곤드레만드레 퍼마시다니. 또 무슨 일이 벌어질까 싶어 아찔했던 사람은 저라고요, 저."

"별일 없었잖아? 그리고 자넨 몰라. 술을 이유 없이 마시는 사람은 없어."

할머니가 그렇게 큰 이해심을 보이다니 참 이상한 일이었다.

"왜 정신병자 수용소에 안 있어요?" 에트 오빠가 물었다.

"거기서 내보내 줬나 보지." 할머니가 말했다. "아님 도망쳤든지. 난들 알겠니?"

"왜 아무 말씀도 안 하신 거예요?" 아빠가 거듭 물었다.

다시 또 침묵이 흘렀다.

"애들한테 해줄 만한 얘기가 아니야. 아니고말고." 할머니는 세 번째로 같은 말을 중얼거리며 우리를 물끄러미 바라보았다.

"어차피 애들도 정신이 말똥말똥하잖아요." 아빠가 말했다. "그리고 지금 올려 보내봤자 또 지들 방에서 엿들을 게 뻔하다고요."

우리는 깜짝 놀라 아빠를 쳐다보았다. 아빠가 알고 있는 줄은 꿈에도 몰랐다. 메이 할머니는 모르고 있었던지 얼굴에 놀라는 기색이 역력했다.

그러고 나서 또다시 한참 동안 침묵이 이어졌다. 그사이 할머니는 나와 뮐케를 계속해서 번갈아 보았다. 할머니가 마음의 결정을 내린 것 같았다.

"너희들도 어차피 언젠가는 어른이 될 테니."

나는 뮐케를 돌아보았다. 뮐케는 양초처럼 등허리를 꼿꼿이 펴고 경청하려는 자세를 보였다. 행여 할머니가 다시 마음을 바꿀까 봐 숨도 제대로 쉬지 못하는 모습이었다. 불탄 나뭇가지 하나가 여전히 뮐케의 머리에 붙어 있었다.

"벌써 오래전부터 여기 있었단다." 메이 할머니가 입을 열었다.
"누가요?" 쉐르 오빠가 물었다.
"훔파 아저씨지, 누구긴 누구야?" 뮐케가 답답하다는 듯이 톡 쏘아붙였다.
메이 할머니가 말없이 부엌 창밖을 내다보았다.
우리도 할머니의 눈길을 따랐다.
슐람밤스 사하라의 모래가 갓 떠오른 달빛에 반짝이고 있었다.
"슐람밤스 사하라 얘기를 하시는 것 같은데?" 내가 말했다.
할머니가 고개를 끄덕였다.
"그래. 슐람밤스 사하라는 너희 엄마가 어렸을 때도 벌써 여기 있었단다. 아니, 내가 어렸을 때도, 심지어는 내가 태어나기 전에도 늘 이곳에 있었지."
할머니는 저 멀리 아득한 곳에서 들려오는 소리를 들으려는 사람처럼 귀를 살짝 쳐들었다.
"자, 이제…… 한번 물어보렴." 할머니의 이야기는 그렇게 시작되었다.

성 밖 칭얼이

제 2 부

자, 한번 물어보렴, 환영을 하더냐고 말이야

독일 쪽 슐람밤스 사하라에서 작은 집시 행렬이 내려오고 있었다. 때는 1863년 8월 말, 나흘째 계속 비가 내리던 어느 날이었다. 어떤 곳은 이제 길이 아니라 아예 작은 도랑으로 변해버렸고, 어디를 둘러보든 떠내려온 잔디 떼와 이삭이 너저분히 널려 있었다.

개 다섯 마리가 끄는 손수레가 맨 앞이었고, 힘센 짐수레 말이 끄는 주거용 마차가 그 뒤, 그리고 역시 뭔가가 가득 실린 작은 나무 수레 세 대가 줄줄이 이어졌다. 집시 행렬은 시 조금 못 미친 곳까지 내려와 근처 들판에 자리를 잡았다.

얼마 지나지 않아 시민들 사이에 집시가 왔다는 소식이 퍼졌다.

사람들은 집시를 좋아하지 않았다. 그건 예나 지금이나 마찬가지였다.

"여기 주인이 누군지 가서 확실히 가르쳐주자고." 시민들이 불만을 드러냈다. "지들 마음에 든다고 아무 데나 눌러앉을 수 없다는 걸 알아야지."

허풍 떨기 좋아하는 동네 남자들이 길모퉁이 놀의 술집에 모여 술을 마시며 서로의 객기를 북돋웠다. "혹시 모르니까!" 놀은 그렇게 말하며 절름발이 가구장이 크리트의 작업장에 들러 의자 다리 네 개를 챙겼다. 남정네들은 발이 흠뻑 젖어 들판에 도착했다. 집시들은 막 밥을 먹는 중이었다.

턱수염 기른 남자, 콧수염 기른 남자 해서 남자 어른이 둘, 권투선수처럼 코가 뭉개진 여자 어른이 하나, 그리고 궤짝에 앉아 있는 여자애와 남자애 각각 한 명씩 해서 모두 다섯 명이었다. 콧수염을 기른 사내가 무릎에 올려뒀던 행주로 입을 닦으며 일어섰다. 여자가 포도주를 가져왔다. 작은 유리잔 일곱 개에 포도주가 찰랑찰랑 채워졌다.

"같이 건배라도 한번 하고 싶은데 말입니다……." 콧수염 사내가 입을 열었다. "유감스럽게도 지난번 여행 때 잔이 몇 개 깨져 남은 게 이거밖에 없답니다. 그래도 손님이 먼저니 어서 쭉 드시죠."

그러나 동네 남자들은 허연 이빨을 드러내며 마음에 든다고 아무 데나 멍석을 까는 게 아니란 말만 되풀이했다.

"우리가 무슨 문제라도 일으켰습니까?" 콧수염 사내가 물었다.

"차라리 그럼 좋겠소." 시에서 온 남자들은 그렇게 대꾸한 뒤 서로를 위해 협정을 준수하는 게 좋을 거라고, 무슨 말인지 알아듣느냐고 윽박질렀다. 콧수염 남자가 고개를 끄덕이자 우르르 몰려왔던 남자들은 그제야 흡족해하며 집으로 돌아왔다. 비록 거절하기는 했지만 포도주를 보고 갈증이 난 사내들은 다시 놀의 가게로 가 목을 축였다.

"지들 자리를 안다고 했어." 남자들은 자기들을 기다리고 있던 시민들에게 그들이 고대하던 이야기를 들려주었다. "그럼 된 거야."

그러나 다음 날 시민들은 집시들이 여전히 그곳에 있는 것을 발견했다.

남자들은 다시 의자 다리를 거머쥐고 슐람밤스 사하라로 쳐들어갔다.

집시들이 그곳에 도착한 뒤로 비가 그쳤지만 길은 여전히 미끄럽고 질척거렸다. 그날은 일요일이었다. 아침 미사는 벌써 끝났고, 곧 정오 미사가 시작되려는 참이었다. 남자들은 여전히 아침에 입고 나왔던 좋은 옷차림 그대로였다. 그러나 그 말끔하던 구두와 바짓단은 채 100미터도 가기 전에 더러워지고 말았다. 어쩌면 그래서 분위기가 그토록 험악해졌는지도 모른다.

세 마디도 오가기 전에 시민들의 협박이 시작되었다. 그러자 집시들이 개를 끌고 나왔다.

"지옥견처럼 아주 무시무시한 개들이었어." 다시 놀의 술집에 모인 사내들은 시민들 앞에서 허풍을 떨어댔다. "주둥이가 곰 잡는 덫만 하더라고. 그러니 우리가 뭘 어쩔 수 있었겠어? 다들 처자식이 딸린 몸들인데. 비겁하게 도망친 게 아니라고."

허풍이 가장 심한 절름발이 크리트가 맥주 여섯 잔을 마시더니 집시들을 쫓아낼 묘수를 생각해냈다. 크리트는 쥐약을 가져다가 소시지 속에 엄지손가락으로 한 알 한 알 꾹꾹 눌러 넣었다. 그러고는 그것을 자기 아들 샤르에게 건넸다.

이제 막 열두 살이 된 샤르는 절름발이 크리트에게 남은 유일한 자식이었다. 크리트는 1861년, 번개로 인해 일어난 시내 대형 화재 때 자신의 작업장뿐만 아니라 샤르 위로 있던 세 아들과 부인을 모두 잃었다. 시에서는 새 작업장을 마련해주었고, 이웃 사람들은 모든 것을 다 잃어버린 크리트에게 살림도구와 음식은 물론 가구까지 나누어주었다. 그러나 대형 화재는 크리트에게 절름발이라는 별명만 붙여준 것이 아니라(불난 집에서 부인을 구해내려다 들보가 떨어지는 바람에 불구가 되고 말았다.) 사람까지도 쉽게 고까움을 타는 성격으로 바꿔놓았다. 힘세고 건강하던 세 아들은 모두 연기에 질식해 죽고, 이제 크리트에게 남은 자식이라고는 삯바느질 아낙네처럼 손가락이 가녀린 늦둥이, 샤르뿐이었다.

꼬맹이 샤르는 무슨 일이 있어도 사내대장부로 자라야 했다. 절름발이 크리트는 그 방법을 알고 있었다.

"집시의 개들을 더 이상 못 짖게 만들어라!" 크리트가 말했다.

그러나 그 임무는 비극으로 끝나고 말았다.

샤르는 문지기들이 지키는 우물 옆 성문에 다다르기도 전에 멍청이 베스에게 따라잡혔다. 멍청이 베스는 크리트가 집을 지키게 할 요량으로 구해 온 개였지만 불행히도 그럴 만큼 사납지가 못했다. 아무짝에도 쓸모없는 베스를 크리트가 물에 빠뜨려 죽이려고 했지만 샤르 덕에 화를 면할 수 있었다. 멍청이 베스는 게슴츠레한 검은 눈에 침을 질질 흘리는 작은 암캐였다. 대개는 뭉툭한 코를 출입문 구멍 밖으로 내민 채 작업장에 있는 석탄광에 갇혀 지냈지만 틈만 났다 하면 도망을 쳤다.

멍청이 베스는 샤르라면 좋아 사족을 못 썼다. 그러나 샤르보다 더 좋아하는 것이 바로 소시지였다.

샤르는 베스를 돌려보내려고 했지만 헛수고였다. 그리고 한편으로는 어두운 밤에 슐람밤스 사하라를 혼자 걷는 게 싫었기 때문에 멍청이 베스가 쫓아오는 게 내심 반갑기도 했다. 슐람밤스 사하라에 대해서는 끝이 안 좋은 별별 소문이 다 나돌았다. 그래, 소시지가 저고리 안주머니에 들어 있는 한 멍청이 베스에게도 위험은 없으리라.

"꼬맹이 샤르야, 성문은 11시에 닫힌다." 문지기가 말했다. "그

때까지 못 돌아오면 넌 우리가 안에서 자는 모습을 밖에서 구경만
해야 해."

　꼬맹이 샤르가 집시의 개들을 독살시키러 가던 그날 밤은 참으
로 이상했다. 바람이 하늘 가까이에서만 부는 게 분명했다. 커다란
뭉게구름들이 흘러가고 있었기 때문이다. 그러나 그 아래, 슐람밤
스 사하라가 시작되는 곳에는 단 한 점의 바람도 불지 않았다. 둘레
가 어찌나 조용한지 들판에서 여우 우는 소리가 들릴 정도였다.
　샤르는 가슴 속에 든 소지시를 한 손으로 꼭 누르고, 다른 손으로
는 의자 다리를 꽉 움켜잡았다. 샤르와 멍청이 베스는 옥수수밭과
사탕무밭을 차례로 지나갔다. 사탕무밭이 끝나자 길 양쪽이 갑자
기 가팔라지면서 좁은 오솔길이 나왔고, 아주 가파른 내리막길이
시작되었다. 왼쪽 비탈 위에는 불에 탄 떡갈나무가 우뚝 솟아 있었
고, 오른쪽에는 블랙베리 덤불이 빽빽이 자라고 있었다.
　멍청이 베스가 갑자기 우뚝 멈춰 섰다.
　"어서 와." 샤르가 낙엽이 썩어가는 비탈길을 미끄러져 내려가
며 말했다.
　그러나 멍청이 베스는 제자리에서 꼼짝도 하려 들지 않았다. 샤
르는 하는 수 없이 소시지를 꺼내 들었다. 볼 수 있을지는 모르지만
냄새는 맡을 게 분명하니까. 멍청이 베스는 그제야 꼬리를 엉덩이
째 흔들며 샤르에게로 달려 내려왔다. 샤르는 마지막 커브 길에서

걸음을 멈췄다. 집시들이 머물고 있는 들판이 눈에 들어왔다. 주거용 마차 밖에는 등불이 타고 있었고, 빨랫줄에는 하얀 속옷들이 나란히 널려 있었다. 개들은 보이지 않았다. 말은 조금 떨어진 보리수나무에 묶여 있었지만 그 말 한 마리 말고는 사람이든 동물이든 살아 움직이는 거라곤 아무것도 없었다.

"개들은 마차 밑에 있다." 샤르는 제 아버지의 말을 기억했다. "바람이 등 뒤에서 불어올 때 다가가지 않도록 조심해라."

샤르는 손가락에 침을 묻혔다. 그러나 바람이 어디서 불어오는지 도무지 느낄 수가 없었다.

샤르는 허리띠를 풀어 베스를 나무에 묶었다. 멍청이 베스가 싫다고 끙끙거렸다.

"쉿, 조용히 있어!"

샤르는 갈 수 있는 만큼 최대한 가까이 집시들의 거처로 다가갔다. 개들은 여전히 보이지 않았지만 거기 있다는 게 느껴졌다. 샤르는 키가 작았음에도 불구하고 허리를 잔뜩 굽히고 걸어야 했다. 땅이 질어 기어갈 수는 없었다. 그런 자세를 해가지고 한 손에는 소시지를, 다른 한 손에는 의자 다리를 들고 걷자니 여간 힘들고 느린 게 아니었다. 게다가 허리띠마저 없어 바지는 엉덩이까지 흘러내렸다.

"저도 언젠가는 테이 형처럼 클 거예요." 대형 화재가 있고 얼마

지나지 않았을 때였다. 제 아버지를 위로하고 싶어 한 말이었다. 테이는 샤르의 맏형이었다.

절름발이 크리트는 그때 코피가 터질 정도로 세게 샤르의 얼굴을 치며 소리를 질렀다. "차라리 나무가 걷는 걸 배우는 편이 더 빠르겠다, 이 꼬맹이 녀석아."

샤르는 아버지가 소시지를 건네줄 때 싫다고 한마디도 하지 않았다. 제 아비 말을 거역하지 못할 정도로 바보여서가 아니라 저 스스로도 하루 빨리 어른이 되고 싶어서였다. 빨리 커서 하루라도 더 빨리 가방을 싸는 게 샤르의 소원이었다. 그래서 아버지의 명령에 그저 고개만 끄덕였다.

샤르는 자기 자신과 싸우며 집시들의 거처 쪽으로 한 발 한 발 다가갔다. 땀이 등을 타고 흘러내리는 것이 느껴졌다. 가까이 다가가면 갈수록 소시지를 원하는 자리에 던져 넣을 수 있는 확률은 높아졌다. 샤르는 보리수나무 뒤에 몸을 숨겼다. 말은 얼마나 깊이 잠들었는지 귀조차 한번 쫑긋거리지 않았다. 샤르는 나무 뒤에서 잠시 한숨을 돌렸다. 주거용 마차까지는 이제 불과 십여 미터밖에 남지 않았다. 개들은 여전히 보이지 않았다. 풀밭과 마차 사이에는 시커먼 구멍만 뻥 뚫려 있었다.

어, 아닌가? 샤르는 숨을 헉 들이마셨다.

뭔가가 희미하게 빛나는 듯했다.

개들의 눈?

시커먼 게 움직였다.

뭔가가 움직이고 있었다!

도대체 지옥견이 모두 몇 마리나 되는 걸까? 녀석들이 냄새를 맡았으면? 마차 밑에서 총알같이 튀어나오면 어쩌지? 샤르는 갑작스러운 공포감에 휩싸여 몸을 나무 기둥에 더 바싹 붙였다. 더 이상 다가갈 엄두가 나지 않았다. 조금이라도 움직였다간 들킬지도 몰랐다. 상황이 이 모양인데 소시지를 어떻게 정확히 마차 밑으로 조준해 던진단 말인가?

샤르를 다시 움직인 것은 절름발이 크리트의 고함 소리였다. "차라리 나무가 걷는 걸 배우는 편이 더 빠르겠다, 이 꼬맹이 녀석아." 샤르는 심호흡을 했다. 한 번, 또 한 번, 아주 깊게 한 번 더. 그러고는 마침내 나무 기둥 뒤에서 나와 허벅지가 부들부들 떨릴 정도로 무릎을 잔뜩 굽힌 채 주춤주춤 앞으로 나아갔다. 샤르가 드디어 소시지를 꺼내 던졌다. 소시지는 밤공기를 가르며 휙 날아갔다. 대성공이었다. 소시지가 잔디밭에 팅긴 뒤 데구루루 굴러 정확히 마차 밑으로 들어갔다. 어찌나 정확했던지 다른 사람이 봤으면 무슨 속임수를 쓴 게 아닌가 하고 의심할 정도였다.

샤르는 자부심에 몸이 후끈 달아올랐다. 이제 아버지도 자신을 함부로 대하지는 못하겠지. 눈이 휘둥그레져서 아무 말도 못 하실 거야. 아이고, 역시 내 아들이구나…….

바로 그때 하늘이 샤르의 머리 위로 떨어졌다.

적어도 샤르는 그렇게 느꼈다.

너무나 갑작스러운 일이라 저항하고 자시고 할 시간도 없었다. 샤르는 비틀거리며 그대로 고꾸라지고 말았다. 컥 하고 숨이 막혔다. 샤르는 일어서려고 했지만 손이 머리를 짓누르고 있었다. 소리를 질러보려고도 했지만 풀과 진흙만 씹힐 뿐 소용없는 짓이었다.

자, 한번 물어보렴,
시민 환영식을 누가 받았느냐고 말이야

개들을 독살시키려고 온 꼬맹이 샤르는 얼굴이 흙 속에 파묻힌 채 엎어져 있었다. 더 이상 숨을 쉴 수가 없었다. 정신을 잃기 직전 샤르를 짓누르고 있는 손이 느슨해졌다. 샤르는 옆으로 돌아누우며 허겁지겁 숨을 몰아쉬었다. 샤르를 놓아준 손이 이번에는 팔을 뒤로 꺾어 샤르를 꼼짝 못하게 만들었다. 샤르는 눈을 떴다. 눈에 흙이 들어가 참을 수 없을 정도로 쓰라렸지만 보아야만 했다.

히죽 웃고 있는 사내애의 얼굴이 머리 바로 위에서 샤르를 내려다보고 있었다. 사내애는 혼자가 아니었다. 맞은편에 한 여자애가 풀밭에 쪼그리고 앉아 있었다. 나이를 짐작하기 힘든 그 여자애는 제 몸에 비해 너무 큰 외투를 걸치고 있었다. 벌어진 외투 자락 사이로 무릎이 드러났다. 얼굴은 꼭 인형처럼 생겼는데 샤르를 들여다보고 있는 두 눈만큼은 인형다운 맛이 전혀 없었다. 눈이 어찌나 새카만지 그에 비하면 칠흑 같은 마차 밑이 차라리 환해 보일 정도였다.

"하마터면 던지지도 않을 뻔했지." 잠시 중단됐던 대화를 계속 이어가기라도 하듯 여자애가 뜬금없는 말을 불쑥 꺼냈다. "그러고는 그냥 집으로 돌아가려고 했어." 여자애는 외투를 여미며 발끝으로 옷자락을 단단히 눌렀다. "우린 저 위 보리수나무에 앉아 있었어. 실수로 떨어진 거야."

"실두로." 사내아이가 키득거리면서 그 이상한 발음을 반복했다. 샤르는 사내아이가 한 번 웃을 때마다 제 팔을 더 세게 잡아 비트는 것을 느꼈다.

"너흰 여기 머물면 안 돼." 샤르가 단호한 목소리로 외쳤다.

여자애는 풀밭만 뚫어져라 바라볼 뿐 샤르의 말에는 아무런 반응도 보이지 않았다. 샤르는 잠시 뒤에야 여자애가 무엇을 원하는지 알아차렸다. 샤르더러도 자기가 보는 것을 보라는 뜻이었다. 샤르는 그제야 그것을 보았다.

쥐약이 든 소시지가 거기 떨어져 있었다. 입에 닿지도 않은 채.

"우리 개들은 남이 주는 거 절대 안 먹어." 여자애가 말했다. "아무리 배가 고파도 절대 안 먹지. 아빠가 훈련을 그렇게 시키셔. 나는 보면 안 돼. 여자애들이 볼만한 게 아니라고 아빠가 못 보게 하거든." 여자애는 다시 고개를 돌려 샤르를 보았다. 사내애가 코를 들이마시는 소리가 들렸다.

"저 소시지, 나한테 줬더라면 좋았을 텐데." 여자애가 말을 이었다. "내가 주면 우리 개들이 먹었을 거야. 내가 주는 건 먹거든." 여자애가 얼굴을 가까이 들이밀며 물었다. "근데 여기 이거 진흙이니, 아님 피니? 너 근데 이거 아니? 쟨 나무에서 만날 떨어져. 오늘은 나까지 데리고 네 위로 떨어졌지 뭐니."

사내애가 다시 웃음을 터뜨리며 샤르의 팔을 놓아주었다. 그러나 동시에 의자 다리를 집어 샤르의 어깨를 눌렀다. 따라서 도망친다는 것은 생각조차 할 수 없었다.

"네 개는 어디 있니?"

"무슨 개?" 샤르가 우물쭈물 되물었다.

여자애는 어느새 일어나 있었다. 외투가 어찌나 큰지 소매가 밑으로 축 처졌다. 여자애가 조용히 휘파람을 불었다. 멍청이 베스한테는 그거면 충분했다. 누구한테든 좋다고 꼬리를 흔드는 멍청이 베스. 아니나 다를까, 휘파람 소리를 들은 베스가 끙끙 울며 덤불 속에서 부스럭대기 시작했다. 저 여기 있어요, 어서 이리 오세요! 하듯이.

"가여워라. 외로워서 저러는 거야." 여자애가 말했다. "개들은 외로운 걸 못 참아. 고양이면 몰라도. 하지만 고양이는 새를 잡아먹어서 싫어. 잠잘 때는 예쁘지만. 개야, 어디 있니? 외로워서 그렇게 우는 거니? 기다려, 내가 곧 갈게."

샤르는 여자애에게 단 한순간도 속아 넘어가지 않았다. 그러나 멍청이 베스는 정반대였다……. 덤불이 요란스레 부스럭거렸다. 개가 한 세 마리쯤은 되는 것 같았다.

사내애의 얼굴은 누구한테 잡아당겨진 것처럼 이상하리만치 길쭉했다. 윗니도 하나도 남아 있지 않았다. 사내애는 불안한 표정으로 여자애가 사라진 쪽을 기웃거렸다.

여자애가 돌아왔다. 멍청이 베스를 데리고.

베스는 분위기가 이상한 것을 눈치챈 듯했지만 아무 일도 없는 양 행동했다. 과장스럽게 하품을 하고, 앞발을 뻗어 늘어지게 기지개를 켜고, 그 망할 놈의 '다 괜찮아 뜀박질'을 해댔다. 멍청하긴 했지만 저 정도는 아니었는데. 샤르는 한숨이 절로 나왔다.

마차 밑에서 작은 소리가 들렸다. 작은 개 주둥이 두 개가 희미하게 눈에 들어왔다. 좀 떨어진 곳에 발도 보였다. 끙끙거리는 소리가 들렸다. 아니, 으르렁거리는 소리였을까? 저게 동네 어른들이 말하던 그 개들인가? 저 비쩍 마른 작은 개들이? 절름발이 아버지가 '지옥견'이라고 하지 않았던가? '주둥이가 곰 잡는 덫만 하다'고?

여자애가 혀를 차자 개들은 다시 사라졌다.

"우리한테 오고 싶어서 저러는 거야." 여자애가 말했다. "하지만 그랬다간 네 개가 새끼를 밸걸."

사내애가 웃음을 터뜨렸다.

"쉿! 조용히 좀 해." 여자애가 마차를 흘끔거리며 주의를 주었다.

조용히 하라고? 대체 왜 조용히 해야 하는 거지? 샤르는 이상한 생각이 들었다.

"우리 아빠는 사람을 때려죽인 적도 있어." 샤르가 도와달라고 고함을 지르기도 전에 여자애가 선수를 쳤다.

"실두." 사내애가 말했다.

사람을 때려죽였다는 말은 거짓말인지도 몰랐다. 그러나 샤르는 그게 사실인지 아닌지 확인하고 싶지도 않았다.

"실수였어." 여자애가 심상치 않은 미소를 지어 보이며 그새 땅바닥에 엎드려 있는 멍청이 베스를 쓰다듬어주었다. 베스는 멍한 표정으로 샤르와 소녀를, 소녀와 샤르를 그리고 샤르와 소시지를 번갈아 보았다.

"손님이 먼저지." 여자애가 말했다.

샤르가 미처 손을 쓰기도 전에 여자애가 손에 쥐고 있던 줄―샤르의 허리띠―을 놓았다. 10분의 1초, 아니 100분의 1초 동안이나마 샤르는 멍청이 베스가 그토록 멍청하지 않기를 바랐다. 그러나희망은 곧 사라졌다. 베스가 얼씨구나 하고 앞으로 달려가더니 소시지를 게걸스럽게 먹기 시작했다. 저를 죽게 할 쥐약이 든 소시지를. 잔디 위로 침이 뚝뚝 떨어졌다. 꿀떡꿀떡하는 소리가 몇 번 나더니 소시지 반쪽이 감쪽같이 사라졌다. 꿀떡꿀떡. 나머지 반쪽 역시 눈 깜짝할 사이였다. 멍청이 베스는 입맛을 쩝쩝 다시며 아쉬운 듯 풀밭을 바라보다 다시 소녀와 샤르에게 차례로 눈을 돌렸다.

"쥐약이야?"

샤르는 절망감에 휩싸여 고개를 끄덕였다.

"실두." 사내애가 말했다. "이제 죽나?"

"아니." 여자애가 대답했다. "먼저 쥐부터 나고, 그다음은 경련, 그러고 나서 피를 토한 뒤에 죽지."

평생 꼬맹이 취급을 당할지도 모른다는 상상을 하면 샤르는 가슴이 아팠다. 그러나 멍청이 베스의 몸속에 독이 퍼지고 있다는 생각은 그보다 백배 천배 더 괴로웠다.

"시민 환영식." 여자애가 말했다.

"뭐?"

샤르가 말귀를 잘 못 알아듣는 사람이라도 되는 것처럼 여자애는 아주 천천히 설명을 해나갔다. 시민들이 자기들한테 괜한 생트집을 잡고 심술부리는 걸 가리켜 집시들은 '시민 환영식'이라 일컫는다고 했다. 시민 환영식은 어느 도시, 어느 마을에 가든 거의 예외 없이 벌어지는데 시민들이 자기들을 못살게 구는 방법도 무척 다양해 그럴 때면 시민들의 머리가 엄청 잘 돌아가는 것 같다고도 했다. 예를 들면 거주허가증을 내주지 않을 때도 있고, 집시 아이들이 시내에서 너무 오래 얼쩡거리면 잡아서 고아원에 처넣겠다고 협박할 때도 있단다. 그리고 또 자주 애용되는 방법으로 독약이 있는데, 자기들을 직접 독살하거나 그러는 것은 아니고 보통은 말이나 개를 죽인다고 했다. 그러면서 마지막으로 온갖 종류의 시민 환영식에 일일이 다 해결책이 있는 것은 아니지만 독약에는—운이 좋으면—처방법이 있다고 덧붙였다.

여자애는 거기까지 말한 뒤 잠시 침묵을 지켰다.

"독약에 처방법이 있다고?" 샤르가 물었다.

"얼마나 빨리 손을 쓰느냐에 달렸지. 운도 좋아야 하고." 소녀의 눈길이 의자 다리를 훑었다.

"직접 만들었니?"

샤르가 고개를 끄덕였다.

소녀의 손가락이 조각된 나무 위를 더듬었다. "의자도 만들 수 있니?"

얘가 누굴 바보로 아나?

"난 돈도 있어." 샤르가 말했다. "집에."

여자애는 도리질을 치며 손가락 끝으로 의자 다리를 톡톡 두드렸다.

샤르는 이해가 안 됐다. 아니, 이해할 필요도 없었다. 방법이 있다면 있는 거니까.

"좋아." 샤르가 입을 열었다. "그거 나 줘."

"달라고?"

"해독약 말이야."

"그럼 내가 다시는 널 못 보잖아."

"약속은 지켜. 맹세해."

"개 죽이러 온 아이의 명예를 걸고?"

여자애가 고개를 흔들었다.

"개는 내가 데리고 있을 거야."

"안 돼." 샤르가 소리쳤다.

멍청이 베스가 끙끙 신음 소리를 내기 시작했다.

"쥐, 경련, 피, 그리고 나서 죽는 거야."

샤르는 식은땀을 흘렸다.

여자애가 일어서더니 개를 데리고 마차 쪽으로 걸어갔다.

"일주일 뒤에 다시 와. 의자를 가지고. 불에 탄 떡갈나무 아래에서 기다려. 오후에. 오지 않는 날엔……." 여자애는 뒤도 돌아보지 않고 말했다.

샤르는 시로 돌아오면서 큰 소리로 울음을 터뜨리고 말았다. 울음소리가 어찌나 컸던지 구멍 속에 숨어 있던 토끼들이 튀어나올 정도였다. 샤르가 성문에 다다랐을 때는 문지기들이 벌써 문을 잠근 뒤였다. 이제 아무리 성문을 두드려봤자 시내로 들어갈 수는 없었다.

이튿날, 새로운 소문이 들불처럼 빠르게 온 시내에 퍼졌다. 집시의 개들이 병이 났다는 것이다! 농부 칼레가 그날 아침 개들이 토하고 몸을 떠는 것을 봤다고 했다. 옥수수밭에 모여 서서 끔찍한 소리를 내며 먹은 것을 게워내고 있더란다.

"그러니까 곧 죽을 것 같았단 말이지?" 절름발이 크리트가 흥분해서 물었다.

농부 칼레가 화난 얼굴로 물어뜯긴 바지를 보여주며 말했다.

"너무 일찍부터 좋아하지는 말게나. 똥개들은 목숨이 질긴 법이니까."

"쥐약이 너무 오래됐나 보죠." 샤르가 작업장에서 말했다.

절름발이 크리트는 욕을 욕을 해댔다. 그러면서 쓰고 남은 자투리 나무들을 전부 다 사포질해놓으라고 샤르에게 분풀이를 했다. 그것은 여간 괴로운 일이 아니었다. 꺼칠꺼칠한 나무의 자잘한 가시가 자꾸 손톱 밑에 박혔기 때문이다. 게다가 가시는 잘 부러져 완전히 빼내기도 힘들었다.

그날 석탄광 앞을 오가는 샤르의 마음은 여간 허전하지 않았다. 문에 달린 것처럼 늘 문 한가운데 뚫린 구멍으로 삐죽 나와 있던 코가 보이지 않았기 때문이다.

"에이, 멍청한 개 같으니라고." 샤르는 욕을 해댔다.

그날 저녁, 샤르는 의자를 만들기 시작했다.

절름발이 크리트가 들판에 머물고 있는 집시들에게 '몹쓸 짓을 했다'는 소문을 우연히 들은 신부는 가구장이를 불러 단단히 타일렀다. "이봐, 자네도 생각을 좀 해보라고." 하느님과 쓸데없는 갈등에 휘말리고 싶지 않은 신부는 집시들도 따지고 보면 신앙심이 아주 깊은 사람들이라는 사실을 강조했다.

이어 신부는 집시들과도 오랫동안 이야기를 나눴다. 지금 머무는 곳을 떠나 새 장소를 찾으라고. 길에서 멀리 떨어진 숲 속에, 더 깊은 늪지에, 더 어두운 땅에.

시민들은 다들 만족해했다.

자, 한번 물어보렴,
정작 제자리를 알아야 할 사람이 누구냐고 말이야

일주일 뒤, 샤르는 의자를 들고 우물 옆 성문을 지나 슐람밤스 사하라로 갔다.

소녀는 '실두'와 함께 벌써 와서 기다리고 있었다. 훤한 대낮에 보니 밤에 봤을 때보다 생김새가 더 이상했다. 백짓장처럼 하얀 얼굴엔 주근깨가 가득했고, 머리카락은 잘 닦아놓은 구릿빛이었다.

불에 탄 시커먼 떡갈나무는 푸른 하늘을 배경으로 우뚝 솟아 있었다.

"내 개는?" 샤르가 물었다.

"내 의자는?" 소녀도 만만치 않았다.

도대체 샤르를 얼마나 바보로 아는 걸까?

"숨겨놨어." 샤르가 대답했다. "개가 죽었는지 살았는지 내가 어떻게 알아?"

"그건 나도 마찬가지야. 네가 의자를 진짜 만들어 왔는지 내가 어떻게 알겠어?"

두 아이는 한참 동안 서로를 들여다보기만 할 뿐, 아무도 먼저 양보하려고 하지 않았다. 실두는 서서히 조바심이 나는지 비탈을 기어 올라가 시커멓게 탄 떡갈나무 껍질을 벗기고, 나뭇가지에 매달렸다. 그러나 나뭇가지가 대번에 부러지는 바람에 실두는 뼈가 가득 담긴 자루처럼 달그락달그락대며 비탈에서 굴러떨어져 두 아이의 발치에 뻗어버렸다.

"따라와."

여자애는 그렇게 말한 뒤 비탈을 기어 올라갔다. 실두가 벌떡 일어나더니 그 뒤를 쫓아갔다.

위로 올라가니 희귀한 작물이 자라는 들판이 나왔다. 벽돌 공장을 하는 반 베쑴이 경작시키는 밭이었다. 그곳에는 대양 건너편에서 새 삶을 시도했다가 실패한 반 베쑴이 미국서 돌아올 때 가져온 옥수수라는 작물이 심겨 있었다.

눈앞에 언덕 풍경이 펼쳐졌다. 옥수수밭은 멀리 마녀산 자락까지 죽 이어져 있었다. 어디를 돌아보든 색 바랜 옥수수 껍질에 싸인 굵직한 황금색 옥수수들이 눈에 띄었다. 세 사람은 옥수수밭을 헤치며 걸어갔다. 소녀가 맨 앞이었다. 소녀는 멀대처럼 큰 실두의 셔츠 자락을 꼭 붙잡고 있었다.

다시 오르막 언덕이 시작되나 싶었는데 갑자기 눈앞이 훤해졌다. 키 큰 옥수수밭 한가운데에 가로세로 모두 5미터쯤 되어 보이는 빈 땅이 있었다. 멍청이 베스는 굵은 나무 말뚝에 묶인 채 갈색 흙덩이가 군데군데 눈에 띄는 그 빈터에 엎드려 있었다. 샤르의 허리띠는 주둥이에 묶여 있었다. 베스가 천천히 눈을 뜨더니 꼬리를 흔들며 잠시 머리를 들었다 다시 떨어뜨렸다. 그러나 살아 있는 것만큼은 확실했다.

베스는 살아 있었다!

"의자!" 여자애가 말했다.

샤르가 의자를 가지고 다시 돌아와 보니 베스의 주둥이에 묶여 있던 허리띠는 이미 끌러지고 없었다. 대신 실두가 베스를 쓰다듬어주며 더러운 셔츠 자락으로 눈을 닦아주고 있었다. 그러나 소녀는 다른 건 아무것도 보지 못하는 것 같았다. 샤르는 의자를 보고 그렇게 좋아하는 사람도 처음이었거니와(겨우 자투리 나무로 만든 의자를 보고!), 그 마음을 숨기려고 저렇게 애쓰는 사람도 처음이었다.

"이거니?" 말은 그렇게 하면서도 소녀의 손은 벌써 의자 쪽으로 향했다.

소녀는 의자를 받아 들고 무게를 가늠해보는 것 같았다. 무게가 마음에 들었는지 새까만 눈이 한순간 반짝했다. 소녀는 의자를 들고 빈터 한가운데로 갔다. 조심조심, 의자가 무슨 어린아이라도 되는 양, 그리고 그 어린아이를 어디 아주 안전한 곳에 데려다 놓으려는 듯이. 소녀는 여기저기 장소를 물색하다 마침내 한곳에 의자를 세워놓았다.

샤르는 그때 그 광경을 평생 잊지 못했다.

샤르가 기억하는 것이 하나 더 있었다. 소녀가 의자에 앉는 순간이었다. 가는 의자 다리가 부드러운 흙 속으로 빠져 들어가며 천천히 가라앉기 시작했다. 의자가 소녀와 함께 뒤로 넘어갔다. 소녀는 미리 손써볼 틈도 없이 벌러덩 자빠지고 말았다. 샤르가 웃음을 터뜨렸다. 터져 나오는 웃음을 도저히 참을 수가 없었다. 소녀가 화난 표정으로 샤르를 노려보는데 실없이 팔다리가 긴 실두가 저 혼자 픽 넘어졌다.

"실두!"

셋은 그 말에 킥킥 웃기 시작해서 마침내 박장대소를 터뜨리고 말았다. 어쩌나 크게들 웃었던지 놀란 멍청이 베스가 벌떡 일어나 짖기 시작했다.

세 사람은 옥수수를 따 먹었다.

"베스를 어떻게 고쳤니?"

"집시의 비밀이야."

"지난주 아침에 너희 개들은 왜 아팠던 거야?"

"집시의 비밀이야."

"너희들이 하는 일은 다 집시의 비밀이니?"

"시민들한테는."

"시민이 뭔데?"

"너 같은 애." 소녀가 새 옥수수를 까더니 샤르의 머리에 옥수수 껍질을 장난스럽게 던지며 말을 이었다. "이런 게 시민 환영식이고!"

"어쩔 수 없었어." 샤르가 우물쭈물 입을 열었다. "우리 아버지가⋯⋯." 샤르는 속에 더부룩이 얹혀 있던 그 말을 꼭 해야 했다.

소녀가 고개를 끄덕였다. "아버지들은 다 나쁜 놈들이야."

소녀는 막대기로 빈터에 그림을 그리기 시작했다. 여기, 여기, 여기는 창문. 여기는 문턱이 아주 높은 현관. 소녀는 현관 문턱이 가장 중요하다며 그림을 최소한 네 번은 고쳐 그렸다. 평범한 문턱, 조금 높은 문턱, 아주 높은 문턱. 조금 전까지 멍청이 베스가 엎드려 있던 빈터 가운데에다가는 네모를 그렸다. 식탁이었다. 아니, 원이 낫겠어. 식탁은 둥그레야 하니까. 의자는 여기 하나, 그리고 여기하고 여기도 하나씩. 의자 하나에 작대기 한 개씩이 그어졌다. 맨 마지막 의자는 진짜였다. 그러나 진짜로 앉지는 않았다.

소녀는 무릎을 굽혀 엉거주춤한 자세로 의자에 앉은 것처럼만 해 보였다. 폭이 넓은 치마가 그 위로 반쯤 늘어졌다. 눈을 반쯤 감고 바라보면 모든 게 진짜처럼 보인다고 소녀는 말했다. 그러면서 샤르더러 눈을 한번 꼭 감아보라고 했다. 실두는 못 한다며.

"우리 오빠야." 소녀가 덧붙였다. 샤르는 그렇게 생판 다른 남매는 생전 처음이었다.

"나중에 난 문턱이 아주 높은 집에 살 거야." 소녀가 말했다.

"난 키가 엄청 큰 사람이 될 거야." 샤르가 대꾸했다.

그 뒤로 일주일 내내 샤르는 시간만 나면 슐람밤스 사하라를 지나 옥수수와 흙으로 만든 집으로 달려갔다. 거기서 셋은 소녀의 놀이를 하며 놀았다. 아니, 진짜 논 사람은 소녀였고, 샤르는 바라보기만 했다. 소녀가 문턱 앞 디딤돌을 빗자루로 쓰는 모습을, 상상의 빨래를 걷는 모습을. 석탄(갈색 흙덩이)이 다 떨어지면 소녀는 소리를 질러댔다. "어서, 어서, 난로가 꺼지고 있어." 하지만 소녀는 샤르가 새 흙덩이를 가져오도록 절대 허락하지 않았다. 대신 샤르를 옆으로 밀어낸 뒤 자기가 직접 옥수수밭을 쏴쏴 헤치며 돌아다녔다. 이따금씩 소녀의 시뻘게진 얼굴이 샤르의 눈에 띄었다. 그저 놀이라고 하기엔 지나치리만치 열을 올렸고 고집스러웠다. 소녀는 옥수수자루로 만든 침대에 누워 기지개를 펴는 실두를 덮어주었고, 실두의 손은 멍청이 베스의 머리 위에 놓여 있었다.

"내가 부인이고 네가 남편이야." 소녀가 샤르에게 말했다. "앤 우리 아이고, 이건 우리 개야."

소녀와 샤르는 옥수수자루로 만든 침대에 나란히 누워 있었다.

"여름이 지나면 어디로 가니?" 샤르가 물었다.

"쉿." 소녀가 말했다.

"다시 돌아가는 거야?"

"집시의 비밀이야."

"벨기에?"

"쉿."

"벨기에 맞아?"

"집시의 비밀이야."

"벨기에보다도 더 멀리 가니?"

"응."

"그럼 보나마나 프랑스겠구나."

"더 멀리."

"더 멀리?"

"훨씬 더 멀리. 이제 어서 자기나 해."

샤르는 두 팔로 머리를 괴고 누워 생각에 잠겼다. 그냥 훌쩍 떠나버릴 수 있다면. 이 도시를 떠나 어디든 다른 곳으로 갈 수 있다면!

"훨씬 더 멀리." 그것은 샤르가 이제까지 들어본 것 중 가장 멋진 말이었다.

어느 날 오후, 소녀는 실두 없이 혼자 왔다. 실두는 나무에 올라갔다가 또 떨어져 귀에서 피가 나온다고 했다.

"병원에 가봐야 하는 거 아니니?" 샤르가 물었다.

소녀는 어깨만 으쓱해 보였다. "오늘은 네가 아이 해."

샤르는 온몸이 뻣뻣해지는 게 느껴졌다. "싫어."

"해야 해."

"네가 해도 되잖아."

"네가 더 작잖아. 하기 싫으면 가."

샤르는 휘파람을 불어 멍청이 베스를 불렀다.

"여기 있어." 소녀가 버럭 화를 냈다. "여기 있으래도!" 그러나 샤르가 제 명령을 따르지 않자 소녀는 더 크게 소리를 질렀다. "여기 사람들이 널 뭐라고 부르는지 나도 다 알아. 꼬맹이, 꼬맹이 샤ー르!"

"넌 칭얼이야!" 샤르가 큰 소리로 되받아쳤다. 그게 사실이든 아니든 상관없었다. 샤르는 그저 순간적으로 가장 먼저 떠오른 말을 내뱉었을 뿐이다. 칭얼이란 징징대며 칭얼대는 꼬마들한테나 하는 말이다. 그러나 방금 그 칭얼이는 칭얼대는 법도, 징징대는 법도 없었다. 게다가 꼬마는 더더욱 아니었다. "칭얼이이, 성 밖 칭얼이이이!" 물은 이미 엎질러진 뒤였다.

할 수만 있다면 샤르는 그 뒤로 일어난 일들을 모두 기억에서 지워버리고 싶었다.

사내아이 셋이 모여 있었다. 대장장이 나스 헤르메스의 아들과 농부 칼레의 두 아들이었다. 세 아이는 성녀 로사를 기리는 작은 예배당 뒤에서 불을 피우고 있었다. 털가죽이 벗겨진 토끼를 들고. 갈기갈기 찢긴 피투성이 가죽은 아이들 등 뒤에 아무렇게나 팽개쳐져 있었다.

"어이, 꼬맹이!"

사내아이들은 샤르에게 반쯤은 타고, 반쯤은 날고기나 다름없는 토끼를 자랑스레 들어 보였다.

그 아이들에게 왜 칭얼이 얘기를 했는지는 샤르도 몰랐다. 분이 풀리지 않았던 탓일까?

사내아이들이 동시에 벌떡 일어서며 물었다. "어디야?"

샤르는 벌써 후회가 들었다. 그러나 되돌리기에는 이미 너무 늦었다. 샤르는 장소를 대충 설명해주었다.

사내아이들은 눈을 반짝이며 벌써 달려가고 있었다.

"그 망할 놈의 집시들, 여기가 어디라고 감히. 지들 자리를 알아야지."

샤르는 아이들이 그곳을 찾아내지 못하길 빌었다.

그러나 아이들은 그곳을 찾아냈다.

샤르는 아이들이 장난이길 바랐다.

그러나 그것은 장난이 아니었다.

칼레의 아들들은 칭얼이의 의자를 빼앗아 작살을 내버렸다.

대장장이 아들은 피투성이 토끼 가죽을 꺼내 들었다.

칭얼이는 대장장이 아들의 볼을 깨물고, 칼레 큰아들의 다리 사이를 걷어찼다. 그러나 사내아이들은 곧 기선을 제압했다. 아이들은 칭얼이를 옥수수 침대에 억지로 눕히고 그 위에 올라앉았다. 칭얼이는 욕을 퍼붓고, 발길질을 해대며 울부짖었다 — 처음에는 분노로, 나중에는 어찌해볼 수 없는 무력감으로.

"안 돼!" 샤르는 소리를 지르며 사내아이들을 떼어내려 했지만 그 애들한테 샤르쯤은 상대도 되지 않았다.

사내아이들이 칭얼이의 치마를 걷어 올렸다.

샤르가 어마어마한 괴성을 들은 것은 바로 그때였다. 그것은 통곡이자 동시에 절규였다. 마치 옥수수밭 전체가 소리를 지르는 듯했다. 다음 순간 실두가 나타났다. 머리에 감긴 붕대가 반쯤 흘러내려와 있었다. 실두가 그렇게 커 보인 적은 이제껏 없었다. 실두는 주먹을 날려 사내아이 하나를 단번에 날려버렸다. 두 번째 아이는 머리끄덩이를 잡아 옥수수밭으로 질질 끌고 갔다. 두 아이는 혼비백산하여 도망쳤다. 이제 남은 건 대장장이의 아들. 실두는 이주 전 샤르에게 했던 것처럼 그 아이의 얼굴을 흙바닥에 처박았다. 하나 다른 것이 있다면 이번에는 그 애의 머리를 아예 깔고 앉아버린 거였다.

"실두! 실—두우우!" 실두의 입에서 괴성이 터져 나왔다.

대장장이 아들의 몸이 움찔댔다. 목 조르는 소리가 들렸다. 실두의 억센 손은 계속해서 대장장이 아들의 목을 조여댔다.

"실—두우우!"

"놔줘!" 칭얼이가 소리쳤다. "놔주라고!"

그러나 실두는 이미 신과 악의 저편에 있었다…….

대장장이의 아들이 흙을 긁었다가 자신을 지탱해줄 만한 것을 찾았다가 허공을 꽉 움켜쥐었다.

움찔대며 신음했다.

식식거리며 떨었다.

입술을 달싹거리며 바들거렸다.

움켜쥔 손이 서서히 풀리기 시작했다.

반대편 옥수수밭에서 남자 어른 한 명이 나타났다. 남자는 성큼성큼 다가와 실두의 뒷깃을 거머쥐고 대장장이 아들에게서 확 떼어냈다. 대장장이 아들은 숨을 들이켜며, 기침과 토를 동시에 해댔다. 눈, 코, 귀 할 것 없이 흙투성이였다.

"대체 무슨 일이냐?" 남자가 물었다.

"아저씨가 무슨 상관이에요?" 칭얼이가 말대꾸를 했다.

샤르는 숨이 멎는 것 같았다. 그 남자가 누군지 대번에 알아봤기 때문이다. 반 베쑴이었다.

"여긴 내 땅이란다, 꼬마야." 반 베쑴이 말했다.

"땅에는 임자가 없어요." 칭얼이가 대들었다.

반 베쏨이 생각에 잠긴 표정으로 칭얼이를 들여다보았다. 크고 건장한 사내의 눈길이 흐르는 물처럼 재빨리 칭얼이를 쓱 훑었다. 태양이 그의 눈 속에 여전히 조금 남아 있는 것 같았다.

"글쎄다, 어쩌면 옛날에는 그랬는지도 모르지." 반 베쏨이 마침내 입을 열었다. "그리고 언젠가 그런 날이 다시 올는지도 몰라. 하지만 당분간은 내 땅이란다."

칭얼이가 뭐라고 대꾸하고 싶어 하는 것 같았지만 반 베쏨에게 선수를 빼앗겼다.

"그건 그렇고 대체 무슨 일이었지? 내가 알고 싶은 건 그거 하나야." 반 베쏨이 단호하게 말했다.

대장장이의 아들이 자초지종을 설명하겠다고 나섰다. 친구들과 우연히 그 근처를 지나는 중이었다, 그런데 누가 감히 벽돌 공장주의 옥수수를 훔치는 소리가 나더라, 그래 무슨 일인지 잠깐 살펴보려는 순간 십여 명이 넘는 집시들로부터 습격을 받았다. "내 말 맞지, 샤르?"

샤르는 칭얼이를 돌아보았다. 칭얼이는 입을 꾹 다문 채 한마디도 하지 않았다.

반 베쏨은 아주 오랫동안 아이들을 번갈아 보았다. 반 베쏨의 눈길이 칭얼이에게 머물렀다.

"좋아." 반 베쏨이 다시 입을 열었다. "무슨 말인지 이해했다."

"겨―경관을 부르셔야죠." 대장장이 아들은 그렇게 말한 뒤 부러진 이를 훅 뱉었다.

"내 생각에는……." 반 베쏨이 말했다.

아이들은 서로를 쳐다보았다.

"다들 눈에서 불똥이 번쩍 튈 정도로 볼기짝을 한 대씩 맞는 게 더 좋을 것 같구나." 반 베쏨이 저고리를 천천히 벗었다. "자, 어디 나한테 한번 맞아볼래, 아니면……."

더는 말이 필요 없었다. 대장장이의 아들은 옥수수밭 왼쪽으로, 실두, 칭얼이, 샤르는 오른쪽으로 걸음아 날 살려라 하고 도망치기 시작했다.

"아프지도 않았는데 뭐." 칭얼이는 슐람밤스 사하라에 다다라 그 한마디만 남긴 채 그대로 사라져버렸다.

다음 날 저녁 샤르는 다시 옥수수밭으로 가 칭얼이를 기다렸지만 칭얼이는 오지 않았다.

그다음 날 저녁에도.

아무 예고도 없이 갑자기 찾아왔던 집시들은 사라지는 것도 그렇게 소리 소문 없이 갑작스러웠다. 농부 바터스레이데의 과일 수확이 끝나고 불과 몇 주 뒤였다. 그들은 한밤중에 떠났다. 집시들이 머물렀던 곳에는 말똥과 나뭇가지에 붙어 너덜거리는 색 바랜 천 쪼가리만 남았을 뿐, 작은 늪지는 다시 텅 비었다.

어느 깊은 가을 오후, 샤르는 멍청이 베스를 데리고 다시 반 베쏨

의 옥수수밭에 갔다. 순전한 우연이었다. 들판에는 이제 그루터기
들밖에 남아 있지 않았다. 칭얼이가 땅바닥에 그어놨던 집은 흔적
조차 보이지 않았다. 비와 성급히 찾아온 눈이 선들을 죄다 지워놓
은 탓이었다. 빈터에는 그해 여름 멍청이 베스가 묶여 있던 굵은 말
뚝만이 덩그러니 꽂혀 있었다.

자, 한번 물어보렴,
누가 물을 태울 수 있느냐고 말이야

오 년이 지났다.

"안녕, 꼬맹이?" 칭얼이였다.

칭얼이는 작업장 앞에 서 있었다. 샤르는 칭얼이를 얼른 알아보지 못했다. 호리호리하니 키가 훌쩍 커버린 칭얼이는 구리색 머리를 뒤로 바짝 잡아당겨 하나로 단정히 묶고 있었다. 커다랗던 외투는 이제 소매가 껑충해져 안 그래도 큰 키가 더 커 보였다. 그러나 대담해 보이는 눈빛과 주근깨투성이 얼굴만큼은 변함이 없었다.

"개는 잘 있니?" 칭얼이가 물었다.

"응. 실두는?"

"죽었어."

샤르는 깜짝 놀랐다. 실두의 죽음에 놀랐다기보다는(그건 그리 놀랄 일이 아니었다.) 별일 아니라는 듯 말하는 칭얼이의 태도 때문이었다.

"어쩌다가?"

"나무가 너무 높았어."

샤르는 작업대 위로 고개를 숙였다. 얼마 뒤 샤르가 다시 눈을 마주칠 용기를 냈을 때는 칭얼이가 이미 사라진 뒤였다.

칭얼이는 다시 찾아왔다. 샤르는 제 아버지와 함께 작업장에서 일을 하고 있었다. 칭얼이는 바깥에서 쏟아져 들어오는 빛을 받아 윤곽만 뚜렷이 드러났다.

"저 만나러 온 거예요." 샤르가 말했다.

절름발이 크리트는 뭐라고 뭐라고 구시렁대면서 발을 질질 끌고 뒷방으로 사라져버렸다. 칭얼이를 알아보지 못한 게 분명했다.

"바이스 풀어놔라."

"예."

"그리고 발라벤한테 가서 나무 도로 가져가라고 하고. 옹이가 한두 개 박혔어야 말이지."

"예."

"바이스 다 풀면 장부 두 개 깎아놓고."

"그럴게요."

절름발이 크리트는 지팡이를 찾아 들고 아주 천천히 작업장을 떠났다.

침묵이 흘렀다. 멀리서 종소리가 울려 퍼졌다.

"내가 니 만나러 왔다고 누가 그래?" 칭얼이가 물었다.

"내 생각에 그런 것 같았어."

칭얼이가 다시 입을 다물었다.

"네 잘못이 아니었어." 잠시 뒤 칭얼이가 뜬금없는 말을 툭 던졌다.

"뭐가?"

"옥수수밭 남자애들. 토끼."

영락없는 성 밖 칭얼이였다. 오 년 만에, 그것도 작업장까지 찾아와 한다는 말이 대번에 사람 급소를 찌르는 것이라니. 그러나 샤르는 칭얼이가 그 말을 꺼내줘 한편 기쁘기도 했다.

지난 오 년 동안 샤르는 집시들을 세 번 보았다. 항상 여름이 끝나갈 무렵, 과일 수확을 도우러 왔다가 가을 중순이면 사라졌다. 시민들과의 웃지 못할 촌극은 매번 벌어졌다. 그러나 동물을 독살시킨다든지, 칭얼이를 괴롭힌다든지 하는 일은 더 이상 없었다. 집시들에 묻어오는 사람 수는 많을 때도 있고 적을 때도 있었다. 한 해를 건너뛴 적도 있었다. 그러나 집시들이 왔을 때 칭얼이가 빠진 적은 단 한 번도 없었다. 옥수수밭에 집을 그리며 놀 시간은 더 이상 없었다. 칭얼이도 일손을 거들어야 했기 때문이다.

"이번엔 얼마나 있니?"

"하루 종일 여기서 지내니?"

"수확이 끝날 때까지?"

"옥수수밭엔 가끔 가니?"

"전혀."

"나도." 칭얼이가 말했다. "안 간 지 얼마나 됐니?"

"이거 봐, 난 실두가 아니잖아." 몇 주 뒤 샤르는 칭얼이에게 옷자락을 붙잡힌 채 빽빽한 옥수수밭으로 끌려가고 있었다. 이번에는 빈터가 하나도 없었다. 칭얼이가 옥수숫대를 쿡쿡 밟아 쓰러뜨렸다. 둘은 어깨와 어깨를 마주 댄 채 나란히 누웠다. 칭얼이 옆에 누워 하늘을 올려다보고 있자니 샤르는 마음이 여간 불편한 게 아니었다. 샤르도 당연히 여자애에게 입을 맞춘 적이 있었다. 그 나머지 일도 거의 일어날 뻔했었다. 그러나 칭얼이는 그냥 여자애가 아니었다, 칭얼이는…… 칭얼이는…… 칭얼이였다.

멀리서 삐거덕삐거덕 달구지 지나가는 소리가 들렸다. 어디선가 검은지빠귀가 울었다.

오 분, 십 분, 이십 분. 둘은 그저 가만히 누워만 있었다. 구름이 흘러왔다가 다시 흘러갔다.

샤르는 칭얼이의 검은 눈과 목소리를 생각했다. 옆을 돌아볼 용기가 없어 그저 생각만 했다.

그러다 잠이 들었던 모양이다. 어떻게 그럴 수 있었는지 샤르 자신도 이해할 수 없었다. 놀라서 퍼뜩 깨었더니 칭얼이는 벌써 일어나 치마와 외투를 털고 있었다.

"이제 너 내 여자니?" 샤르가 물었다. 가볍게 들렸어야 할 그 말은 안타깝게도 생쥐 우는 소리처럼 들렸다.

"푸!"

"아닌 거야?"

"쓸데없는 상상 하지 마, 꼬맹이 샤르." 칭얼이가 말했다.

샤르는 칭얼이가 왜 계속 자기를 만나는지 알 수가 없었다. 아니, 솔직히 말하면 자기가 왜 칭얼이를 계속 만나는지 그것도 이해가 안 갔다. 결코 예쁘다고 할 수 없는 애였다. 키는 멀대처럼 크고, 몸은 빨래판처럼 평평했다. 그렇다고 상냥하다거나 같이 있으면 재미있는 것도 아니었다. 만날 똑바로 누워 하늘이나 바라보는데 재미있을 턱이 없었다.

그러나 샤르는 그 아이가 성 밖 칭얼이라는 사실 하나만큼은 분명히 알고 있었다. 아주 멀리서 왔다는 것, 그리고 다시 아주 멀리 가버리리라는 것도.

"너, 전에 언젠가 문턱이 높은 집에서 살 거라고 했잖아."

"넌 키 큰 사람이 될 거라고 했고." 칭얼이는 단박에 제가 받은 공을 되돌려주었다.

샤르는 제 짧은 팔다리를 내려다보았다. 제 작은 손도. 샤르는 자라지를 않았다. 그런 경우가 종종 있었다.

"안 그랬으면 넌 더 이상 내 꼬맹이가 아니었을 거야."

칭얼이가 방금 정말로 '내'라고 했나, 아님 샤르의 상상이었나? 샤르는 물어볼 용기가 나지 않았다.

샤르가 한번은 멍청이 베스를 데리고 갔다.

"개야, 안녕? 외로운 개, 안녕?" 칭얼이가 인사하며 손뼉을 쳤다.

멍청이 베스는 꼬리를 흔들며 뭉툭한 코로 칭얼이의 외투를 툭 툭 쳤다.

"베스가 널 아직 알아보는데." 샤르가 말했다.

"여기 이걸 알아보는 거겠지." 칭얼이가 외투 주머니에서 소시지 한 토막을 꺼냈다. 덥석, 꿀꺽. 소시지는 눈 깜짝할 새에 사라져 버렸다. 칭얼이가 여전히 칭얼이이듯 멍청이 베스도 여전히 멍청이 베스였다.

"그때 베스의 목숨을 어떻게 구했는지 아직도 말해주지 않았어." 샤르가 말했다. "너희 개들이 다음 날 왜 아팠는지도."

칭얼이가 귀 뒤를 간질여주자 멍청이 베스는 그 자리에 엎드려 기분 좋게 숨을 몰아쉬었다.

"분명 집시의 비밀일 테지." 샤르가 조심스레 말했다.

"당연하지."

"너희, 정말로 물도 태울 수 있니?"

"누가 그래?"

"사람들이. 정말 태울 수 있는 거야?"

"물론이지."

"어떤 사람한테 신장결석이 생기게 할 수도 있고?"

"사람들이 그러디?"

"응. 할 수 있어?"

"당연하지."

"어떤 사람한테 저주를 내려 죽게 만들거나, 다시는 애를 갖지 못하도록 할 수도 있고?"

"그런 건 아주 간단하지는 않아. 하지만 할 수는 있지."

칭얼이의 말을 믿어야 할까? 표정을 보고는 아무것도 알 수 없었다. 샤르는 숨을 깊이 들이켰다.

"그럼 너희, 사람을 건강하게 만들 수도 있니?"

칭얼이가 샤르를 바라보았다. 더도 말고 딱 일 초 동안만.

"네 아버지 때문에 그러는구나."

도대체 어떻게 알았을까?

"그렇게 이상한 표정 지을 것 없어." 칭얼이가 말했다. "내가 너희 아버질 처음 봤을 땐 절름발이 다리를 하고도 멀쩡한 사람들도 못 쫓아갈 만큼 빨리 걸으셨어. 근데 지금은 노인네처럼 다리를 질질 끄시잖아. 병에 걸리신 거지. 그 정도는 집시가 아니라도 눈치챌 수 있어."

"뼈에 이상이 있대." 샤르가 대꾸했다. "하지만 정확히는 아무도 몰라. 아버진 몸이 점점 더 굳어가고 있어. 처음엔 등허리만 그랬는데 이젠 다리까지 그래." 샤르는 똑바로 제 앞만 바라보았다.

"그래……." 칭얼이가 나지막이 중얼거렸다. "아버지들. 한때는 다 나쁜 놈들이었지."

일주일 뒤 칭얼이가 작은 주머니를 내밀었다. 아마(亞麻) 끈으로 꽁꽁 싸맨 천 쪼가리였다. 안에는 가루 같은 것이 들어 있었다. 약간 퀴퀴한 냄새가 났다.

"아버지한테 갖다 드려." 칭얼이가 말했다.

"이걸로 뭘 어떻게 해야 하는데?"

"아무것도 할 필요 없어."

"드셔야 해?"

칭얼이는 고개를 저었다.

"그냥 갖다 드려."

"이게 뭔데?" 샤르가 물었다.

칭얼이의 입에선 샤르가 익히 아는 대답만 튀어나왔다. "그리고 또 한 가지, 네 아버지가 좋아서 이러는 건 아니야."

"응."

"난 시민들이 어찌되든 상관없어. 이놈의 세상도 마찬가지고."

"응."

"그냥, 분명히 알고 있으라고 말하는 거야."

"응."

"네 아버지, 이런 걸 받을 자격이 있는 사람은 아니거든."

"아니지."

"그렇다고 꼬맹이 네가 괜히 우쭐하고 착각할 필요도 없어."

"안 해."

"너 할 줄 아는 말이 '응'하고 '아니'밖에 없니?"

"고마워."

"귀신한테나 잡혀가 버려."

절름발이 크리트는 손바닥만 한 부엌에, 샤르가 특별히 만들어 준 아주 높은 의자 위에 앉아 있었다. 남의 부축 없이 앉았다 일어설 수 있는 의자는 이제 그거 하나였다.

"여기요."

"뭐냐?"

절름발이 크리트는 의심스러운 표정으로 샤르를 들여다보았다.

"어디서 난 게냐?"

"받았어요."

"누구한테?"

"늘 가지고 다니세요. 꼭이요."

"웃기지 마라, 나한텐 아무도 이래라저래라 못 해." 절름발이 크리트는 말 몇 마디에 숨을 헉헉거렸다.

"어서 챙기시라니까요."

"성가시게 굴지 마라, 꼬맹이 녀석! 네깟 놈쯤은 아직도 손가락 하나면 묵사발을 낼 수 있어." 절름발이 크리트가 소리를 지르며 지팡이로 식탁을 쓸었다. 지팡이는 주머니 대신 애꿎은 사발만 타일 바닥에 산산조각을 내버렸다.

"몸이 뻣뻣한 거랑 머리가 돈 거랑은 달라, 이 녀석아! 내 말 들어, 내 말 듣고 있느냐고?"

샤르는 밤마다 혼잣말로 온갖 상소리를 해가며 아래층에서 부스럭대는 제 아버지의 소리를 들었다. 절름발이 크리트는 벌써 꽤 오래전부터 잠자리에 눕지를 않았다. 잠에서 깼을 때 온몸이 나무판처럼 뻣뻣하게 굳어버릴까 봐 겁이 나서였다. 오로지 눈만 껌뻑거리게 될까 봐, 죽을까 봐 두려워서.

"어서 챙겨 넣으세요." 샤르가 혼잣말을 중얼거렸다. "제발요, 아버지, 제발."

절름발이 크리트는 그로부터 석 달 뒤에 죽었다. 칭얼이는 이미 떠나고 없었다. 크리트를 발견한 사람은 샤르였다. 크리트는 일 년 만에 자기 침대에 누워 있었다. 막 침대 정리라도 한 것처럼 이불이 아주 반듯하게 덮여 있었다. 크리트의 오른손에는 작은 주머니가 쥐여 있었다. 얼굴이 어찌나 고요하던지 조문객들 대부분은 적어도 두 번은 들여다본 뒤에야 그게 정말로 크리트임을 알아보았다.

자, 한번 물어보렴,
그 애한테 누가 집을 지어주었느냐고 말이야

절름발이 크리트가 세상을 떠난 뒤 그 사실을 가장 먼저 알아챈 것은 멍청이 베스였다. 베스는 바깥을 정처 없이 돌아다니다 슐람 밤스 사하라로 갔고 우물 옆 성문을 통과해 다시 시내로 돌아왔다. 그러고 나서 우유 배달 마차 옆에서 잠시 얼쩡대다 빗자루 가게 앞에다 오줌을 싸고, 도살장 마차에서 굴러떨어진 뼈다귀 한 개를 주워 먹은 다음 아주 느긋하게 샤르의 작업장으로 돌아왔다.

처음에 샤르는 아무런 눈치도 채지 못했다. 그저 소리만 듣고 베스가 작업장을 빙빙 돌며 발바닥으로 바닥을 긁는구나 하고 말았다. 베스는 그러다 적당한 자리를 찾았는지 영혼 깊숙이 뿜어져 나오는 듯한 소리로 한숨을 쉬며 드러누웠다.

샤르가 히죽 웃었다. "너도 이제 늙었구나."

그러고 나서 샤르는 다시 돌이판의 무거운 바퀴를 돌리며 나무를 깎기 시작했다. 비명처럼 들리는 끔찍한 쇳소리와 사방으로 튀어대는 나뭇조각에 웬만한 개들이라면 죄다 줄행랑을 놓았을 테지만 멍청이 베스는 달랐다. 절름발이 크리트가 죽은 뒤 베스는 작업장에 누워 있어도 괜찮았다.

약 한 시간 뒤, 샤르는 이마의 땀을 닦으며 흘낏 뒤를 돌아보았다. 그리고 그제야 알아보았다.

멍청이 베스의 목걸이에 옥수수자루가 매달려 있는 것을.

샤르는 심장이 잠시 멎는 것 같았다.

아까 낮에 목재상에 갔다 돌아오는 길이었다. 샤르는 시장에서 칭얼이와 우연히 마주쳤다. 그러나 칭얼이는 눈썹 하나 까딱하지 않았다. 혼자가 아니었기 때문이다. 권투 선수 코를 한 여자와 샤르가 처음 보는 여자가 같이 있었다. 세 사람은 고기 파는 노점에서 색과 광택이 화려한 목수건 몇 장을 고기와 맞바꿔보려고 흥정을 벌이고 있었다. 샤르도 인사 없이 칭얼이 곁을 쓱 지나쳤다. 그러나 노점 두 개를 지나자마자 걸음을 멈췄다. 그러고는 가위 가는 남자의 말을 듣는 척하면서 눈으로는 칭얼이를 쫓았다. 고기 장수는 아주 형편없는 교환 조건을 내걸고 있었다. 집시 여자들은 바닥에 침을 뱉은 뒤 그대로 발걸음을 돌렸다.

"아이고, 간신히 털어버렸네." 여자들이 더 이상 자기 목소리를 못 듣겠다 싶자 고기 장수가 너스레를 떨었다.

둘레에서 한바탕 웃음이 터져 나왔다.

"안녕, 꼬맹이." 칭얼이가 먼저 인사를 건넸다. 그날 저녁이었다. 둘은 오솔길 으슥한 곳에 서 있었지만 샤르는 사방이 뻥 뚫린 곳에 있는 것만 같았다. 샤르가 제 신발 끝을 내려다보며 슬쩍 웃었다.

"안녕, 칭얼이."

칭얼이는 변해 있었다. 몸은 더 이상 빨래판처럼 평평하지 않았다. 샤르는 아까 시장에서부터 그걸 알아보았다. 키는 여전히 컸다. 샤르보다야 당연히 훨씬 더 컸다. 하지만 키는 중요하지 않았다. 그리고 또 하나, 칭얼이는 예뻐져 있었다. 어디가 어떻게 예뻐졌다고 정확히 꼬집어 말할 수는 없었지만.

"나 아직 물 안 태웠어."

"뭐어어어?"

"네가 날 지금 꼭 그런 얼굴로 쳐다보고 있다고."

샤르는 얼굴이 새빨개졌고, 칭얼이는 웃었다. 그러나 비웃는 웃음소리는 아니었다. 오히려 쑥스러워하는 웃음소리랄까? 다행히 멍청이 베스가 따라와 있었고, 베스에 대해서라면 늘 애깃거리가 있었다. 대화는 그런 식으로 저절로 풀려나갔다. 샤르는 정말로 하고 싶은 얘기가 있었지만 그냥 제 마음속에 담아두었다. 용기가 없었으므로.

"그럼 이만." 칭얼이가 말했다.

"그럼 이만." 샤르가 대꾸했다.

그러고 나서 둘은 다시 헤어졌다.

샤르는 마음을 가라앉히기 위해 작업장에서 평칼, 둥근칼을 있는 대로 다 꺼내놓고 갈기 시작했다. 샤르의 작은 손은 매우 정확했다. 심지어 아주 작은 조각칼도 샤르의 손이 닿으면 제 모양과 날카로움을 되찾았다. 날 끝에서 불꽃이 튀었다.

작업장은 서서히 반 베쑴이 새로 주문한 가구들의 창고로 변해가다시피 했다. 의자들은 한데 쌓이고, 아직 다리가 완성되지 않은 식탁판은 벽에 기대 세워져 있었다. 가운데 문을 열면 책상이 되는 책상 겸 책장은 이제 막 아교를 발라 말리는 중이었다. 부부 침대도 거의 다 완성된 상태였다.

시민들은 반 베쑴이 정신이 좀 나간 것 아니냐고들 쑤군거렸다. 제정신이면 옥수수 같은 작물을 경작시킬 리가 없고, 결혼도 하기 전에 새 가구를 주문하고 집을 짓게 할 리가 없다고. 그뿐만이 아니었다. 나이 서른아홉에 아직도 총각이라니!

하지만 그러니까 반 베쑴이었다.

반 베쑴은 대양 건너에 살 때 점쟁이한테 손금을 보인 적이 있었다. 그리고 그때부터 마흔에 장가간다는 말을 철석같이 믿기 시작했다.

어쨌든 반 베쑴은 부자였다. 부자들은 뭐든 제 마음대로 해도 됐지만 시민들은 혀를 조심하는 편이 좋았다. 대부분 사람들의 밥줄은 그의 공장에서 만들어지는 벽돌에 걸려 있었으므로.

샤르는 사람들이 쑥덕대는 얘기에 별 관심이 없었다. 반 베쑴은 그저 좀 특이한 사람일 뿐, 정신 나간 사람은 아니었다.

샤르는 가구들을 바라보았다.

그때 그 생각이 든 걸까?

"이렇게 늦게?" 다음 날 밤, 시내를 빠져나가려는 샤르에게 문지기가 물었다.

샤르가 고개를 끄덕였다.

사람들 눈에 띄지 않고 그 많은 것들을 옮기자니 여간 복잡한 게 아니었다. 그러나 신은 사랑에 빠진 자들의 편이었다. 샤르는 먼저 덤불 뒤에다 수레를 숨겼다. 그리고 나서 비탈길을 올라 옥수수밭으로 간 다음 빈터를 만들었다. 다시 밑으로 내려온 샤르는 수레에 담긴 것들을 한 번에 하나씩 위로 날랐다. 내가 미쳤지, 하고 샤르는 생각했다. 난 실두보다 더 미쳤고, 멍청이 베스보다 더 멍청해.

샤르는 머릿속에 넣어둔 청사진을 기억하며 꼭 그대로 해나갔다. 꼬박 두 시간이 걸렸다. 샤르는 일을 끝낸 뒤 옥수수밭에 앉아 기다렸다.

칭얼이가 오는 소리가 들렸다. 칭얼이의 숨소리가, 칭얼이가 옥수숫대를 사각사각 헤치며 걷는 소리가. 샤르는 더 이상 눈조차 깜빡일 수 없었다. 칭얼이다, 칭얼이가 왔다! 칭얼이는 빈터로 들어서려다 화들짝 놀라 뒤로 주춤 물러섰다. 자칫 쓰러질 것만 같았다.

칭얼이는 자신의 집을 보았다. 옥수수밭 한가운데, 진짜 나무 가구들로 꾸며진 칭얼이의 집을.

샤르는 가구들이 땅 밑으로 꺼져 들어가지 않도록 밑에 전부 나무판자를 깔아놓았다.

"여기 다 진짜 앉아도 돼. 단, 너무 많이 움직이지만 마." 샤르가 칭얼이에게 주의를 주었다.

그제야 칭얼이는 이 의자, 저 의자 돌아가며 앉아보기 시작했다. 그렇게 식탁을 한 바퀴 빙 돌았다. 샤르는 칭얼이의 숨이 멎는 걸 보았다. 저도 숨이 멈추는 걸 느꼈다.

칭얼이가 가장 좋아한 건 침대였다.

"그럼 이제 내가 부인이고, 네가 남편이네." 칭얼이가 생긋 웃었다.

하, 칭얼이가 도대체 언제부터 이렇게 예쁘게 웃었지?

칭얼이는 이불도, 매트리스도 없는 빈 침대에 올라갔다. 칭얼이에게 손을 꼭 잡힌 샤르도 좋든 싫든 같이 올라가야 했다. 칭얼이는 침대를 보고, 보고, 또 봤다. 아무리 봐도 물리지 않는 모양이었다. 칭얼이는 발판 위로 몸을 굽혀 도톨도톨 조각된 작은 형상과 선 들을 손가락으로 더듬었다. 구불구불 뻗은 길 위에 세워진 작은 의자에 칭얼이는 박장대소를 터뜨리고 말았다.

물결치는 이삭을 만지면서는 바람 소리가 들리는 것 같다고 했다.

"어떻게 한 거야?"

샤르가 설명을 했다. 평칼과 둥근칼과 나무망치로 두드리는 법에 대해. 나무를 조각할 때는 힘만 가지고는 안 된다고. 공구를 다룰 줄 아는 기술도 그만큼이나 중요하다고. 나뭇결을 제대로 이해하고 깊이를 잘 조절할 줄 알아야 한다고. 나무는 사람 말을 잘 듣지만 사람이 제 말을 듣지 않는다고 느끼면 어깃장을 놓고, 심지어는 쩍 갈라져버리기까지 한다고. 그리고 자기가 가장 즐겨 사용하는 삼각칼에 대해서도 이야기했다. 바람에 물결치는 여기 이 이삭들 보이지? 저 멀리 교회의 작은 종탑들이랑 성벽에 새겨진 그림들도? 여기 작은 의자도? 이게 다 삼각칼로 파낸 것들이야, 라고.

따뜻한 밤이었다. 이제 얼마 남지 않은 그해의 마지막 여름밤들 가운데 하나였다. 두 사람은 쏴쏴 대는 옥수수 이파리 소리를 들으며 반 베쑴의 침대 위에, 다른 가구들의 어두운 그림자들 사이에 누워 있었다.

"나한테 물어보고 싶은 거 있으면 다 물어봐." 칭얼이가 말했다.

"다?"

"다."

샤르는 잠시 생각에 잠겼다. "우리 아버지한테 준 작은 주머니.

거기 뭐가 들었던 거니?"

"집시의 비밀이야."

"그건 대답이 아니잖아."

칭얼이는 한쪽 손으로 머리를 괴고 옆으로 돌아누웠다. 칭얼이의 숨결이 샤르의 얼굴에 와 닿았다.

"집시의 피하고," 칭얼이가 다시 입을 열었다. "장님 토끼 눈알하고, 두……."

샤르는 손을 들어 칭얼이의 입을 막았다. 그러면서 속으로는 제 용기에 제가 놀랐다.

"난 진실을 알고 싶어."

칭얼이가 샤르를 물끄러미 들여다보았다. 영락없는 칭얼이 특유의 눈길, 꼼꼼히 뜯어보는 그 눈길.

칭얼이가 마침내 입을 열었다. "흙."

"흙? 그냥 흙만?"

"난 그냥 흙이라고는 하지 않았어."

"그럼 어떤 흙?"

"탄생의 흙. 우리 집시들은 아기가 태어나면 그곳의 흙을 한 줌 퍼서 작은 주머니에 담아줘. 자기가 온 곳이 어딘지 영원히 잊어버리지 말라고. 살아갈 때 그게 도움이 된다고들 해."

"그럼 우리 아버지한텐 어디 흙을 준 거니?"

"바보, 당연히 여기 흙이지."

샤르는 조금 실망했다. 그러나 동시에 어깨를 짓누르고 있던 짐이 날아가 버린 느낌이었다.

"그럼 멍청이 베스는?"

"무슨 말이야?"

"네가 베스를 살려냈잖아."

칭얼이가 또다시 입을 다물었다.

"베스가 독이 든 소시지를 먹었잖아."

칭얼이는 계속 아무 말도 하지 않았다.

"우리 아버지가 소시지 안에다 쥐약을 꾹꾹 눌러 넣는 걸 내 눈으로 직접 봤다고." 샤르가 조금 툴툴거렸다. "근데 네가 베스를 구했어. 집시의 비밀로 말이야."

"비밀이 네 상상 같으란 법은 없어."

샤르는 입을 다물었다. 어쩌면 그편이 더 나은지도 몰랐다.

"자, 봐." 칭얼이가 옥수수자루 들린 손을 펴 보이며 말했다.

"내 손에 뭐가 들렸니?"

"옥수수."

"그럼 이제 눈을 감아봐."

샤르는 칭얼이가 하라는 대로 했다.

"됐어, 이제 다시 눈을 떠."

샤르는 눈을 떴다.

"자, 그럼 이젠? 내가 손에 뭘 들고 있지?" 칭얼이가 물었다.

샤르가 어리둥절한 표정으로 칭얼이를 바라보았다. "옥수수라고 좀 전에 말했잖아. 지금 네가 들고 있는 것도 아까 그 옥수수고."

"틀렸어." 칭얼이는 그렇게 말하며 킥킥댔다.

킥킥대는 칭얼이. 옥수수를 놓고 옥수수가 아니라고 말하는 칭얼이. 이런 억지가 다 있나!

"뒤를 한번 돌아봐."

샤르가 고개를 돌렸다. 뒤에도 옥수수자루가 하나 떨어져 있었다.

"저게 아까 네가 본 옥수수야." 칭얼이가 말했다.

샤르의 머릿속에 불빛이 반짝할 때까지는 시간이 잠깐 걸렸다. "옥수수가 두 개였구나?"

"응."

"옥수수가 두 개라……." 샤르는 멍한 표정으로 칭얼이를 들여다보았다. "그렇담 소시지도?"

"그래."

"소시지가 두 개였다고?"

샤르는 얼굴이 또다시 흙 속에 처박힌 기분이었다. 목덜미를 짓누르는 실두의 억센 손길이 느껴졌다. 그게 얼마나 되었더라? 어쨌거나 충분한 시간이었다…….

"하지만 어디서 그렇게 빨리 새 소시지를 구했어?"

칭얼이가 싱긋 웃었다. "네가 처음이 아니라고 했잖아. '시민 환영식'을 많이 받다 보면 언젠가는 빠삭하게 돼. 우린 네가 오는 것도, 소시지를 던지는 것도 다 봤어. 실두가 널 짓누르고 있을 때 내가 얼른 새 소시지를 꺼내놨지. 넌 그걸 못 알아봤어. 어둠 속에선 그 소시지가 다 그 소시지처럼 보이니까."

샤르는 더 이상 뭐가 뭔지 알 수가 없었다.

"우린 소시지를 늘 여분으로 준비해가지고 다녀." 칭얼이는 참을성을 가지고 차근차근 설명했다. "당연히 독약이 들지 않은 소시지지. 그러다 또 우리 개들을 독살시키려고 찾아오는 시민이 있으면 잡아서 아주 혼쭐을 내주지. 넌 행운아였어. 아버지가 마침 주무시고 계셨으니까. 아버진 시민이 찾아오면 보통 소시지를 직접 먹게 하시거든. 정확히 말하면 우리들이 준비한 소시지를. 소시지를 먹은 시민은 이제 자긴 죽은 목숨이나 다름없다고 생각해서 거의 실성하다시피 해. 그럼 우린 우리만의 비밀 해독약이 있다고 말하지. 하지만 돈을 내야 한다고. 시민들이 얼마나 후한지 네가 직접 한번 봐야 하는데……."

"너희들 개는 대체 어떻게 된 거였니? 다음 날 많이 아팠잖아?"

"집시의 약초. 먹으면 메스꺼워지는 약초가 있어."

"그렇담 집시의 비밀이란 건 아예 없는 거야? 집시의 저주도?"

"그런 게 있다고 내가 언제 그러디?" 칭얼이가 되물었다.

샤르는 미친 듯이 웃지 않을 수 없었다. 한번 웃을 때마다 신비감이 벗겨지면서 그 자리에 뭔가 다른 감정이 들어찼다.

　그날 밤, 샤르는 도저히 잠을 이룰 수가 없었다. 샤르의 머릿속은 오로지 칭얼이, 칭얼이, 칭얼이에 대한 생각뿐이었다.

자, 한번 물어보렴,
누가 기다렸느냐고 말이야

샤르는 사흘 밤 내내 같은 일을 반복했다. 저녁이면 수레에 가구를 잔뜩 싣고 옥수수밭으로 가 집을 꾸몄다. 그리고 새벽녘, 성문이 다시 열릴 때쯤 집으로 돌아왔다. 아주 바보 같은, 그야말로 정신 나간 짓이었지만 샤르는 그렇게 했다.

"늦었는데, 꼬맹이?" 문지기가 물었다.

"특별 주문이야." 샤르가 말했다. "부자들이 어떤지 너도 잘 알잖아."

샤르와 칭얼이는 말수가 점점 더 줄어들었다. 말은 굳이 필요 없었다. 말 말고도, 말하는 것과 비슷한 다른 일들이 있었으므로.

사흘째 되던 날 밤, 칭얼이는 기분이 바뀌고 말았다. 검은색과 어두운 감색의 중간쯤 되는 컴컴한 밤이었다. 칭얼이는 실두를 그리며 울었다. 샤르는 어쩔 줄 몰라 하며 칭얼이의 머리를 쓰다듬어주었다.

"난 네 개가 아니야." 칭얼이가 화를 냈다. 칭얼이는 얼른 눈물을 닦았지만 곧 또다시 울기 시작했다.

"이번엔 왜 우는 거니?" 샤르가 물었다.

"곧 떠나야 해서." 칭얼이가 대답했다. 그러더니 반쯤은 웃고, 반쯤은 우는 얼굴로 물었다. "집시 여자애가 향수를 느낀다는 게 상상이 가니?"

"네 탄생의 흙이 있잖아?"

"내가 하는 말, 전부 다 믿지는 마."

"그 말, 그럼 진실이 아니었니?"

"진실이라고 전부 다 옳은 건 아니야." 칭얼이는 한참 만에야 다시 입을 열었다. "너, 나한테 들은 말 누구한테 옮기는 날엔 내 손에 죽을 줄 알아." 그러다 날이 밝았다. 칭얼이가 쓸쓸한 목소리로 덧붙였다. "나 같은 떠돌인 내 이름이 새겨진 돌 밑에나 누워야 '여기가 영원한 내 자리구나.' 할 수 있을 거야."

"내가 그 옆에 누워도 된다고 허락해줘." 샤르가 말했다.

"그렇게 해. 약속할게."

"그럼 그만 울어."

"응."

"그리고 너, 이제 그만 내 여자 해." 이번에는 아주 잘했다. 이래도 그만, 저래도 그만인 것처럼 아주 가볍게, 아주 자연스럽게 샤르의 입에서 그 말이 튀어나왔다.

"응."

말은 가끔 기적을 만들어낼 때가 있었다.

"나한테 계획이 하나 있어." 샤르가 말했다.

사실 그건 계획이라기보다는 희망 사항이었다. 샤르는 벌써 오래전부터 그 생각을 머릿속에 그려오고 있었다.

"우리 같이 도망치자. 집도 집시도 다 두고, 멀리멀리 떠나는 거야. 어디든 여기보다 좋을 거야."

"허튼소리 하지 마."

"그러는 넌, 더 좋은 생각이라도 있니?"

물론 없었다.

"용기가 없니?" 샤르가 물었다. "사람들이 뭐라고 할까, 그게 두려운 거야?"

"난 시민들은 상관없어." 칭얼이가 조용히 입을 열었다. "집시 식구들도 상관없고, 심지어는 이놈의 세상도 다 상관없어. 다만 너한테 정말 그럴 만한 용기가 있는지 그걸 모르겠어."

칭얼이의 말에 샤르는 화를 내며 기분 나쁘다는 듯이 돌아앉아버렸다.

"좋아." 칭얼이가 한발 물러섰다.

칭얼이는 불탄 떡갈나무 옆에서 샤르를 기다리기로 했다. 둘은 그곳에서 출발한다. 한밤중에. 샤르는 그게 자기가 바라는 바라고, 오래전부터 바라오던 일이라고 확신하고 있었다. 멀리, 아주 멀리 떠나는 것이.

작업장 문을 등 뒤에서 닫을 때까지만 해도 그랬다. 성문을 통과해 시내에서 조금씩 멀어질 때까지만 해도 그랬다.

그런데 갑자기 마음이 바뀌기 시작했다.

샤르는 걸음을 멈췄다. 다시 걸었다. 그러다 또다시 멈췄다.

등 뒤로 시의 성벽이 느껴졌다. 앞에서는 세찬 바람이 느껴졌다.

식은땀이 흐르기 시작했다.

샤르는 돌아섰다. 그러고는 미친 듯이 달려 성문 문지기가 요란한 소리를 내며 성문을 닫기 직전 시내로 들어섰다.

칭얼이는 한 달 동안이나 샤르를 상대하려 들지 않았다.

"네가 확실해야지." 마침내 다시 입을 연 칭얼이가 분노를 쏟아냈다. "네 마음이 확실하다고 내가 확신할 수 있어야지. 우리가 한번 도망가면 난 두 번 다시 되돌아올 수 없어. 집시 식구들한테 난 죽은 사람이나 다름없어진다고."

샤르는 맹세했다. 그러면서 겁이 났다고, 갑자기 공포감에 빠져들었다고, 하지만 지금은 엄청 후회하고 있다고, 자기를 믿어달라고, 꼭 믿어야 한다고 말했다.

샤르는 자신의 목공기계들을 모두 실을 수 있는 마차와 말을 한 필 샀다.

"왜, 가게를 넓히려고?" 술집 놀 영감이 물었다.

"일하느라 바쁜 게냐?" 농부 칼레 영감도 가세했다. "너 어찌된 게 요새 코빼기도 보이지 않더라."

샤르가 이때 조금만 정신을 차렸던들 서로 은밀히 눈짓을 교환하는 두 사람을 보았으리라.

그렇게 해서 샤르는—남들 눈을 피해 옷가지를 챙긴 칭얼이가 집시 식구들이 잠들기를 기다리며 줄곧 슐람밤스 사하라를 흘깃거리던 날 저녁—놀과 농부 칼레 영감 그리고 그 아들들의 급작스러운 방문을 받았다.

"샤르, 집에 석탄 남은 거 좀 있어?"

샤르는 고개를 끄덕였다. 사내들이 우르르 샤르를 쫓아왔다. 장정 네 명에 석탄 통은 달랑 하나였다.

석탄 조금 얻는데 남자들이 많이도 왔네, 샤르는 그렇게 생각했지만 별다른 의심은 하지 않았다. 샤르는 작업장 문을 열고 석유등에 불을 붙였다. 심지를 줄여 불빛이 환해지지 않도록 조심하면서. 텅 비어버린 작업장을 들키고 싶지 않았기 때문이다. 샤르는 돌이판만 빼고 거의 모든 걸 마차에 실었다. 돌이판을 가져가지 못하는 것은 유감이었지만 그건 너무 무거워 어쩔 수가 없었다.

"청소를 한 거야?" 하고 누가 물었다.

샤르는 '청소가 일의 절반'이라는 식으로 응수했다. 떠들썩한 웃음소리가 작업장을 한바탕 휩쓸고 지나갔다. 샤르가 석탄광 문을 열며 말했다.

"필요한 만큼 퍼 가세요."

"그러지 말고 네가 좀 퍼줘." 농부 칼레 영감의 아들이 작은 문을 가리켰다. "문이 작아서 우리보다야 네가 들어가는 게 낫지."

샤르는 석탄 통을 들고 광 안으로 들어갔다. 순간 문이 쾅 하고 닫혔다.

"다 널 위해서야, 이 쓸개 빠진 녀석아." 두 영감과 아들들은 빗장을 지르며 입을 모았다. "네 아버지 생각을 좀 해봐. 절름발이 크리트가 알았다간 무덤에서 돌아누울 게다."

"뭘요? 아버지가 뭘 알면요?"

"사람들이 다 장님인 줄 아니? 우리가 멍청인 줄 알아? 가구를 싣고 슐람밤스 사하라를 왔다 갔다 한 게 벌써 몇 번이냐? 그것도 반 베쑴의 가구를 싣고. 우린 바보가 아니야."

"이러지 말고 어서 내보내 주세요."

"정신부터 차려, 이 녀석아."

"전 말짱해요. 머리가 이렇게 맑았던 적이 없다고요. 전 이곳을 떠나고 싶어요. 떠나고 싶다고요." 샤르가 소리쳤다.

"집시 여자랑 말이냐, 응? 절대 안 된다. 네가 그 여자를 데리고 도망가버리면 집시 녀석들이 길길이 날뛸 텐데? 그럼 무슨 일이 일어날 것 같으냐? 그 분풀이를 우리한테 하려고 들 게 불 보듯 뻔하다, 이 말씀이야. 우린 집시들의 저주를 받고 싶은 마음, 눈곱만큼도 없다."

"다 거짓말이에요, 집시의 저주 같은 건 없어요!"

남자들은 서로 눈빛을 교환했다. 그러고는 우르르 작업장을 빠져나갔다.

발소리가 점점 멀어지더니 대문의 쪽문 닫히는 소리, 열쇠구멍의 열쇠 돌아가는 소리가 잇따라 들려왔다. 이제 아무도 샤르의 목소리를 들을 수 없었다. 그러나 샤르는 개의치 않고 혼신의 힘을 다해 소리를 지르기 시작했다.

그러면서 샤르는 칭얼이를 생각했다.

짐을 꾸려 자기를 기다리고 있을 칭얼이를. 정말 도망칠 마음이 있는 거냐며 자신을 의심하던 칭얼이를, 더 이상 집시로 살 수 없게 된 칭얼이를.

샤르는 나중에, 아주 나중에야 칭얼이가 그날 밤새도록 자신을 기다린 이야기를 전해 들었다. 농부 칼레 영감이 지켜본 바에 의하면 칭얼이를 찾아낸 집시들이 칭얼이를 집시식으로 쫓아내더란다. 그야말로 눈곱만큼의 오해도 남지 않을 만큼 아주 호되게. 다음 날 새벽, 칭얼이를 발견한 사람은 벽돌 공장의 주인 반 베쑴이었다. 칭얼이는 창백한 얼굴에 쓰디쓴 미소를 머금은 채 덤불이 무성한 산비탈에 외로이 앉아 있었다고 한다.

반 베쑴은 오 년 전 칭얼이에게 했던 말을 그대로 되풀이했다. 먼 옛날에는 그 땅에 주인이 없었을지 모르지만, 그리고 언젠가 그런 날이 다시 올지도 모르지만 지금은 아니라고.

반 베쑴은 칭얼이를 하녀로 고용했다. 그리고 일 년도 채 안 돼 청혼을 했다. 정확히 그의 마흔 번째 생일이었다.

칭얼이는 한 가지 조건하에 청혼을 받아들였다.

"들었어?" 사람들 사이에서는 일대 소동이 일었다. "그 집시 여자, 또 무슨 꿍꿍이가 있나 봐. 새 집을 짓는대. 여기가 아니라 저기, 세상 끝에다가! 그러면서 자기는 시민들도, 집시 식구들도, 심지어는 이놈의 세상도 다 상관없다고 했대. 그걸 우리한테 보여주겠다고 별렀다는데? 어디, 내 삼세번 기회를 줄 테니까 그 여자가 뭘 어떻게 하겠다는 건지 한번 알아맞혀들 보라고!"

슐람밤스 사하라의 떠돌이

제 3 부

시민 환영식

마법의 밤은 빠르게 지나가 버렸다. 시커멓던 하늘이 희부옇게 밝아오는 모습이 부엌 창문으로 내다보였다. 달빛은 점점 흐려지고, 환하게 반짝이던 모래는 다시 일상의 베이지색으로 되돌아가 있었다. 약 한 시간 뒤면 다시 하루가 시작되리라.

오빠들은 기지개를 켜며 장난으로 서로의 뺨을 툭툭 쳤다. "에에, 정신 차려! 정신 차리라고!"

우리가 정말로 밤을 새운 건가? 한편으론 방금 부엌에 모여 앉은 듯한, 홈파 하치 아저씨를 집 안으로 데리고 들어온 게 채 일 분도 안 된 듯한 느낌이었다. 그러나 다른 한편으론 몇백 년을 돌아다니다 온 것 같기도 했다. 나는 심장을 벌렁거리며 샤르와 함께 집시들의 숙소로 살금살금 다가갔고, 칭얼이가 의자를 껴안고 옥수수밭에서 춤추는 모습을 보았으며, 거기에 앉았을 때 의자가 땅속으로 천천히 꺼져 들어가는 것을 느꼈다. 또, 샤르와 칭얼이가 제발 함께 도망쳐주길 애간장을 태우며 바랐지만 결국은 신과 세상에서 버림받은 채 혼자 산비탈에 앉아 있는 칭얼이를 보아야 했다.

나는 눈물을 흘리지 않을 수 없었다.

"칭얼이는 그 자리에…… 과거에 집시들이 머무르려다 쫓겨났던 바로 그 자리에 집을 짓게 했단다." 메이 할머니가 말했다. "그러고는 거기다 '시민 환영식'이라는 이름을 붙였지." 할머니는 힘겹게 자리에서 일어나 주전자에 물을 부으며 말을 이었다. "칭얼이는 그렇게 쓰인 무쇠 문패를 주문했단다. 그러고는 반 베쏨과 결혼하던 날, 그 문패를 현관문 위에다 떡하니 내걸었어. 다들 볼 수 있게 말이야."

"현관문 위에요?" 뮐케가 뭔가를 곰곰이 생각하는 목소리로 되물었다.

"그래."

"그래서 우리 현관문 위에 구멍이 네 개 나 있는 거예요?"

할머니가 고개를 끄덕였다.

"총알구멍 아니고요?"

이상하게도 뮐케는 전혀 실망한 기색이 아니었다.

"그러고 나서 어떻게 됐어요?" 내가 물었다.

할머니는 어깨만 한 번 으쓱했다.

"어떻게 되긴? 아무 일도 없었지. 칭얼이와 반 베쑴은 죽을 때까지 이 집에서 같이 살았어."

"그럼 두 사람 다 이 집에 묻혔어요?"

"아니지, 시에 있는 구 공동묘지에 묻혔지."

"샤르는 어떻게 됐어요?"

할머니가 잠시 멈칫하더니 곧장 거실 쪽으로 발걸음을 옮기며 짧게 대꾸했다. "그건 아무도 모른단다."

할머니는 최대한 조용히 미닫이문을 열었다. 홈파 하치 아저씨의 코 고는 소리가 들렸다. 할머니가 벨기에 난로에 마지막 한 삽 남은 슐람을 집어넣더니 주전자를 불 위에 올렸다. 난로가 내내 타는데도 집 안은 습하고 으슬으슬했다. 할머니는 다시 부엌으로 나와 문을 닫았다. "저 사람, 옆에서 대포를 쏴도 모를 것 같구나."

"좋아요, 다 좋은데요……." 에트 오빠가 말했다. "도대체 방금 그 얘기랑 홈파 아저씨가 무슨 상관이에요?"

피트, 쉐르, 크레쳉 오빠가 동의한다는 듯이 고개를 끄덕였다.

진짜 이상한 일이었다. 창문으로 문을 만들 때는 소수점 둘째 자리까지도 암산하고, 1밀리미터만 삐뚤어져도 정확히 알아차리는 오빠들이면서 정작 너무나 쉽고 간단한 일 앞에선 상황 파악을 못 하고 쩔쩔맸다. 할머니가 늘 뭐라시더라? '사내애는 계집애가 아니고, 계집애는 사내애가 아닌 법'이랬나? 나는 이제야 서서히 그 말 뜻을 이해할 것 같았다.

"너희들, 정말 모르겠니?" 할머니가 물었다.

오빠들은 조금 기분 나쁜 표정으로 할머니를 쳐다보았다.

"홈파 아저씨는 샤르와 칭얼이의 아들이야." 내가 나섰다.

"말도 안 돼!" 오빠들은 약속이라도 한 듯 동시에 소리를 지르며 이마 옆에서 집게손가락을 돌리고, 기가 막힌다는 듯 숨을 씩씩 몰아쉬었다. 하지만 그러면서도 까치발을 들고 살금살금 거실로 가더니 코를 골고 있는 홈파 아저씨를 머리끝부터 발끝까지 자세히 뜯어보았다.

"어때, 손이 삯바느질 아낙네 손처럼 작지?" 우리가 목소리를 죽여가며 물었다. "수염도 그냥 희끗희끗하기만 한 게 아니라 구리처럼 붉은 털이 섞여 있지?"

오빠들은 곰곰이 따져보는 것 같았다. 단추를 씹어 먹던 홈파 하치 아저씨가 정말로 꼬맹이 샤르와 성 밖 칭얼이의 아들일까?

이런 젠장! 좋아, 뭐 안 될 것도 없지.

다시 부엌으로 돌아온 오빠들은 한바탕 기지개를 켠 뒤 손가락 마디를 툭툭 꺾으며 정신병자와 정신병자 수용소에 관해 자기들이 아는 이야기를 주고받기 시작했다.

"칭얼이가 청혼을 받아들이자 샤르는 어떻게 나왔나요?" 아빠가 하품을 하며 물었다.

"샤르는 이곳을 떠나 버렸어." 할머니가 대답했다. "칭얼이가 청혼을 받아들였다는 소리를 듣자마자 모든 걸 고스란히 남겨놓고 떠났지. 반 베쑴이 주문한 가구들은 차곡차곡 잘 쌓아 천으로 고이 덮어놨다더군. 그래서 커다란 마차에 실어 오기만 하면 됐대. 운반된 가구들은 집 안 곳곳에 배치되었지. 의자, 안락의자, 책상 겸 책장⋯⋯. 가구들은 모두 반 베쑴이 주문한 대로 만들어져 있었어. 딱 하나만 빼고⋯⋯."

뮐케와 내 눈이 마주쳤다.

"⋯⋯침대만 빼고 말이죠?" 내가 물었다.

"맞아요, 샤르가 침대는 꼭 묘비처럼 만들어놨잖아요." 뮐케가 외쳤다.

할머니가 고개를 끄덕였다.

"근데 그 연도는 대체 무슨 뜻이에요?" 내가 물었다.

"1863년은 샤르와 칭얼이가 만난 해고," 할머니가 대답했다. "1870년은 칭얼이가 반 베쑴과 결혼한 해란다."

"그런데 그 두 연도가 왜 같이 새겨져 있어요?" 뮐케가 물었다. "그리고 침대 머리판을 왜 하필 묘비 모양으로 만들었어요? 누가 죽은 건 아니잖아요?"

부엌에 침묵이 흘렀다.

"짧았던 사랑이 죽어버렸으니까."

우리는 일제히 할머니를 돌아보았다. 아니, 대답을 한 사람은 할머니가 아니었다. 확실했다. 목소리가 들려온 곳은 복도였다.

예스는 담요로 몸을 둘둘 감고 계단 중간쯤에 앉아 있었다. 난간을 붙잡고, 거기 그렇게 몸을 기댄 채.

"아니 너, 밤새 거기 앉아 있었던 게냐?" 메이 할머니가 물었다. 화가 났다기보다는 놀란 목소리였다.

예스가 피곤한 듯 고개를 끄덕였다.

"쟤 어서 방으로 데려가 눕히게." 할머니가 다그쳤다.

아빠가 자리에서 일어섰다. 우리는 아빠를 따라 우르르 복도로 나갔다. "너, 잠을 자야 몸무게가 늘지." 아빠가 예스를 번쩍 안아 올리며 말했다. "안 그럼 언젠가 정말로 새처럼 날아가 버리고 말 거야."

예스는 쏟아지는 잠을 쫓으려는 듯 마지막으로 한 번 더 눈꺼풀을 치켜떴다

"너무 짧은 사랑이었어." 예스가 다시 한 번 외쳤다. 아주 슬픈 목소리였다. "샤르는 칭얼이를 사랑했지만 결국 포기하고 만 거야. 칭얼이가 샤르의 사랑을 저버렸으니까. 그래서 침대가 사랑을 묻는 무덤이 되어야 했던 거라고. 너무 슬픈 이야기야."

오빠들과 밀케는 다시 부엌으로 돌아갔다. 나는 계속 복도에 서

있었다. 바닥에 의자 끌리는 소리, 커피 따르는 소리가 차례차례 들렸다. 갑자기 피곤함이 몰려들었다.

메이 할머니 역시 여전히 복도에 서서 계단을 쳐다보고 있었다. 할머니의 어깨가 눈에 들어왔다. 앞에서 보이지 않는 폭풍이라도 부는 듯 할머니의 넓고 억세 보이는 어깨는 앞으로 약간 움츠러져 있었다. "이제 제발 조용히 좀 쉬려무나." 할머니의 입에서 뜻밖의 말이 튀어나왔다. 목소리에는 간곡함마저 배어 있었다. 할머니는 골똘히 생각에 잠긴 모습이었다.

"누구 말씀하시는 거예요?" 내가 물었다. "홈파 하치 아저씨요?"

할머니가 몸을 움찔하며 뒤를 돌아보았다. 할머니의 손은 빨랐지만 나는 부엉이 눈이 떨리는 것을 놓치지 않았다.

"당연히 홈파지, 아님 누구겠니?" 할머니가 되물었다.

잠시 뒤, 할머니는 나와 뮐케를 위층으로 쫓아버렸다.

열 발 집

그렇게 해서 우리 집에는 팔 두 개가 더 늘었다.

"열 사람이 됐으니까 이제 이 집도 열 발 집이라고 불러야 할 것 같아." 뮐케가 말했다.

"열 발이고 나발이고, 입이 하나 더 늘었으니 그만큼 더 가난해진 거야." 메이 할머니가 툴툴거렸다.

훔파 하치 아저씨가 누구 때문에 우리 집에 살게 되었는데, 할머니는 꼭 당신 책임이 아닌 양 굴었다. "그럼 어째야겠는가?" 할머니가 언성을 높였다. 우리는 2층 우리 방에서 또다시 틈새에 귀를 갖다 댄 채 바닥에 엎드려 있었다. "저 사람, 혼자서는 못 살아. 그거 하난 확실하지. 그렇다고 저 사람을 우르술라나 프란체스코 수도회에다 집어넣겠나? 정신병자 수용소로 돌려보내라고? 거기 들어갔다 저 모양이 되어가지고 나왔는데? 거기서 사람을 어떻게 만들어봤는지 자네도 보지 않았나?"

"하지만 위험하니까 그렇죠. 자칫 우리 식구들한테 해를 입힐 수도 있다고요." 아빠가 맞섰다. 그러나 아빠의 목소리에는 진심 어린 우려가 아닌 할머니를 화나게 하려는 의도가 배어 나왔다.

"위험은 무슨? 우리가 무슨 단추인가? 해코지를 해봤자 단추한테나 할 사람이야. 잠은 작업장에서 재우면 돼. 어떻게 보면 이 집은 저 사람 집이나 마찬가지야."

"다락방에도 자리가 있잖아요?" 아빠가 되물었다.

"다락방은 절대 안 돼. 우리한테 내린 재앙은 지금 이걸로도 충분하다고." 할머니의 한숨 소리가 들렸다. "하느님 뜻이 정 그렇다면……." 할머니는 당신 스스로를 설득해보려는 것 같았다. "하지만 말썽이라도 일으키는 날엔……."

그러나 할머니의 걱정과는 달리 홈파 아저씨는 할머니를 여간 어려워하지 않았다. 할머니는 우리들한테 하듯 홈파 아저씨한테도 툭하면 불호령을 내렸다.

"똑바로 앉아야지, 석탄 자루도 아닌데 자네, 앉은 자세가 이게 뭔가?"

"손 씻고 와야지. 이 집에선 그러면 밥 못 얻어먹어."

"소리 지르려거든 시장판에나 가서 질러. 거기서 그러면 푼돈이라도 받지."

할머니는 그러면서도 홈파 아저씨의 화상을 날마다 정성껏 돌봐주었다. 그리고 아저씨의 너덜너덜하던 바지가 어느 날 아침 마침내 완전히 구멍이 나버리자 피트와 크레켕 오빠를 다락방으로 보내 좀약과 얇은 종이를 켜켜이 쌓아놓은 나무 상자를 가져오라고 시켰다. 거기에는 조심스레 개켜놓은, 구김이라고는 찾아보기 힘든 할아버지의 일요일 옷이 들어 있었다. 그 옷은 할아버지가 인부들과 단체 사진을 찍을 때 입고 있던 옷만큼 고급스럽지도 않고, 멋진 펠트 모자와 실크 조끼도 달려 있지 않았지만 눈에 띌 정도로 말쑥했다.

"이걸 홈파 하치한테 선물하시려고요?" 아빠가 놀라서 물었다.

"내가 그렇게 착한 사마리아인으로 보이나?" 할머니가 툴툴거렸다. "빌려주는 것뿐이야. 몸에 맞게 고치는 것도 자기가 해야지. 바느질이라면 어차피 나보다 나을 테니까."

"한 식구라고 생각해서 자꾸 야단치시는 거예요, 홈파 아저씨." 뮐케가 홈파 아저씨를 위로했다. 하지만 아저씨는 입에 바늘을 문 채 아주 만족스러운 표정으로 집 앞 낡은 의자에 앉아 있었다.

싹둑 하고 가위질 소리가 들렸다.

결국 작업장을 내주기는 했지만 홈파 아저씨가 정말로 그곳에서 자는지는 알 수 없었다. 아빠와 오빠들 말로는 아침에 작업장에 가보면 사람은 안 보이고 항상 — 한때 창문이었던 — 문만 빠끔히 열려 있다고 했다. 홈파 아저씨는 식사 때만 집 안으로 들어왔다. 그런데 그때마다 불편해하는 기색이 아주 역력했다. 그것을 증명이라도 하듯 아저씨는 밥을 먹자마자 부리나케 사라져버렸다. 우리가 쑤군대자 할머니가 이상할 것 하나도 없다는 반응을 보였다.

"하지만 여긴 원래 아저씨의 집이잖아요?" 내가 물었다.

할머니의 표정이 굳어졌다. "그럴지도 모르지. 하지만 이 집에 산 적은 없어."

우리는 할머니의 말이 이어지기를 기다렸다.

"여기서 태어났을 뿐이지."

"왜 여기서 안 살았어요?"

"그거야 당연하지. 홈파는 샤르의 아이야. 반 베쑴이 남의 자식을 받아들였을 것 같니?" 할머니가 되물었다.

"너무해요!" 예스가 외쳤다.

"너무하긴 뭐가 너무해?" 할머니가 딱딱하게 대답했다. "아닌 건 아닌 거지. 그래서 홈파가 태어나자마자 반 베쑴이 고아원에다 갖다 줬단다."

"칭얼이가 그걸 보고만 있었어요?" 내가 물었다.

"칭얼인들 어쩔 수 있었겠니? 집시들에게서 쫓겨나고, 시민들은 상대도 하려고 들지 않는데. 반 베쑴은 한 달에 한 번씩 칭얼이가 고아원에 찾아가는 걸 허락했어. 그리고 나중에는 홈파가 칭얼이를 찾아와도 좋다고 허락했고. 하지만 홈파는 절대 이 집 문턱을 넘

지 않았단다. 늘 현관문 밖에서 기다리다가 칭얼이가 나오면 슐람
밤스 사하라에서 산책을 했지. 정해진 시간이 끝날 때까지.”

 “불쌍한 홈파 아저씨.” 예스가 한숨을 내쉬었고 눈에는 눈물까
지 글썽거렸다.
 그 이야기 때문이었을까? 아니면 할아버지의 옷 덕분에 아저씨
가 더 이상 떠돌이처럼 보이지 않았기 때문일까? 어쨌거나 예스는
더 이상 홈파 아저씨를 무서워하지 않는 것 같았다. 그래서 이제는
아저씨를 봐도 도망치지 않았다. 심지어 한번은 식사 예절을 지키
지 못한다고 할머니가 아저씨를 쫓아내자 아저씨의 접시를 들고
그 뒤를 쫓아가기까지 했다.

 토요일이었다. 뮐케와 내가 바닥을 닦고 있는데 아빠가 들어왔
다. 외투 차림이었다. 아빠가 이쪽 어디 의자에 앉나 싶더니 금세
일어나 다른 의자로 옮겨 앉았다. 그러다가 난로를 들쑤시고 조금
뒤에는 무슨 노래인지 알 수 없는 가락을 휘파람으로 불어대면서
눈으로 계속해서 방 안을 두리번거렸다.
 “할머니 지금 어디 계시니? 여기 어디 근처에 계시니?” 아빠가
물었다.
 뮐케와 나는 눈빛을 주고받았다.
 “채마밭에 나가셨어요.” 내가 대답했다.

"아하." 아빠의 입이 쩍 벌어졌다가 닫혔다.

"무슨 일인데요?" 뮐케가 물었다.

"어, 아무것도 아니야." 아빠는 그렇게 대꾸하며 얼른 소파 뒤를 들여다보았다. 할머니가 그 뒤에 숨어 있기라도 한 것처럼. "글쎄, 뭐…… 별일 아니라고 하는 편이 더 옳으려나?"

우리는 기다렸다.

"너희들 말이다……. 에 또 그러니까…… 혹시 무슨 편지 못 봤니?"

"편지요?" 뮐케가 되물었다.

편지라는 소리에 나는 얼굴이 확 붉어졌다. 그러나 뮐케는 딱 두 번, 눈만 깜빡였을 뿐 곧장 무슨 편지를 말하는 거냐고 태연하게 물었다.

"에 또 그러니까……." 어느새 아빠도 얼굴이 붉어져 있었다. "그게 무슨 편지냐 하면 말이지…… 음, 무슨 은행에서 보낸 편진데……."

"중요한 건 아니죠?" 뮐케가 가볍게 물었다.

"당연히 아니지. 대체 무슨 생각으로 그런 말을 하니?" 아빠의 대답은 과장스러웠다. "그게 그러니까…… 아주 중요한 건 아니고, 그냥 아주 조금." 아빠는 또다시 쩔쩔매기 시작했다. 그럴 때면 아빠는 아빠가 아니라 그냥 오빠 같았다. 그것도 우리보다 한두 살밖에 많지 않은 작은오빠. 나는 손으로 귀를 막아버리고 싶은 걸 간신히 참았다.

"무슨 편진데요?" 내가 물었다.

아빠가 가까이 와보라는 식으로 손짓을 했다.

"내가…… 은행에서 돈을 좀 빌렸단다." 아빠는 비밀이라는 듯 손가락을 입술에 갖다 댔다. "너희도 알겠지만 은행이란 데가 그렇잖니."

나는 아빠의 말뜻은 정확히 이해하지 못했지만 새로운 재난이 또다시 문 앞까지 바짝 다가왔구나 하는 사실만큼은 분명히 알아들었다. "할머니도 알고 계세요?" 나는 알면서도 물었다.

"아니, 할머닌 워낙 없는 걱정도 만들어서 하시는 분이잖니." 아빠는 별것 아니란 식으로 말했다. "그러니까 이건 그냥 우리끼리만 알고 있는 게 좋을 것 같아." 아빠는 잠시 멈췄다가 다시 한 번 다짐을 받았다. "너희들, 근데 그 편지 정말 못 본 거지, 응?"

아빠가 내 얼굴을 들여다보았다. 나는 볼에서 불이 나는 것 같았다. 순간 아빠가 눈을 찡긋해 보였다. 나는 아빠가 벌써 다 알고 있다는 사실을 깨달았다.

"네, 정말 못 봤어요." 뮐케와 내가 동시에 대답했다.

"그럼 어디서 갑자기 불쑥 튀어나오거나 그러지도 않겠지?" 아빠가 물었다.

뮐케와 나는 고개를 끄덕였다.

"확실하지?"

나는 갈기갈기 찢겨 온 세상으로 흩어져버렸을 편지를 떠올렸다.

"확실해요." 내가 자신 있게 말했다.

아빠의 얼굴이 환해졌다. "됐다, 아주 잘됐어." 아빠는 휘파람을 불며 밖으로 나갔다.

하루하루는 그렇게 흘러갔다. 우리는 학교에 다녔고, 집에 돌아와서는 각자에게 주어진 집 안팎 일을 했다.

아빠는 담배 농사를 짓기 시작한 지 얼마 안 된 테헬렌의 경험 없는 농부에게 그가 배합한 살담배 한 꾸러미를 사들였다. 아빠가 오빠들과 함께 궐련 다섯 개비를 말아 새 살담배 맛을 시험해보던 날, 집 안에는 지독한 발 고린내가 진동했다.

"꼭 비싸야 좋은 게 아니야." 아빠는 끝까지 고집을 피웠다. 하지만 담배를 피운 지 채 오 초도 지나기 전에 우리 집 다섯 남자들은 마당으로 달려가 속에 든 걸 모두 게워내야 했다.

"선무당이 만든 담배 때문에 죽다 살아난 사람이 어디 한둘인 줄 아나?" 놀 아저씨가 혀를 찼다.

"그럼 조심하라고 미리미리 말을 해줬어야지." 아빠가 여전히 허연 얼굴을 해가지고 식은땀을 흘리며 놀 아저씨를 원망했다.

"아, 말해줬잖아? 귀담아듣지 않은 사람이 누군데."

마치 아무 일도 없는 것처럼 하루하루가 그렇게 계속 흘러갔다.

고향을 그리는 성녀

6월 첫 번째 월요일, 수공업학교 남학생들이 자기네 선생님과 함께 우리 반을 찾아왔다. 손에는 다들 쇠로 만든 뭔가를 들고 있었다. 예스의 코르셋과 생김새가 비슷했는데 다른 점이 있다면 심이 나무가 아니라 쇠로 되어 있다는 것과 등허리 쪽뿐만 아니라 앞쪽에도 달려 있다는 거였다.

"아이고, 일찍들 오셨네요." 안겔리카 수녀님이 손님들을 반갑게 맞았다.

남학생들은 한데 우르르 뭉쳐 서서 감히 고개도 들지 못했다.

우리는 남학생들을 마음 놓고 뜯어보았다. 한꺼번에 그렇게 많은 남학생들과 마주하게 되다니, 여간 드문 일이 아니었다.

그러고 나서 우리는 한 사람씩 일어나 남학생들에게서 물건을 건네받은 다음 무릎을 굽혀 인사하고 다시 자리로 돌아와 앉았다.

남학생들은 다시 우르르 사라져버렸다.

교실에서는 "성녀 로사, 성녀 로사." 하는 웅성임이 일었다.

"자자, 그만. 정숙들 해야지!" 안젤리카 수녀님은 우리를 조용히 시키려고 했지만 실은 당신도 흥분해서 얼굴이 벌겋게 달아올라 있었다.

"이거, 성녀 로사 축일을 위한 거예요?"

"애야, 손부터 들고 말해야지."

"이거, 성녀 로사 축일을 위한 거예요?"

안젤리카 수녀님의 얼굴에서는 빛이 뿜어져 나왔다.

"수녀님, 그럼 이번에 새 날개를 다는 거예요?"

수녀님의 미소는 더욱 환해졌다. "그래, 너희들이 우리 시에서 가장 예쁜 천사들이 될 거야."

남학생들이 만들어 온 갑옷 뒤에는 경첩이 네 개 달려 있었다. 나무판으로 만든 날개를 끼워 고정시키기 위해서였다. 남은 두 달 동안 가사 시간에 날개를 장식하는 것은 우리들 몫이었다. 먼저 병원에서 나온 헌 시트를 나무판에 씌운 뒤 거기다 닭털과 오리털을 하나씩 꿰매면 됐다.

"아주 멋질 테니 두고 보렴." 안젤리카 수녀님이 말했다.

수녀님은 그러고 나서 마로 짠 남미 지도를 꺼내 교실 문에 걸었다. 지도는 오래돼 아주 너덜너덜했다. 수녀님이 우리들에게 페루의 수도 리마를 가리켰다. 우리 시 수호성녀인 성녀 로사가 태어난 곳이었다. 그런 다음 수녀님은 찌그러진 지구본에서 리마와 우리 시가 얼마나 먼지 보여주었다.

"우리 불쌍한 성녀님, 고향이 얼마나 그리우시겠니?" 안젤리카 수녀님이 눈물을 글썽거렸다. "정말이야. 그러니까 너희들도 정성을 다해야 한다. 알았지?"

"젠장!" 뮐케가 집에 오는 길에 욕을 해댔다. "닭털이라니! 그리고 뭐? 십자수를 놔서 깃털을 일일이 하나씩 붙이라고?" 뮐케는 화가 나서 손에 든 나뭇가지를 마구 휘저어댔다.

"조심해!" 내가 소리쳤다. "너 그러다 우리 눈 찌르겠어."

뮐케는 바느질이라면 아주 넌더리를 쳤다. 옛날 학교에서는 우리 모두 바늘과 실을 손에 쥐어본 적도 없었다. 예전에 있던 가사 담당 수녀님이 미쳐 날뛰는 푸줏간 주인의 말에 깔려 변을 당한 탓이었다. 바느질을 가르치기에 수도사님들은 아무래도 역부족이었다. 단, 옛날 학교에는 발로 돌리는 돌이판이 있었다. 뮐케는 남학생들과 함께 나무를 깎아도 되는 유일한 여학생이었다.

"젠장!" 뮐케가 다시 한 번 욕을 했다.

"나도 할 수 있을까? 언니들 생각은 어때?" 예스가 물었다.

나는 쇠로 된 갑옷과 시트를 씌운 나무 날개를 생각하며 답을 얼버무렸다.

"글쎄, 할머니께 한번 여쭤보자."

"언니가 나 대신 여쭤봐 줄래?"

"여쭤보는 건 너도 할 수 있잖아."

"하지만 언니가 더 잘하잖아." 예스가 고집을 피웠다.

아니나 다를까, 또 한 번 소동이 벌어지고 말았다. 예스는 할머니의 말이 채 끝나기도 전에 화가 나서 와앙 하고 울음을 터뜨리며 부엌을 뛰쳐나갔다. 할머니는 입을 꾹 다문 채 빵을 썰기 시작했다. 내가 예스를 쫓아가려고 하자 할머니의 불호령이 떨어졌다. 나는 식사가 끝난 뒤에야 자리에서 일어날 수 있었다.

"제 맹추를 해가지고는 남들 하는 거 다 못 한다는 걸 알아야지." 할머니는 소리를 지르면서 이 세상에서는 강해야 산다고, 강심장이란 말이 괜히 나온 게 아니라고 덧붙였다. 식구들이 입도 뻥끗 못 하고 가만히 있자 할머니가 또 버럭 화를 냈다. "아니, 이 집엔 사람이 나밖에 없나? 뭐든 다 나 혼자 해야 해? 악역은 늘 나만 맡아야 하느냐고?"

"불공평해." 예스가 홀쩍거렸다.

우리는 목초지 작은 창고에서 예스를 찾아냈다. 예스가 눈물을 훔치더니 아무 죄도 없는 썩은 자루를 잡아 뜯으며 투덜거렸다.

"나도 천사 하고 싶단 말이야."

"하면 되지. 너도 할 수 있어." 내가 대꾸했다.

"날개 없이 행렬에만 참가하면 되잖아." 뮐케가 제안했다.

"쳇, 그게 뭐야?"

우리는 입을 다물었다. 예스가 옳았다. 날개 없는 천사라니!

"그럼 나랑 뮐케도 날개 없이 걸을게." 내가 말했다.

"그래!" 뮐케가 바느질을 안 해도 된다는 희망에 들떠 환호성을 질렀다. "그럼 우리 셋 다 똑같잖아!"

"똑같긴 뭐가 똑같아?" 예스가 또다시 훌쩍거렸다. "언니들은 뭐든 다 해도 되고, 난 아무것도 하면 안 되는데. 난 해도 되는 게 아무것도 없다고."

"그만 좀 해." 뮐케가 말했다.

"귀찮게 하지 마." 예스가 소리쳤다.

"너나 귀찮게 굴지 마." 뮐케는 뮐케대로 화가 나서 휙 돌아가 버렸다.

나는 예스에게 팔을 벌렸지만 예스는 제자리에서 꼼짝도 하지 않았다.

나는 목초지를 지나 집으로 향했다. 잿빛 구름이 하늘을 완전히 뒤덮은 아주 흐린 날이었다. 푹 꺼져 들어간 지붕, 두 가지 색깔의 기와, 갈라진 벽, 언젠가 '시민 환영식'이란 문패가 걸려 있던 현관 문 위의 못 구멍. 아홉 발 집은 그날따라 유난히 더 을씨년스러워 보였다.

그때였다.

여전히 예스 생각을 하고 있었는데 다음 순간 내 안의 뭔가가 갑자기 딸깍하고 뒤바뀌는 느낌이 들었다. 뭐라고 딱 꼬집어 말할 수 없는 불안감, 특별한 까닭도 없이 불현듯 고개를 든 그 생각. 뭔가 잘못됐어. 저 아홉 발 집……. 어디가 잘못돼도 단단히 잘못되었어.

그 뜬금없는 생각이 갑자기 어디서 나왔는지는 알 수 없었다. 그러나 어찌나 확실하고 분명하던지 여름 신발 바닥에 배겨오는 보리 알갱이처럼 또렷이 느껴질 정도였다.

불안

나는 뮐케와 예스를 데리고 슐람밤스 사하라를 걷고 있었다. 학교에 가는 길이었는데 영락없이 지각할 것 같았다. 서둘러야 했지만 걸음을 아무리 재촉해도 진척이 없었다. 바람이 너무 셌다. 주위의 나무들이 쿵쿵 소리를 내며 쓰러졌다. 예스가 소리를 지르며 코르셋을 벗어 던지려고 몸부림쳤다. 내가 예스를 말리려는데 뮐케가 날 간지럼 태우기 시작했다. 순간 예스가 갑자기 편지로 변하더니 잘게 찢어져 날아가기 시작했다. 나는 예스를 붙잡으려고 안간힘을 썼지만 소용없었다. 예스는 내 손가락 사이로 빠져나가 버렸다. 나는 뭔가 끔찍한 일이 일어나리라는 것을 느끼며 가지 말라고, 제발 가지 말라고 소리쳤지만 예스는 점점 더 멀리 사라질 뿐이었다.

다음 순간 불현듯 아홉 발 집이 나타났다. 우리 집 현관문 앞에는 어린 소년이 앉아 있었다. 소년은 뭔가를 묻는 듯한 눈초리로 나를 올려다보았다. 나는 소년에게 말을 하라고, 네가 뭘 원하는지 도저히 알아맞힐 수 없다고 했다. 하지만 소년은 날 계속해서 바라만 볼 뿐이었다. 내가 따귀를 때리자 소년이 울음을 터뜨렸다.

나는 공동묘지로 달려갔다. 산울타리가 아주 빽빽해져 있었다. 팔다리를 마구 허우적댔지만 조금도 앞으로 나아갈 수가 없었다. 나무들이 나를 점점 더 죄어왔다. 메이 할머니의 커다란 얼굴이 성난 태양처럼 머리 위에 매달려 있었다. 잔가지들이 입과 콧구멍 속으로 파고들었다. 소리를 지르려고 했지만 목소리가 나오질 않았다. 펠트 모자와 실크 조끼를 입은 페이 할아버지가 옆에 서 있었다. 할아버지와 인부들은 미친 듯이 웃고 있었다. 홈파 아저씨가 소리를 질렀다. "핑, 예스, 뮈이이일—케! 잘 봐! 정확히 들여다봐야 해!"

나는 숨을 몰아쉬었다. 나를 내려다보고 있는 동생들의 반짝이는 눈빛이 보였다. 바깥은 아직 어두웠지만 더 이상 밤은 아니었다.

"왜 그래?" 예스가 물었다.

목구멍은 바싹 마르고, 등허리는 땀에 절어 있었다.

"악몽?" 뮐케가 피식 웃었다.

예스는 뮐케의 말을 믿지 않았다. "핑 언닌 악몽 같은 거 안 절대

꾸네요. 그치, 언니? 언닌 악몽 같은 거 절대 안 꾸지?"

"그래. 잘못 누워서 그런 것뿐이야."

그러나 나는 다음 날 밤에도 슐람밤스 사하라를 달리고 있었다. 편지는 찢어져 있지 않고 온전했다. 그러나 자칫 배달이 늦어졌다가는 끔찍한 일이 일어나리라는 것을 알았기에 나는 미친 듯이 달렸다. 그런데 이번에는 집을 찾을 수가 없었다.

"잘 봐야 해." 홈파 하치 아저씨가 엽궐련을 잇달아 씹어 먹으며 외쳤다. "정확히 들여다보라고!"

나는 겁에 질려 산울타리 속으로 기어 들어가기 시작했다. 산울타리가 갑자기 어찌나 두꺼워졌던지 수 킬로미터는 되는 것 같았다. 나뭇가지에서는 불길이 치솟고 있었다. 반대편에는 메이 할머니가 쭈그리고 앉아 이를 악문 채 이름 없는 묘비를 닦고 있었다. 녹색 비누 거품이 우유 거품처럼 일었다. 나는 너무 미끄러워 자꾸만 넘어졌다. 이번에도 할아버지가 보였다. 할아버지는 뭐가 그리 우스운지 배를 잡고 웃고 있었다. 손에 든 펠트 모자를 완전히 찌그러뜨린 채.

"언니, 왜 자꾸 그래?" 뮐케가 나지막이 물었다. 의자에는 땀에 흠뻑 젖은 잠옷이 걸려 있었다. 아까 갈아입은 잠옷이었다. 나는 세 번째 잠옷으로 갈아입었다.

"아무것도 아니야."

"하지만 언니 행동이 이상한데?" 밀케가 말했다.

나는 잠자코 있었다.

"……요즘 기분도 만날 안 좋고."

뭐라고 대답하면 좋을까? 무슨 일인지 나도 모르는데……. 아니 무슨 일이 있기나 한 걸까? 내가 아는 거라곤 알 수 없는 불안감이 내 안에 똬리를 튼 채 도저히 사라지질 않는다는 것뿐이었다. 그 불안감은 낮에는 뱃속에서, 밤에는 꿈속에서 으르렁거렸다.

"뭐가 좀 이상한 것 같아." 내가 말했다.

"뭐가?"

"글쎄, 그건 나도 잘 몰라."

내가 들어도 참 한심한 대답이었다. 나는 적당한 말을, 내 불안감의 근거를 찾기 시작했다. 정확히 언제부터 불안감을 느끼기 시작했지? 아홉 발 집을 마주 보고 섰던 그때부터던가? 아니면 그 전이던가? 아, 바로 그거야! 그때였어! 나는 드디어 알 것 같았다. "너, 예스가 계단에 앉아 우리 얘기를 엿들었던 밤 기억하지?"

"응."

"그날 할머니가 이제 제발 조용히 좀 쉬라는 말을 하셨어."

"이제 제발 조용히 좀 쉬라고?"

"응. 이상하지?" 내가 물었다.

밀케는 가만히 듣고만 있었다.

"부엉이 눈도 심하게 떨렸고."

"부엉이 눈이야 평소에도 자주 떠시잖아."

나는 호락호락 물러서지 않았다. "꼭 누구 들으라고 하시는 말씀 같았단 말이야. 하지만 복도엔 할머니랑 나밖에 없었다고. 내가 홈 파 아저씨 말씀하시는 거냐고 물었더니 그렇다고 하셨어."

"그럴 수 있는 거 아니야?" 뮐케가 말했다. "홈파 아저씬 떠돌이 신세였잖아. 근데 지금은 집이 생겼으니까, 이제 좀 조용히 쉬라는 거지."

나는 뮐케를 바라보았다. 도대체 뮐케의 처절한 비극은 어디로 사라져버린 거지? 이웃 아주머니를 보석 도둑으로 몰고, 등허리에 털이 났다고 시장서 일하는 홍행사 아저씨를 늑대 인간이라고 의심하던 뮐케는 대체 어디로 사라져버린 거냐고? 나는 조금 전 뮐케의 말을 들으며 내가 나한테 말하고 있는 듯한 느낌을 받았다. 이상한 일이 벌어져 내가 갑자기 뮐케가 되고, 뮐케가 갑자기 내가 된 것만 같았다.

"그럼 이름 없는 무덤은?" 내가 물었다.

"그게 뭐?"

"내 생각엔 그게 샤르의 무덤인 것 같아."

"그런 뚱딴지같은 생각이 갑자기 어디서 났어?"

"그냥 그런 것 같아."

"엉터리." 뮐케가 하품을 했다. "샤르는 이곳을 떠나서 다시는 안 돌아왔다고 할머니가 그랬잖아."

"그럼 그게 대체 누구 무덤이란 말이야? 가운데는 또 왜 그렇게 쩍 갈라져 있고?"

"언젠가 나무가 쓰러졌었는지도 모르잖아."

나는 숨을 한 번 깊이 들이마셨다. 내 진짜 생각을 털어놓자니 여간 용기가 필요한 게 아니었다. 특히 내 짐작이 옳다는 확신이 없었기 때문에 더 그랬다.

"내 생각에는 말이야, 뭔가 아주 안 좋은 일이 있었던 것 같아. 그리고 할머니도 관련되어 있는 게 분명해."

"할머니가 관련된 것 같다고? 언니, 자꾸 왜 그래?"

"아님 할머니가 한밤중에 무덤을 왜 닦고 계셨겠니?"

뮐케가 또다시 하품을 했다. "언니가 꿈을 꾼 건지도 모르잖아."

"세상에 그런 말이 어디 있니?" 나는 소리를 높이고 말았다.

예스가 몸을 뒤척이더니 이마를 찌푸리며 눈을 비볐다. 우리는 입을 다물었다. 바람에 기왓장이 덜컹거렸다. 우리는 예스의 숨소리가 다시 규칙적으로 가라앉을 때까지 기다렸다.

"너 어떻게 그런 말을 할 수 있니? 아무럼 내가 꿈이랑 현실도 구분 못 하려고?" 나는 목소리를 죽여가며 뮐케를 원망했다.

"언니가 언니 입으로 그랬잖아." 뮐케도 소곤거렸다. "그때 집 앞 울타리에 앉아 있을 때. 생각 안 나? 내가 따지니까 언니가 꿈이었을지도 모른다고 짜증 냈잖아. 언니 말대로 정말 꿈이었을 수도 있다고."

"그건…… 진심이 아니었어."

"그럼 그런 말을 왜 했어?"

"네가 믿지 않기를 바랐으니까."

밀케가 씩 웃었다. 어두운 방에서 밀케의 하얀 이가 반짝하고 빛났다. 밀케의 한마디 한마디에는 승리의 기쁨이 배어났다. "언니, 무슨 처절한 비극 생각하는 사람처럼 왜 이래? 언니가 어떤 사람인지 내가 워낙 잘 아니까 망정이지, 안 그럼 오해하겠어."

난 왜 그렇게 화가 났을까? 이런 일이 어디 한두 번이었나? 수만 번도 더 겪어놓고선. 저는 툭하면 저주네, 살인이네 해서 식구들을 미치게 만들면서 누구 다른 사람이 제 시선으로 세상을 들여다보려고 하면 금세 관심을 잃고 땡청 부리는 아이가 밀케인데. 지금까지 늘 그랬고, 앞으로도 늘 그럴 텐데.

어떤 것들은 영원히 변하지 않는 법.

그래, 이번 일은 나 혼자서 밝혀내리라.

주문

어느 토요일 점심 무렵, 할머니는 병에 걸려 도살시킨 고기를 싸게 판다는 소리를 듣고 나를 시장으로 보냈다. 고기 파는 마차 둘레는 사람들로 바글거렸다. 나는 제시간에 도착해 아슬아슬하게 고기를 살 수 있었지만 내 뒤에 섰던 사람들은 빈손으로 돌아갈 수밖에 없었다. 사람들이 어찌나 밀치고, 화내고, 욕을 해대던지 나는 안전을 위해 신문지로 고기를 둘둘 말아 장바구니 맨 밑에 담은 뒤 손잡이를 꼭 움켜쥐었다.

어쩌다 그렇게 되었는지는 모르겠지만 난 우물 옆 성문 쪽으로 가지 않고 그 반대 방향으로 발걸음을 옮겼다. 학교와 의사 선생님이 사는 플라스터슈타인 가를 지나 구 시가지를 에워싼 성곽 위를 계속 걸어갔다.

성문은 낡고 녹슬어 내가 밀어젖히자 끼익 하는 소리가 장엄하게 울려 퍼졌다. 그 뒤에는 방문객들이 무릎 높이로 자란 풀들을 밟으며 지나간 흔적만 어지러이 나 있을 뿐, 길은 더 이상 없었다.

구 공동묘지의 무덤들은 한가운데 작은 예배당을 중심으로 촘촘한 원을 그리며 둥글게 뻗어나가 있었다. 무덤이 어찌나 빽빽하게 들어찼던지 어떤 묘비들은 아예 외곽 성벽에 들어박혀 있었다.

나는 내가 찾고 있는 것을 아주 쉽게 찾아냈다. 벽돌로 된 무덤은 그거 하나였다. 모서리가 둥근 다른 묘비들 사이에서 각진 그 무덤은 여간 딱딱해 보이지 않았다. 묘비는 작은 성처럼 요철 모양으로 장식되어 있었고, 양쪽에는 꽃을 꽂을 수 있도록 상자처럼 네모나게 벽돌이 쌓여 있었다. 그러나 거기에 꽃이 꽂혔던 것은 이미 오래전인 듯 벽돌 상자는 두꺼운 이끼로 덮여 있었다.

헨드리퀴스 테오도르 반 베쑴

1830년 1월 31일~1902년 10월 20일

반 베쑴의 이름 밑에는 내가 모르는 이름이 새겨져 있었다. 느낌상 옥수수밭에 집을 짓던 소녀와는 너무나 어울리지 않는 이름이라 기억에 새겨 넣을 수조차 없었다. 그러나 나는 칭얼이가 정말 거기에 묻혔는지 묘비를 보고 확인만 하면 됐다.

나는 벽돌무덤 앞에 서서 잘못 푼 수학 문제라도 들여다보듯 묘비를 하염없이 내려다보았다. 뭐가 이상하기는 한데 아무리 들여다봐도 그게 뭔지는 알 수가 없었다.

"말해봐, 제발 말을 좀 해보라고." 나는 혼잣말을 중얼거렸다.

그러나 바람에 성문 삐걱거리는 소리 말고는 아무 소리도 들리지 않았다.

집에 돌아와 보니 오빠들이 부엌 의자 등받이에 가슴을 기댄 채 말 탄 자세로들 앉아 궐련을 피우고 있었다. 할머니는 그런 오빠들을 보고만 있었다. 심지어는 오빠들이 식탁 위에다 재를 터는데도 뭐라고 하지 않았다. 오빠들은 엄청 으스대는 눈치였다.

"드디어 받아냈어." 피트 오빠가 말했다.

"주문 말이야." 에트 오빠가 덧붙였다.

"오천 개비야." 쉐르 오빠였다.

"성녀 로사 축일까지 넘겨야 해." 크레쳉 오빠가 마무리를 지었다.

오빠들은 동시에 연기를 뿜어냈다. 불행 담배에서 간신히 뿜어내는 미미한 연기에 비하면 입을 너무 크게 벌린다 싶었다.

우리 시에서 가게를 하는 주인들은 성녀 로사 축일 날 시민들에게 작은 선물을 하기로 했다. 처음엔 작은 리큐어(식물성 향료나 단맛 등을 가한 강한 술로 주로 식후에 작은 잔으로 마심—옮긴이)를 돌리려고 했는데 주문을 받은 공장이 그만 문을 닫고 말았다. 가게 주인들은 마지막 순간에 엽궐련을 선물하기로 하고 십만 개비를 주문했다. 그러나 우리 시의 엽궐련 왕들은 이미 주문받아놓은 물량이 많아 그 짧은 기간에 그렇게 많은 궐련을 추가 생산할 수가 없었다. 제아무리 기계로 담배를 말아내는 엽궐련 황제라 할지라도.

"분명 놀, 그 사람이 뒤에서 손을 써줬을 거야." 메이 할머니가 커피를 따르며 말했다.

"에이, 그렇지 않아요. 저희가 가장 좋은 궐련을 만들기 때문에 주문이 들어온 거라고요." 오빠들이 입을 모았다.

"가장 좋은……?" 할머니가 비웃었다.

"피이이이이." 예스와 뮐케도 가세했다.

"피이는 무슨!" 오빠들이 단체로 저항했다. "아빠가 늘 하시는 말 있잖아!"

오빠들의 기대에도 불구하고 부엌은 조용했다.

"아빠?"

아빠는 정신을 어디 다른 데 팔아버린 사람처럼 보였다. "응? 왜, 뭐?"

"먼저 믿고, 그다음에 봐야 하는 거죠, 그죠?" 오빠들이 응원을 청했다.

"그럼, 그럼." 아빠는 그제야 고개를 끄덕였다. "그래야 하고말고."

"아 참." 피트 오빠가 작업장으로 가려다 말고 나를 돌아보며 말했다. "아빠가 늘 깔고 앉으시는 방석 말이야. 그게 또 없어졌어. 할머니 국자하고."

"알았어." 내가 대답했다. "안 그래도 물 길으러 가려던 참이었어."

홈파 아저씨는 더 이상 산울타리에 살지 않았을 뿐 아니라, 이제 어엿한 집에 할아버지의 버젓한 옷에 할머니의 엄한 그러나 지극한 보살핌까지 모두 누렸건만 단 1그램도 정상이 되지 않았다. 질문을 받으면 여전히 가위로 대답했고, 좀도둑질 역시 계속했다. 그것 때문에 할머니한테 벌써 몇 번씩이나 호되게 야단을 맞았지만 조금도 나아질 기미가 보이지 않았다.

그런데 신기하게도 정작 물건을 잃어버린 사람들은 홈파 아저씨의 도둑질을 대수롭지 않게 여겼다. 시민들은 이제 뭔가가 없어지면 그냥 이곳을 찾아왔다. 우리는 프라이팬, 수저 상자, 침대 시트, 담요, 방석 등을 되찾아 들고 시내로 돌아가는 사람들을 일주일에 적어도 두 번은 볼 수 있었다.

나는 유모차를 밀고 펌프로 가다가 먼저 산울타리부터 뒤졌다. 이제는 나도 도사가 다 되어 어디를 뒤져야 사라진 물건을 찾을 수 있을지 아주 훤했다. 아니나 다를까, 커다란 회색 자루 끝은 금세 눈에 띄었다.

자루를 비우고 있는데 개구멍 쪽에서 바스락거리는 소리가 들렸다. 내가 돌아보자 누군가 재빨리 고개를 숙이는 것 같았다.

"제발 그만 좀 하세요, 홈파 아저씨!" 내가 소리를 질렀다. "이 정도면 충분하다고요."

나는 아빠의 방석과 우리 집 국자 말고도 어느 집 건지 알 수 없는 삶은 계란 받침 두 개와 새것처럼 보이는 무쇠 주물 냄비를 찾아냈다.

이름 없는 묘지는 조금 쓸쓸해 보였다. 더 이상 비누 냄새는 나지 않았지만 담쟁이덩굴이 말끔히 걷혀져 깨끗하고 깔끔한 인상을 풍겼다. 할머니가 요즘에도 묘비를 닦고 계시나?

나는 잠시 할머니에게 대놓고 물어볼까 하고 생각했다. 그냥 할머니한테 가서…… 가서…… 가서…….

안 돼. 나는 그럴 만한 용기도 없었거니와 설사 용기가 있다 해도 내가 질문한다고 그냥 대답해주고 말 할머니가 아니었다. 할머니는 나더러 그 한밤중에 바깥에서 대체 뭘 찾고 있었느냐고 따질 게 분명했고, 나는 사실대로 고백할 게 뻔했다. 내가 아무리 하고 싶어도 못하는 게 거짓말이니까. 그렇게 해서 할머니가 은행에서 편지를 보냈다는 사실과 아빠가 또 돈을 빌려 썼다는 사실을 알게 되는 날엔 그야말로 지옥이 따로 없으리라.

악어는 다행히 예스가 본 그 상태 그대로 할머니의 침대 옆에 똑바로 세워져 있었다. 그러나 침대 밑에 안전하게 들어가 있지는 않았다. 그 말은 결국 여차하면…….

무력감과 분노가 속에서 치솟았다. 나는 이름 없는 묘지를 걷어차며 분풀이를 했다.

"꺼져, 네가 누구든 사라져버려. 우릴 제발 가만 좀 내버려 두라고."

성녀 로사 축일은 빠르게 다가왔다. 불행 담배를 행운 담배로 개선시키려는 노력은 점점 더 눈물겨워지고 있었다. 오빠들은 저녁마다 막대자 두 개를 나란히 벌려놓고 그 사이에 그날 만든 엽궐련들을 갖다 댔다. 우리는 저녁마다 그날의 결과를 지켜봐야 했다.

"내 생각엔 아무래도 자가 좀 휜 것 같아." 피트 오빠가 신음 소리를 냈다.

"맞아. 그래서 궐련들이 더 구부정해 보이는 거야." 에트 오빠가 맞장구를 쳤다.

"하지만 여기 이건 꽤 곧게 말린 것 같은데? 안 그래, 에트 형?"

"그래, 다른 것들보단 훨씬 괜찮다, 쉐르."

우리는 오빠들의 엽궐련을 좋게 봐주려고 애썼다. 그리고 실제로도 옛날보다는 훨씬 그럴싸해 보였다. 하지만 엽궐련 황제는 고사하고 왕들이 만들어내는 궐련과도 비교가 안 될 정도로 여전히 형편없는 게 사실이었다.

그때부터 우리는 복도에서, 부엌에서, 대문 앞에서 ― 그야말로 집 안의 모든 장소에서 아빠와 마주쳤다. 단 한 곳, 작업장만 빼고.

우리는 거실에 앉아 잘되어가느냐고 오빠들에게 벽 너머로 소리를 지르곤 했다.

그럼 오빠들은 "그럭저럭!" 하고 맞고함을 쳤다.

몇 개나 만들었느냐고 물으면 오빠들은 양이 문제가 아니라 질이 문제라고 대답했다.

우리들에게 작업장 출입 금지 명령이 내려졌다. 오빠들이 문을 잠그고 다녔기 때문에 우리는 사흘째 되던 날, 예나 지금이나 창문이던 창문을 통해 작업장 안을 몰래 들여다보았다.

탁자 위에는 엽궐련들이 쌓여 있었다.

"그래도 한 더미는 되는데." 뮐케가 말했다.

"더미가 너무 작잖아." 예스가 걱정을 했다.

"몇 개나 돼 보여?"

"백 개." 뮐케가 어림잡아 말했다.

"피, 많아야 쉰 개 같은데." 예스는 그렇게 말한 뒤 나를 올려다보며 물었다. "언니, 오천 개에서 오십 개 빼면 얼마 남아?"

"엄청 많이."

우리는 열심히 머리를 굴려 계산했다. 사흘에 궐련 쉰 개면 하루에 십육 점 몇 개를 만든 셈이니까, 곱하기 칠을 하면 백몇 점 몇. 성녀 로사 축일까지는 아직 몇 주가 남았으니까 거기다 남은 주의 수를 곱하면…… 곱하면…….

"도대체 오빠들은 어디 간 거야? 꼭 필요할 땐 없더라." 뮐케가 투덜거렸다.

"어쨌거나 그때까지 오천 개는 절대 못 만들어." 예스가 걱정을 했다.

"어디 그뿐이겠니? 불행 담배를 행운 담배로 바꾸는 건 또 어떻고." 내가 덧붙였다.

그날 밤 로테르담 은행에서 나온 아저씨가 나를 쫓아왔다. 아주 작은 자전거를 타고 내 뒤를 따라오며 소리를 질렀다. "걱정의 반대말, 걱정의 반대말!" 그러더니 하늘에서 갑자기 궐련들이 비처럼 쏟아지기 시작했다. 구부정하게 휘었거나, 너무 굵거나, 아예 텅 비었거나, 옆구리가 터져버린 불행 담배들이. 쏟아져 내리는 담배들에 맞아 머리가 아플 지경이었다. 나는 땅속에 숨으려고 구멍을 파기 시작했다. 그런데 시커먼 흙 위로 갑자기 허연 손 두 개가 쑥 올라왔다. 손은 나를 붙잡고 밑으로 잡아당기기 시작했다. 흙이 입으로, 코로, 눈으로 마구 밀려들었다. 그러고는 곧 모든 것이 새까매졌다.

등받이의자에 앉아 가는 마리아

학교 운동장으로 들어서자마자 이상한 기운이 확 느껴졌다.

"왜들 저렇게 이상하게 쳐다보지?" 예스가 물었다.

"누가?" 뮐케가 물었다.

"다들."

"쳐다보긴 누가 쳐다본다고 그래? 이 겁쟁아." 뮐케가 예스에게 핀잔을 놓았다.

하지만 그날은 예스가 옳았다.

교실에 들어가기 위해 줄을 서고 있는데 어떤 여학생이 뮐케와 내 쪽으로 다가왔다. 내가 얼굴만 아는 최고학년 여학생이었다.

"예스가 마리아 역 맡는다는 거, 정말이니?" 여학생이 물었다.

나와 뮐케는 눈빛을 교환했다.

"누가 그래요?" 뮐케가 물었다.

"다들." 여학생의 표정은 어두웠다. "조심하는 게 좋을 거다."

"조심이요? 뭘요?"

무엇을 조심해야 하는지는 곧 밝혀졌다.

제 맹추를 해가지고는 남들 하는 거 다 못 한다는 걸 알아야 한다고, 이 세상에서는 강해야 산다고, 강심장이란 말이 괜히 나온 게 아니라고 메이 할머니가 예스에게 소리친 날, 할머니는 당신의 어릴 적 친구인 우리 학교 교장 선생님을 찾아갔다.

"우르술라 수녀들 말이 마리아가 한 명 더 필요하다더라." 집에 돌아온 할머니가 말했다.

"마리아가 뭘 해야 하는데요?" 예스가 물었다.

"다른 마리아들은 어떤지 잘 모르겠지만 넌 등받이의자에 앉아 있어야 한다더구나."

우리가 아는 한 이제껏 등받이의자에 앉아 있던 마리아는 단 한 명도 없었다. 마리아들은 행렬 마차를 타고 갈 때 대개 둘둘 만 천을 아기처럼 품에 안고 종이찰흙으로 만든 동굴 안에 서 있거나 합판으로 만든 산 앞에 두 시간 동안 무릎을 꿇고 앉아 있는 게 보통이었다. 또, 행렬 도중에 떨어지지 않도록 허리에는 마차에 붙박아 놓은 둥근 쇠테를 차고 있어야 했다. 그러나 예스는 쇠테는 물론이요, 행렬이 벌어지는 동안 내내 서 있을 수도 무릎을 꿇고 있을 수도 없었다. 그래서 등받이의자 이야기가 나온 거였다. 등받이의자는 곧고 높은 등받이가 있으니까 거기다 비교적 쉽게 동굴 장식을 할 수 있다는 게 메이 할머니의 설명이었다.

마리아를 맡게 되었다는 말에 예스가 정말로 기뻐할지는 의문이었다.

"의사 선생님이 소리 안 나는 교정 코르셋이 있다고 하셨어요." 예스가 말했다. "쇠랑 가죽끈 대신 고무로 되어 있대요."

"그런 게 있다니 잘된 일이구나." 할머니가 시큰둥하게 대답했다. "하지만 우린 빚이 너무 많아서 새 코르셋은커녕 신발 끈 하나 못 사. 그리고 새 코르셋이 마리아랑 대체 무슨 상관인지 모르겠다."

"너, 마리아 하기 싫으니?" 우리 둘이 남았을 때 내가 예스에게 물었다.

예스는 입을 꾹 다문 채 대답을 하지 않았다.

"멋지잖아." 나는 말을 이었다. "생각해봐. 그날은 차고 넘치는 게 천사야. 적어도 백 명은 될 거라고. 하지만 마리아는 딱 세 명밖에 없어."

"나 좀 내버려 둬." 예스의 목소리는 퉁명스럽기 짝이 없었다.

쉬는 시간이었다. 우리는 모두 교실 밖으로 나왔다. 나는 운동장으로 나가다 뮐케와 마주쳤다. 복도에서는 말을 하지 못하게 되어 있었기 때문에 우리는 서로 신호를 주고받았다. 뮐케는 운동장으로 나오자마자 천사 날개에 달아야 하는 닭털 때문에 울분을 터뜨렸다.

"또 처음부터 다시 하래." 뮐케가 소리를 질렀다. "닭털 몇 개 삐뚤어졌다고 말이야. 천사 날개가 뭐 언제부터 그렇게 가지런했다고."

뮐케는 그러면서 애원의 눈빛으로 나를 바라보았다.

"생각도 하지 마." 나는 딱 잘라 말했다.

"언니, 제발. 나 그것 때문에 머리 아파 죽겠어." 뮐케가 애걸복걸했다. "이제 곧 눈까지 멀 것 같아." 뮐케는 마리아 동상을 올려다보며 말을 이었다. "시력이 벌써 엄청 나빠진 것 같다고." 뮐케의 목소리에는 기대감이 배어 있었다.

"그나저나 예스는 어디 있니?"

"나 장님 되면 언니 책임이야."

"예스가 안 보여."

"언니 눈에 안 보이면 나한텐 물어볼 필요도 없어. 난 아무것도 안 보인다고." 뮐케는 버럭 화를 냈지만 곧 주위를 두리번거렸다. 하지만 소용없는 짓이었다. "교실에 남아 벌서는 거 아닐까?" 뮐케가 물었다.

말도 안 되는 소리였다. 그건 뮐케도 잘 알고 있었다. 우리들 가운데 교실에 남아 벌을 서는 사람은 뮐케 저밖에 없으니까. 나는 하지 말라는 일을 하기엔 겁이 너무 많았고, 예스는 맹추 때문에 늘 조심해야 했기 때문이다. 순간 불안감이 엄습했다. 아침에 우리에게 경고를 하던 여학생 생각이 났다.

아이들이 우릴 흘깃거리고 있는 것 같은데? 그냥 다 내 생각인가? 아니야, 아무래도 등 뒤에서 뭐라고들 쑤군거리는 것 같아.

우리는 동작을 멈췄다.

"뭔가 좀 이상해." 뮐케가 말했다. "예스를 찾아봐야 할 것 같아."

"어디서?" 내가 물었다.

"언닌 길로 나가 봐. 난 건물 안으로 들어가 볼 테니까."

나는 놀라서 뮐케를 바라보았다. "제정신이니?"

"그럼 어떡해?"

"쉬는 시간엔 운동장에만 있어야 한다는 거, 너도 잘 알잖아. 밖으로 나가서도, 교실 안으로 들어가서도 안 된다고."

뮐케가 나를 빤히 쳐다보았다.

"오늘 그냥 교실에 남아 있기로 했나 보지 뭐." 내 목소리에는 자신이 없었다. "별일 아닐 거야. 장난 한번 쳐보는 걸 수도 있고."

"차라리 칠 개월 동안 석탄을 씻으면 하얘진다고 해." 뮐케는 내 말을 빈정댄 뒤 그대로 휙 돌아서 눈썹 하나 까딱하지 않고 현관으로 걸어갔다. 그러고는 좌우를 한 번씩 살핀 뒤 건물 안으로 사라져 버렸다.

운동장을 나서기도 전에 예스의 목소리가 들려왔다.

"너희가 상관할 일이 아니야."

나는 얼른 담을 돌아갔다. 담 너머에서 어떤 광경이 펼쳐지고 있을지 안 봐도 알 것 같았다. 속으로 내내 겁내고 있던 바로 그 일이었다.

예스는 뚱보 토니와 그 패거리에게 둘러싸여 있었다. 여자애들은 예스보다 적어도 머리통 하나는 더 커 보였다. 그런데도 예스는 특별히 겁에 질린 것 같지도, 화가 난 것 같지도 않았다.

나 역시 알 수 없는 용기가 불쑥 솟았다. "내 동생 괴롭히지 마!" 나는 조용히 말했다.

여자애들이 나를 돌아보았다.

"오호라, 성 밖 사는 애가 한 명 더 나타나셨네?" 뚱보 토니가 말끝을 질질 끌며 히죽 웃었다. 누렇고 삐죽삐죽한 이가 드러났다. "괜히 센 척하지 마셔, 본. 우린 그냥 뭘 좀 알아보려는 것뿐이니까."

"내 동생 괴롭히지 마." 내가 같은 말을 한 번 더 되풀이했다.

"그 말은 벌써 했잖아." 뚱보 토니가 대꾸했다.

"앵무새를 잡아먹었나 봐." 다른 여자애 한 명이 나를 놀렸다.

그러자 나머지 여자애들이 배꼽을 잡고 웃기 시작했다. 그러나 자기들 대장이 한 번 노려보자 금세 다시 조용해졌다.

"그래, 네가 새 마리아란 말이지?" 뚱보 토니가 예스의 어깨에 팔을 두르며 말했다. 손이 정말 엄청 컸다. 그리고 팔도 근육 덩어리였다. 나는 그제야 토니의 별명이 잘못 붙여졌음을 깨달았다. 토니는 뚱뚱한 게 아니라 기골이 장대한 거였다. 차라리 '불곰 토니'라고 불렀어야 하는데.

"응?" 토니가 물었다.

"그게 너랑 무슨 상관이야?" 예스가 되물었다.

그러자 뚱보 토니가 아주 유연한 동작으로 예스를 끌어안았다. 만면에 미소를 띠며. 잔뜩 흥분한 여자애들이 탐욕스러운 호기심만 보이지 않았어도 나는 토니의 행동을 장난으로 여길 수 있었으리라.

내 안에 자리 잡았던 침착함이 서서히 사라지는 게 느껴졌다.

"우린 그냥 좀 궁금한 것뿐이야." 어떤 여자애가 예스의 질문에 대답했다.

"아주 많이 궁금하지." 뚱보 토니가 덧붙였다. 토니는 예스를 더 꼭 붙잡았다. 예스는 토니의 손아귀에서 빠져나오려고 했지만 역부족이었다.

"도대체 뭘 어쩌려는 거야?" 내가 물었다.

뚱뚱이 토니가 고갯짓으로 뒤쪽에 서 있는 여자애를 가리켰다. "쟤 어때? 예뻐?"

나는 어리둥절해져서 여자애를 바라보았다.

"예쁘냐고?" 토니가 다시 물었다.

나는 고개를 끄덕였다.

"네 동생보다?"

"그냥 보내줘." 예쁜 여자애가 갑자기 입을 열었다. 기어 들어가는 목소리였다.

뚱보 토니는 여자애를 무시한 채 계속 나를 붙잡고 늘어졌다. "네 동생보다 예쁘냐고?"

나는 온기와 냉기를 동시에 느꼈다. 예스의 애원하는 눈빛이 보였다. 하지만 내가 뭘 어쩌겠는가? 우선은 시간을 벌어야 했다. 자칫 대답을 잘못했다가는 시간을 벌 수가 없었다.

마침내 내 입에서 대답이 나왔을 때 나는 더 이상 예스를 바라볼 용기가 나지 않았다.

"그러니까 저 여자애가 더 예쁘단 말이지?" 뚱보 토니가 다시 확인을 했다.

"응."

"안 들려."

"그렇다고!"

여자애들이 또다시 한바탕 웃음을 터뜨리겠구나 싶었는데 웬일로 조용했다. 내게는 그 침묵이 오히려 백배는 더 끔찍했다.

"그러니까 네 동생이 더 못생겼단 말이군."

"도대체 원하는 게 뭐야?"

"네 대답."

뚱보 토니가 예스를 더 꽉 끌어안았다.

"그래." 내 입에서 대답이 튀어나왔다. "내 동생이 더 못생겼어."

"원래는 쟤가 마리아가 될 예정이었어." 뚱보 토니가 말했다.

"난 상관없어." 예쁜 여자애가 다시 입을 열었다. "정말이야."

뚱보 토니가 예스를 내려다보았다. 뭔가를 곰곰이 생각하는 눈빛이었다. "지금까지 새로 전학 온 애가 마리아가 된 적은 단 한 번도 없어. 그런데 네 동생은 마리아가 됐어. 왜지? 네가 네 입으로 인정했듯이 생긴 것도 더 못생겼는데? 게다가 네 동생은 마리아가 되기엔 너무 어려. 마리아는 늘 상급반 학생들 가운데서 나왔다고."

뚱보 토니가 또다시 누런 이를 드러내며 씩 웃었다. "혹시 겉보다 속이 예쁜 건가?"

나는 뚱보 토니의 꿍꿍이를 대번에 알아차렸다.

"안 돼!" 내가 소리를 질렀다.

여자애들이 예스와 내 사이를 가로막으며 나를 에워쌌다. 나는 저항하려고 했지만 내 팔은 대롱거리는 밧줄처럼 축 늘어져 있을 뿐이었다. 나는 천생 투사도, 위험도, 난폭한 병사도, 모든 것을 집어삼켜 버리는 괴물도 될 수 없었다. 집 역할도 변변히 해내지 못하는 편이었으니까.

뮐케는 도대체 어디 있는 걸까?

순간 예스가 비명을 지르기 시작했다.

끽끽 삐걱삐걱

부엌에는 아무도 없었다. 거실도, 2층 방들도, 다락방도 모두 텅 비어 있었다. 뤼케와 나는 집을 돌아 작업장으로 갔다. 한때 창문이 었던 문이 활짝 열려 있었다. 작업장 안은 잿빛 연기가 자욱했다.

오빠들이 우리를 보더니 마치 일 년 만에 본 여동생들 대하듯 반갑게 맞이했다. 오빠들 앞에는 커다란 맥주잔이 한 개씩 놓여 있었다. 놀랍게도 작업장에는 할머니까지 와 있었다. 역시 커다란 맥주잔을 앞에 놓고 앉아 있는 할머니의 표정은 당황스러움과 놀라움 사이를 오락가락하는 것 같았다. 그때 내 기분이 그토록 끔찍하지만 않았어도 나는 웃음을 터뜨리고 말았을 것이다. 작업장 모습은 그 정도로 우스꽝스러웠다.

"너희도 맥주 좀 줄까?" 피트 오빠가 물었다.

"그럼, 그럼. 애들한테도 한 잔씩 돌려." 에트 오빠가 소리쳤다.

"브랜디는 마셔버렸으니까," 쉐르 오빠가 혀 꼬부라진 소리로 말했다. "다른 걸로라도 건배를 해야지." 오빠는 우리를 바라보았다. 담배와 술 때문에 눈이 벌겋게 충혈되어 있었다.

"진짜 기적이 내내 우리 곁에 있었는데 여태 그걸 몰랐지 뭐야." 크레쳉 오빠가 말했다.

홈파 하치 아저씨는 작업대 앞에 앉아 있었다. 허공을 응시한 채, 놀라우리만치 빠르고 정확한 손놀림으로 궐련을 말며.

"궐련들이 율리아나 운하처럼 아주 곧고 단단해." 피트 오빠가 말했다.

"자기 아버지의 손재주를 물려받았으니 당연하지 뭐." 에트 오빠가 해설을 달았다.

오빠들은 바쁘게 움직이는 홈파 하치 아저씨의 작은 손을 지켜보았다.

"거참, 홈파 하치만 있으면 기계가 필요 없겠구먼, 기계가 필요 없겠어." 작업장에 와 있던 놀 아저씨가 조금 부러운 목소리로 중얼거렸다.

홈파 아저씨가 정신병자 수용소에서 궐련을 말았던 걸까? 아님 평생 옷 수선을 한 덕일까? 옷 수선도 정확성을 요구하니까. 단순 작업이 아저씨의 마음을 진정시켜주는 걸까? 그래서 저렇게 정신을 집중할 수 있는 걸까? 우리는 알 수 없었고, 앞으로도 알 수 없을 것이다. 그러나 단 한 가지 분명한 사실은 홈파 하치 아저씨 한 사람이 아빠와 오빠들을 다 합친 것보다도 더 빠르다는 거였다. 아저씨는 이제 막 제대로 시동이 걸린 자동차엔진처럼 그르릉그르릉 소리를 내며 담배를 말았다.

"예스 왔어요?" 내가 물었다.

할머니가 대번에 눈을 치켜떴다. "예스?"

"어, 집에 벌써 와 있을 줄 알았는데." 뮐케가 말했다.

할머니의 부엉이 눈이 오른쪽으로 돌아갔다. "예스가 왜 혼자 집에 와?"

"어…… 그게…… 저희보다 일찍 끝났거든요."

"왜?"

"저흰…… 남아서 벌을 받았어요." 내가 말했다.

"벌을 받아? 왜?"

"애들이랑 싸웠거든요." 뮐케가 아무렇지 않게 대답했다.

"뮐케 본." 할머니의 불호령이 떨어졌다. "애들이랑 싸우지 말라고 내가 대체 몇 번이나 말했니!"

"애들이 예스를 괴롭혔어요." 내가 얼른 끼어들었다.

뮐케가 자초지종을 설명했다. 뚱보 토니와 그 애가 거느리는 조무래기들이 예스를 담 뒤로 데리고 간 것, 교정 코르셋을 보겠다며 옷을 벗기려 들었던 것 등등을. 나는 여전히 다리가 후들거렸기 때문에 뮐케가 나서서 설명해주는 것이 얼마나 기뻤는지 모른다.

"말도 안 되는 소리!" 할머니가 외쳤다. "그 애들이 예스의 교정 코르셋에 대해 어떻게 알아?"

뮐케는 어깨를 으쓱했다. "할머니가 교장 선생님이랑 말씀 나누시는 걸 엿들었는지도 모르죠. 아님 그냥 넘겨짚었을 수도 있고요. 어쨌거나 애들이 교정 코르셋에 대해 알고 있었어요. 그런데 걔네들이 예스가 마리아가 된 걸 못마땅하게 여겨 시비를 거는 바람에 싸움이 붙었고, 그래서 교장 선생님한테 불려 갔어요."

"그다음은?"

"우린 벌을 서야 했고," 뮐케가 말을 이었다. "안겔리카 수녀님이 예스더러는 빨리 집으로 가라고 했어요. 코르셋이 풀려버렸거든요."

"페예한테 갔을 거야. 분명해." 쉐르 오빠가 말했다.

"너희가 예스를 잃어버렸으니 너희가 가서 찾아와라!" 할머니가 말했다.

페예의 엄마가 문을 열어주었다. 뮐케와 나는 이미 수백 번도 더 오르내린 좁고 가파른 계단을 올라가기 시작했다. 어둡고 숨이 콱콱 막혔다. 전에는 몰랐는데.

"혹시 예스 여기 왔어요?" 우리가 물었다.

폐예의 엄마는 감자를 깎던 중이었다. 손이 새빨갰다.

"글쎄, 잘 모르겠구나. 나도 방금 돌아왔단다. 어쩌면 다락방에 폐예랑 같이 있을지도 모르지."

두 번째 계단은 첫 번째 계단보다도 더 좁고 가팔랐다. 계단을 오른다기보다 차라리 산을 오른다고 하는 편이 옳지 싶었다. 작은 다락방에는 커다란 지붕창이 나 있었다. 폐예의 아빠는 그 밑에다 철조망을 치고 비둘기를 길렀다.

폐예의 머리 위에 비둘기 한 마리가 앉아 있었다.

폐예는 우리를 보고도 별로 놀라는 표정이 아니었다. 이상했다. 아니, 이상해야 정상이었다. 벌써 몇 달을 서로 못 보다시피 했으니까. 그러나 예스는 천생 예스고, 밀케는 천생 밀케일 수밖에 없듯이 폐예도 천생 폐예일 수밖에 없었다. 아, 그동안 이 아이가 얼마나 그리웠던가.

폐예가 미소를 지었다.

"안녕."

"안녕."

"너 혹시 예스 봤니?"

"예스? 아니."

비둘기는 폐예가 머리에 올려주는 낟알들을 콕콕 찍어 먹었다. 폐예는 아주 살금살금 움직여야 했다.

뮐케가 내 팔을 잡아끌었다.

"곧 또 놀러 올게." 내가 말했다.

다시 손바닥만 한 부엌으로 내려와 출입문으로 이어진 계단으로 내려가려는 순간 창밖으로 우리 옛날 집이 보였다. 까마득한 옛날 일 같았다. 일 년이 아니라 한 백 년은 지난 느낌이었다. 활짝 열린 창문 위에 체가 놓여 있었다. 보이지는 않았지만 어떤 여자의 노랫소리도 흘러나왔다.

이제 그 집은 더 이상 우리 집이 아니었다.

우리는 다시 집으로 돌아왔다. 홈파 하치 아저씨 혼자 집을 지키고 있었다.

자그맣던 쿼런 더미는 그새 산더미가 되어 있었다. 쿼런들은 하나같이 곧고 단단했다.

"다들 어디 갔어요?" 우리가 물었다.

홈파 아저씨는 아무런 대꾸도 하지 않았다.

우리는 울타리에 걸터앉아 식구들이 돌아오기를 기다렸다.

"예스의 말에 귀를 기울여야 했어."

"자기가 뭘 원한다고 말을 했어야지." 뮐케가 대꾸했다.

"말했잖아. 옛날 집으로 돌아가고 싶다고."

"그건 우리가 이사 갈 때마다 하는 말이잖아."

"학교가 싫단 말도 했어."

"그 말은 나도 밥 먹듯이 해."

"그렇긴 하지. 하지만 네 말은 심각하게 받아들일 필요가 없잖아."

침묵이 흘렀다. 바람이 몹시 심한 날이었다. 돌풍이 일 때마다 모래가 휘날렸다. 이곳으로 이사 온 뒤로 머리를 쓸어 넘길 때 손에 모래가 느껴지지 않은 적이 없었다.

허구한 날 불어대는 그 영원한 바람이 가끔씩 지긋지긋할 때가 있었다. 오늘이 그런 날이었다. 귀도, 피부도 다 사라져 바람을 듣지도, 느끼지도 못했으면 좋겠다고 생각되는 그런 날.

"예스한테 아무것도 못 하게 하지만 않았어도 이런 일 없었을 거야." 뤼케가 침묵을 깼다.

"예스 척추는?"

"그게 뭐가 어때서? 가끔 등허리 좀 아프다고 평생 아무것도 안 하며 살 순 없잖아……."

"작년엔 한 달씩이나 침대에서 꼼짝 못 한 적도 있어!"

"대개는 며칠 아프고 말잖아."

"조심하니까."

"아니야, 아무것도 못 하게 하니까 그런 거야. 아무것도."

"조심하는 한은 아무 탈도 없어."

"지난번 학교 운동장에선 겨우 신발 끈 묶으려다 그랬어."

"그걸 네가 어떻게 알아? 예스가 그 전에 무슨 딴짓을 했을 수도 있잖아?"

"언닌 가끔씩 꼭 할머니처럼 말하더라."

"하지만 그게 사실이잖아?"

"그렇지 않아." 뮐케가 말했다. "그렇지 않다고. 아무것도 하면 안 된다는 건 언니랑 할머니 생각이야. 하지만 내가 보기엔 그게 상황을 더 악화시키는 것 같아. 상상만 해도 끔찍해. 주위 사람들한테 만날 그런 취급을 당하면 아마 멀쩡한 내 척추도 곧 맹추가 되고 말걸!"

나는 기가 막혀서 뮐케를 바라보았다.

"그러니까 언니랑 할머니도 제발 예스 좀 가만 내버려 둬." 뮐케가 말했다.

"너처럼?" 내가 따지고 들었다. "그리고 말이 나와서 말인데, 지난번 공동묘지에서 삐끗한 건 다 네 책임이야."

"왜 이래? 유모차를 밀라고 한 건 언니면서."

"너 정말!" 나는 버럭 소리를 질렀다. "난 걔가 코르셋을 헐겁게 푸는 줄도 몰랐어."

"그러니까 그게 언니 목록에 적혀 있었지. 똑바로 잘 감시하라고." 뮐케가 승리감에 취한 목소리로 대꾸했다.

나는 어찌나 화가 나던지 울타리에서 펄쩍 뛰어내려 무조건 술람밤스 사하라로 올라가 버렸다. 바람에 치맛자락이 펄럭였지만 나는 성난 발걸음을 쿵쿵 내디디며 바람과 함께 행진했다. 그러다 산울타리 앞, 벳젤 씨의 목초지가 시작되는 곳에 다다라서야 겨우 걸음을 멈췄다.

정말이지, 어떨 때는 밀케가 너무 얄미워 죽여버리고 싶었다. 예스가 아픈 걸 어떻게 할머니와 내 잘못이라고 우길 수 있지? 예스의 척추가 그렇게 된 건 누구의 책임도 아닌데. 의사들이 그랬다. 많지는 않지만 탈골이 잘 되는 척추를 타고 태어나는 아이들이 있다고. 의사들도 치료법을 모르는데 뭘 어째야 하는지 우리가 어떻게 알아? 할머니가 너무 엄한 건 사실이지만 그건 다 예스를 보호하기 위해서다. 안 그런가? 의사들 말로는 자라면서 나아지는 경우가 가끔 있단다. 아이가 커감에 따라 척추가 다시 제자리를 잡은 뒤 그대로 고정되는 수가 있다고. 가끔. 그러나 그때까지는 척추가 제멋대로 움직이지 못하도록 잡아주는 게 가장 중요하다고 했다. 예스는 그래서 코르셋을 입었고, 특수 침대에서 잠을 잤고, 늘 행동을 삼가야 했다. 우리가 아무것도 못 하도록 금지하는 게 아니다. 세상에, 그런 말도 안 되는 소리를 하다니.

철커덕철커덕. 어디선가 쇠붙이가 맞부딪치는 소리가 들렸다. 나는 생각에 잠겨 있다 정신이 번쩍 들어 고개를 휙 돌렸다.

목초지의 창고는 그 어느 때보다도 비스듬하니 금방이라도 무너질 것처럼 보였다.

　바로 그때 그 소리가 들렸다. 열렸다 닫혔다 하는 창고의 작은 문 사이로. 아주 작은 소리였지만 오해의 여지가 없었다. 수천 종류의 소리 속에서도 내가 대번에 알아들을 수 있는 바로 그 소리.

　"예스?"

　나는 목초지를 건너갔다.

　"예스?"

　당연하지. 여태 이 생각을 못 하다니. 예스는 저기에 있다. 여차하면 금세 뛰어올 수 있을 만큼 집에서 충분히 가깝되 제 의지를 보여줄 수 있을 만큼은 먼 곳. 나는 문이 다시 닫히기 전에 얼른 잡고 창고 안으로 들어갔다.

　안은 손이 보이지 않을 정도로 캄캄했다. 상관없었다.

　"나야, 예스." 안도감에 온몸이 짜릿해졌다. 나는 겁에 질려 있을 그 애의 작은 몸뚱이를 끌어안으려고 팔을 뻗었다.

　보이지 않아도 된다. 이 소리만 있으면 된다.

　그 소리가 그렇게 반갑기는 생전 처음이었다.

　끽끽—삐걱삐걱, 끽끽—삐걱삐걱.

실종

부엌은 어수선하기 짝이 없었다. 아빠는 커피를 끓이려다 부엌만 난장판으로 만들어놨고, 오빠들은 의자를 옮긴다며 계속 여기저기 쿵쿵 부딪쳐댔다. 메이 할머니가 없었기에 망정이지 안 그랬으면 심장마비를 일으켰을 게 분명했다.

"옛날 집들에도 없고." 오빠들이 말했다.

"옛날 학교에 간 것도 아니고." 아빠가 덧붙였다.

"언닌 대체 어디 갔다 오는 거야?" 뮐케가 물었다.

대답을 해보려고 했지만 도무지 입이 열리질 않았다. 나는 간신히 팔을 들어 손에 들린 물건만 내보였다.

"으어?" 아빠가 이상한 소리를 냈다.

"그거 어디서 났니?" 오빠들이 동시에 물었다.

"목초지 창고 안에 걸려 있었어. 예스가 벗어서 못에 걸어놨더라고. 끽끽거리는 소리가 들리기에 예스인 줄 알았는데 바람에 이것만……."

우리는 예스의 교정 코르셋을 뚫어져라 들여다보았다. 예스 없이 덜렁 혼자 남겨진 교정 코르셋은 중세 시대 고문 기구 비슷하니 그 어느 때보다도 더 흉물스러워 보였다. 나를 바라보는 뮐케의 시선이 느껴졌다. 승리감에 차 있을 그 애의 눈빛이 두려웠다. 그러나 막상 돌아보니 뮐케의 눈에는 근심이 가득했다. 나와 눈이 마주친 뮐케가 나를 안심시키려는 듯 눈을 찡긋해 보였다. 뮐케는 내게 영원한 수수께끼로 남으리라.

우리는 대문 여닫는 소리를 듣고 밖으로 우르르 뛰어나갔다.

메이 할머니였다.

할머니는 흥분한 기색이 역력했다. 한순간이나마 할머니가 예스를 찾았나 보다 하는 생각이 들었다.

"마스트리히트에 간 것 같다." 할머니가 숨을 몰아쉬었다.

메이 할머니는 의사 선생님한테 다녀오는 길이었다. 의사 선생님 말이 예스가 일주일 전에 다녀갔다며 와서 다른 코르셋이 있는지, 어디 가면 살 수 있는지 등등을 물었단다.

"아, 맞아!" 내 입에서 저절로 소리가 튀어나왔다. "얼마 전에 그런 말을 했었잖아!"

"다른 코르셋?" 크레쳉 오빠가 물었다.

"끽끽거리지 않는 코르셋 말이다." 할머니가 설명을 했다.

"이런, 젠장!" 쉐르 오빠가 외쳤다.

"그렇게 멀리?" 크레쳉 오빠가 걱정을 했다.

"교정 코르셋도 입지 않고?" 에트 오빠도 한숨을 내쉬었다.

"이제 곧 컴컴해질 텐데!" 아빠가 중얼거렸다.

언제나 그렇듯 가장 먼저 정신을 차린 사람은 우리 할머니였다.

"자네는 지금 당장 피트랑 크레쳉을 데리고 버스로 마스트리히트에 가게나. 예스가 국도로 해서 걸어가고 있을지도 모르니까. 그럼 금방 눈에 띌 걸세. 혹시 못 찾으면 마스트리히트까지 가서 거기 버스 정거장에서 우릴 기다리고. 난 에트랑 쉐르 데리고 들길로 해서 갈 테니까."

"제가 들길로 갈게요." 아빠가 말했다.

"길은 내가 더 잘 알아."

"하지만 너무 힘드시지 않겠어요?"

할머니가 아빠를 무시하는 눈빛으로 바라보았다. "안톤 본, 아직은 내가 자네보다 빨라. 원한다면 날마다 증명해 보일 수도 있어."

"저흰요?" 믿케와 내가 물었다.

"너희들은 집에서 기다려라." 할머니가 대답했다.

"하지만……."

"너흰 집에 있어야 해. 예스가 마음을 돌리거나 우리가 걜 찾을 경우를 대비해서."

아빠와 오빠들 그리고 할머니는 빵을 준비하고, 각자 물 한 병씩을 챙겨 길을 나섰다.

우리가 마지막으로 본 것은 새빨간 저녁놀 속에서 에트 오빠와 쉐르 오빠를 지나쳐 앞으로 쭉 걸어나가는, 아니 달려나가는 할머니의 모습이었다.

"뛰지 말고, 꼭 붙어 다니세요!" 뮐케가 세 사람 뒤에다 대고 소리를 질렀다.

나는 그 말을 듣고도 웃을 수가 없었다.

뒤엉킨 팔다리

그날 밤 우리를 가장 괴롭힌 것은 막연한 기다림이었다. 예스를 찾으러 간 식구들이 언제나 돌아올지는 알 수 없었다. 나는 밀케가 성난 눈초리로 나를 쩨려볼 때까지 계속해서 한숨만 내쉬었다.

"제발 조용히 좀 해, 언니." 밀케가 쏘아붙였다. "그 겁쟁이가 돌아오게 돼 있다고."

그러나 밀케의 창백하게 질린 얼굴이 저 역시 제 말을 믿지 않는다는 사실을 말해주고 있었다. 불쌍한 밀케. 만날 비극이니, 피니, 살인이니 하는 이야기만 지어내더니 결국 그 상상에서 벗어나질 못하는구나. "언니, 아무 일 없을 거라고 말 좀 해줘." 밀케가 애원하기 시작했다. "아무 일도 없을 거라고. 안 그럼 난…… 난……."

뮐케는 처음으로 제 상상력에 제 발등을 찍히는 것 같았다.

"아무 일 없을 거야." 내가 말했다.

나는 작업장을 치우고, 설거지를 하고, 지하실에서 슐람을 퍼 오고, 감자를 깎고, 무 껍질을 벗겼다. 우리는 묵묵히 밥을 한 뒤 말없이 끼니를 때웠다.

지금까지 혼자였으면 좋겠다는 생각을 얼마나 자주 했던가. 쉴 새 없이 쾅쾅 닫히는 문소리, 삐걱거리는 계단 소리, 벽과 틈새를 통해 들리는 싸움 소리. 그런데 지금은 그 소리들이 세상에서 가장 아름다운 소리처럼 그리웠다.

"온 것 같아." 뮐케는 오 분이 멀다 하고 그렇게 외치며 밖으로 뛰쳐나갔고, 나는 그때마다 불안감에 빠져 날 혼자 두지 말라고 소리쳤다.

밤이 찾아왔다. 우리는 아홉 발 집이 외딴 집이라는 사실을 아주 오랫동안 잊고 있었다. 잠시도 조용한 적이 없다는 사실도 새삼스레 기억났다. 집은 신음하고, 불평하고, 흐느껴 울었다. 나는 예스 생각을 떨쳐버릴 수가 없었다. 어둠 속에 혼자 있을 예스, 여름 원피스만 입고…… 교정 코르셋도 없이.

"세상에 언니랑 나랑 단둘만 남은 것 같아." 뮐케가 맥없이 중얼거렸다. "반 고아가 아니라 진짜 고아 같다고."

"그만해."

"마스트리히트로 가는 길이 얼마나 위험한 줄 알아? 거기서 별별 일이 다 일어났다고." 뮐케는 계속해서 입을 놀렸다. "작년엔 나무가 쓰러지는 바람에 어떤 아주머니가 깔려 죽었고, 한번은 살인 사건도 일어났대. 어떤 남자, 아니 남자애가 죽었는데 아직도 범인을……."

"젠장, 그 입 좀 닥쳐!" 나는 고함을 질렀다.

뮐케가 깜짝 놀라 나를 쳐다보았다. 놀라기는 나도 마찬가지였다. 그렇게 크게 소리를 지른 것은 난생처음이었다. 잠시나마 내입이 내 입이 아니었던 것만 같았다.

"그만해, 뮐케!" 나는 온몸을 덜덜 떨었다. "너 때문에 우리 둘다 점점 더 무서워지잖아."

그러고 나서 다시 기다림이 시작되었다. 아니 이어졌다. 더는 생각나지 않지만 단 한 가지, 시간이 괴로우리만치 천천히 흘렀던 것만큼은 아직도 기억에 생생하다.

그러다 뮐케와 나는 소파에서 이불을 덮은 채 잠들었던 것 같다. 뮐케도 나도 2층으로 올라가 침대에 눕고 싶지 않았다. 왠지 배신처럼 느껴졌기 때문이다. 한번은 한밤중이라 새까맸고, 다음번에 눈을 떴을 땐 햇살이 산울타리 위를 비추고 있었다. 창문은 조금 열려 있었다. 밤새 쿵쿵대지 않도록 수건을 끼운 채 우리가 열어놓은 거였다. 깨어 있을 셈이었으므로.

집 안 공기는 차가웠다.

나는 맑은 정신으로 잠에서 깼다. 이 주 만에 처음으로 악몽을 꾸지 않았다. 뮐케는 아직 자고 있었다. 고개를 이상하게 꺾고 소파밖으로 몸을 반쯤 떨어뜨린 채.

"뮐케?"

뮐케가 눈을 떴다. 우리는 얼마 동안 말없이 소파에 나란히 누워있었다. 뮐케도 나도 움직이지 않았다. 팔다리가 뒤엉킨 채 초라하게 누워 있는 우리를 느끼고 싶지 않았으므로.

"이런 멍청이 같은 계집애." 뮐케가 화를 냈다.

"그래, 나도 보고 싶어."

지빠귀 한 마리가 산울타리 위에 내려앉더니 노래를 부르기 시작했다. 그 소리가 마치 일어나서 움직이라는 신호였던 듯 홈파 아저씨가 홀연히 모습을 드러냈다. 아저씨는 마당을 가로질러 산울타리 쪽으로 가고 있었다. 그 어느 때보다 더 많은 살림살이들을 한아름 싸 들고 혼잣말을 웅얼거리면서. 접시, 찻잔, 식탁보, 포크와나이프 상자, 그리고 맨 위에서 위태로이 흔들리는 유리 물병까지 죄다 우리 부엌에서 나온 물건들이었다.

"내버려 둬. 지금 저런 게 문제가 아니잖아." 뮐케가 퉁명스럽게 내뱉었다.

나는 소파에서 일어나 몸을 부르르 떨며 신발을 신고 밖으로 나갔다.

"너, 커피 좀 끓일래?" 나는 뮐케에게 이렇게 뒤 지나가는 말처럼 한마디 더 툭 던졌다. "이제 금방들 들이닥칠 거야."

뮐케를 일어나게 하기에는 그 한마디면 충분했다.

내가 막 우리 집 울타리를 벗어나는데 산울타리 속으로 쑥 사라지는 홈파 아저씨의 뒷모습이 눈에 들어왔다.

풀은 아직 촉촉했고, 하늘은 파랬다. 나는 맨팔에 와 닿는 산울타리 가지들을 느끼며 아저씨를 쫓아갔다. 공기 중에는 아직도 나무 탄내가 배어 있었다.

산울타리를 빠져나오자마자 나는 아저씨를 찾아 두리번거리다 이름 없는 무덤 앞에 펼쳐진 광경에 잠시 걸음을 멈추고 말았다.

홈파 아저씨는 무덤 앞에 서 있었다. 아저씨의 전리품 일부는 풀밭 위에 펼쳐져 있었다. 유리 물병이 반짝였다. 석판 위에 올려놓은 자루는 더 많은 전리품들로 우뚝 솟아 있었다. 홈파 아저씨는 이제껏 움직인 적이 없고, 앞으로도 절대 움직이지 않을 사람처럼 꼼짝하지 않았다. 순간 완만한 곡선을 이루며 길게 뻗은 산울타리 위로 해가 모습을 드러내며 빛이 쏟아졌다. 눈이 부셔 뜰 수가 없었다. 눈살을 찌푸리는 순간 홈파 하치 아저씨는 윤곽으로 변해버렸다. 악어 속에서 본 어떤 사진처럼.

내가 그곳에 얼마나 그러고 서 있었는지, 시간이 얼마나 흘렀는지는 알 수 없다. 그러나 거기 서 있는 동안 나는 내 어리석음을 분명히 깨달았다. 이름 없는 무덤의 비밀을 밝혀보겠다며 내 시간과 정신을 온통 그 쓸데없는 것에 쏟아붓다니. 나의 관심을 예스에게 조금만 나누었던들 그 애가 얼마나 불행해하는지 느낄 수 있었을 텐데. 그랬다면 예스가 집을 나가는 일 따위는 일어나지 않았을 텐데.

"로사 성녀님." 나는 작은 소리로 중얼거렸다. "제발 예스를 좀 지켜주세요. 예스가 무사히 집으로 돌아오게 해주세요, 네? 그럼 다시는 저 어리석은 무덤에 정신을 팔지 않겠다고 약속드릴게요."

어깨에 지고 있던 무거운 짐을 벗어버린 기분이었다. 마침내 옛날 핑으로 되돌아간 듯했다. 입을 다물었던 지빠귀가 다시 지저귀기 시작했다. 혼자서 여름을 불러오려는 듯. 조금 떨어진 곳에서 나무들이 다시 바스락거렸다.

나는 숨을 깊이 들이마셨다. 흙 향기, 풀 향기, 여름의 향기가 콧속으로 파고들었다.

그때였다. 눈앞의 사진이 움직이기 시작했다. 마법이 풀렸다. 움직이는 것이 홈파 하치 아저씨가 아니라는 사실을 깨닫기까지 일 초가 온전히 걸렸다.

숨이 컥 막혔다.

자루였다, 자루가 움직이고 있었다.

겁쟁이가 아니야

예스는 잠기운이 남아 몸이 여전히 따뜻한 것 같았다. 잠이 완전히 안 깼는지 눈을 깜빡이면서도 나를 보더니 환히 웃으며 소리쳤다. "나, 하나도 안 무서웠어."

때려주고 싶었다. 안아주고 싶었다. 눈물과 웃음을 동시에 터뜨리고 싶었다. 그러나 정작은 헛기침을 하며 그 애 옆에 무릎을 꿇고 털썩 주저앉은 게 전부였다. 자루 밖으로 보이는 거라곤 그 애의 머리와 비죽비죽 튀어나온 넝마 자락뿐이었다. 춥지는 않았겠다는 생각이 들었다.

예스가 돌아왔다. 나의 예스가 다시 돌아왔어.

"너 왜 마스트리히트에 안 갔니?" 나는 최대한 엄한 목소리를 내려고 애썼다.

예스가 어리둥절한 표정으로 나를 올려다보았다. 뺨에는 자다가 생긴 주름 자국이 선명했다.

"마스트리히트?" 예스가 킥킥거리며 되물었다.

"너, 거기 가려고 했잖아."

예스의 눈에는 아직도 졸음이 가득했다. "내가? 마스트리히트에?"

나는 할머니가 의사 선생님한테 들은 말을 해주었다.

예스가 이마에다 대고 손가락을 돌리며 대꾸했다. "그거야 그냥 궁금해서 물어본 거지. 내가 미쳤다고 혼자 마스트리히트에 가? 그것도 한밤중에?"

예스는 마스트리히트에 가지도, 다들 잠든 한밤중에 들판을 걷지도 않았다. 웃음이 터져 나왔다. 참으려고 했지만 어쩔 수가 없었다. 순간 긴장이 풀리면서 하마터면 울음을 터뜨릴 뻔했다.

"너 조심하지 않으면 감기 걸린다." 내가 들어도 터무니없는 말이었다. "정말 안 무서웠니?"

"처음에만 조금." 예스가 하품을 했다. "하지만 홈파 아저씨가 자루를 갖다 줘서 그 안으로 기어 들어갔어. 따뜻하게 덮을 수 있는 넝마도. 그리고 아저씨가 밖에서 보초도 서줬어."

예스가 일어섰다. 나는 어느새 팔을 뻗어 그 애를 끌어안았다. 아, 어쩜 이렇게 내 품에 꼭 들어맞을까? 세상에 이렇게 꼭 들어맞는 사람이 있을 수 있다니!

홈파 하치 아저씨의 목구멍에서 또다시 그르렁거리는 소리가 났다. 내가 아저씨를 돌아보자 아저씨는 얼른 눈을 내리깔고 가위를 꺼내 허공에 대고 열심히 가위질을 해댔다. 하지만 더는 나를 속일 수 없었다.

겁 많은 어린애를 밤새 지켜주고, 애한테 들어가 자라고 넝마(다른 것도 아니고 넝마를! 도대체 어떻게 알았지?)와 자루를 갖다 주는 사람이 미쳤다고? 그 애의 언니를 어떻게 하면 묘지로 유인해낼 수 있는지 정확히 알고 있는 사람이 정신이 나갔다고?

우리는 잠시 가만히 앉아 있었다.
"할머니 화 많이 나셨어?" 예스가 물었다.
"많이 놀라셨어."
"할머니, 만날 그렇지 뭐." 예스가 또다시 하품을 했다.
"그럴지도 모르지." 나는 예스의 머리에 입을 맞추며 물었다. "근데 너, 집은 왜 나간 거야?"
"처음엔 언니랑 뮐케 언니한테 화나서. 근데 나중엔 할머니한테 혼날까 봐 겁이 났어." 예스는 잠시 멈췄다 다시 입을 열었다. "여긴 아무도 안 찾아올 줄 알았어. 그래서 이리로 온 거야."
맞다. 예스를 찾으러 묘지에 와볼 생각은 우리 모두 끝까지 못 했으리라.

예스가 나를 처다보았다. "솔직히 말하면, 언니…… 나, 집에 가고 싶어 죽는 줄 알았어. 특히 날이 어두워졌을 때 말이야. 하지만 곧 한번 버텨보고 싶단 생각이 들었어." 예스의 표정이 심각해졌다. "언니, 난 왜 이렇게 겁쟁이일까?"

"넌 하나도 겁쟁이 아니야." 내가 말했다.

"겁쟁이야."

"아니래도. 겁쟁이는 차라리 나지. 난 네 반만큼이라도 용감하면 소원이 없겠다. 생각해봐, 네가 진짜 겁쟁이라면 공동묘지에서 밤을 새울 수나 있었겠니?"

잠시 또 침묵이 흘렀다.

"자, 이제 그만하고," 내가 먼저 입을 열었다. "어서 집에 가자. 뮐케 얼굴, 아주 볼만하겠는걸. 걔 말에 의하면 넌 지금 백번도 더 살해당했어야 하거든."

예스가 킥킥거렸다.

"처절한 비극!" 우리는 누가 먼저랄 것도 없이 동시에 합창을 한 뒤 한바탕 웃어젖혔다.

"언니, 나 지금 얼른 유령으로 변장할까?" 예스가 눈을 반짝였다. 한순간이나마 내 앞에 뮐케가 서 있는 듯한 착각이 들었다.

"됐어. 간밤에 놀란 걸로 충분해."

우리는 자리에서 일어섰다.

"같이 가실래요, 홈파 아저씨?"

홈파 아저씨는 못 들은 척했다. 나는 아저씨를 내버려 두었다.

"가자, 예스."

"응."

"너, 다시는 집 나가거나 그러면 안 돼. 절대로. 알았지?"

예스가 고개를 끄덕였다.

우리는 개구멍 쪽으로 다가갔다.

"뮐케 언닌 뭐 해?"

"커피 끓이고 있을 거야."

"뮐케 언니가?"

우리는 또다시 킥킥거렸다. 열린 창문 사이로 뮐케가 부스럭대는 소리와 구시렁대는 소리가 함께 들려왔다.

"이런." 나는 걸음을 멈췄다. "너한테 정신이 팔려서 홈파 아저씨가 훔쳐 간 물건들을 그냥 다 두고 왔어. 여기 잠깐만 있어봐. 내얼른 가서 가져올 테니까."

슐람밤스 사하라의 떠돌이

나는 예스가 그날 집을 나가지 않았더라면, 우리가 절대 찾아가지 않으리라는 것을 알고 묘지에 숨지 않았더라면, 과연 그 사실이 밝혀졌을까 하는 질문을 훗날까지도 자주 던졌다.

오랜 세월이 지난 지금, 나는 더 이상 그렇다고 말할 자신이 없다.

간발의 차이로 탄생되지 않는 이야기들이 있다던데, 사실일까? 아니면 모든 이야기들은 자기가 거쳐야 할 길을 돌고 돌아 결국은 어떤 식으로라도 탄생되고야 마는 걸까?

나는 급하게 묘지로 돌아갔다. 그리고 보았다. 홈파 하치 아저씨가 자리에 앉는 것을.

그뿐이다.

아저씨는 이름 없는 묘지에 앉은 다음 팔짱을 끼었다.

아저씨의 시선 때문이었을까? 자세 때문이었을까? 이유는 모른다. 그러나 갑자기 멀었던 눈이 번쩍 뜨이면서 다시 볼 수 있게 된 것만 같았다. 돌 위에 앉아 있는 사람은 분명 나이 든 홈파 하치 아저씨였다. 그러나 내 눈에 보이는 것은 아저씨가 아니었다. 나는 소년을 보고 있었다. 어린 사내애를. 내 꿈에 나오던 꼬마를. 칭얼이가 나오기를 기다리는 어린 홈파 하치를. 엄마가 나올 때까지……

나는 손으로 입을 막고 말았다.

"언니, 왜 그래?" 다시 산울타리로 돌아온 나를 보더니 예스가 이상하다는 듯이 물었다.

나는 아무 대답도 없이 예스를 그대로 지나쳐 슐람밤스 사하라를 가로지른 뒤 대문을 통과하고 건물을 돌아 집 뒤에 있는 현관문으로 곧장 달려갔다. 숨이 턱까지 차올랐다. 아빠가 이사 오던 날 한 말이 생각났다. "무릎 높이에, 그것도 집 뒤쪽에 달린 현관문이라! 어때, 진짜 놀라움으로 가득 찬 집이지?"

나는 현관문을 뚫어져라 바라보았다. 너무 높아서 거의 기어 올라가다시피 해야 하는 현관문. 나는 머리를 한 대 얻어맞은 듯했다. "샤르의 무덤이 아니었어!" 하고 내가 외쳤다.

"대체 무슨 말이야?" 내 뒤를 따라온 예스가 숨을 몰아쉬며 물었다.

"이름 없는 무덤 말이야. 샤르의 무덤이 아니라고."

예스가 눈썹을 치켜떴다.

"그래서 이름도, 날짜도 새겨져 있지 않은 거야! 그래서 그냥 석판만 덜렁 놓여 있는 거라고!"

"그럼 누구 무덤인데?" 예스가 조심스레 물었다.

나는 웃음을 터뜨렸다. "그건 무덤이 아니야!"

"그럼 대체 뭐야?"

나는 더 크게 웃었다. "그건…… 현관 디딤돌이야!"

"뭐?!"

"아홉 발 집 현관 디딤돌이라고."

예스는 미친 사람 보듯 나를 쳐다보았다.

"현관 디딤돌." 나는 같은 말을 되풀이했다. "칭얼이가 어려서 소망하고, 반 베쏨과 결혼함으로써 얻게 된 높은 디딤돌."

나는 그 사실을 돌 위에 앉은 홈파 아저씨를 보는 순간 비로소 깨달았다. '시민 환영식' 집의 디딤돌에 앉아 제 엄마가 나오기를 기다리는 소년의 모습을 보았을 때.

"하지만 대체 누가, 무슨 이유로 현관 디딤돌을 묘지로 옮겨놓은 거야?" 예스가 물었다.

나는 이맛살을 찌푸리며 현관문을 죽 훑어 올라갔다. 내 눈길은 문 위에 뚫린 네 개의 구멍에 머물렀다. 가슴이 세차게 두근거리기 시작했다.

뭔가 서서히 형체를 잡아가는 느낌이었다. 정확히 꼬집어 말할 수는 없었지만 한결 구체적이 되어가고 있었다.

"칭얼이가 뭐라고 했지?" 내가 물었다.

"뭘?"

"'집시들은 상관없고……' 어쩌고 하던 그 말 말이야. 칭얼이가 정확히 뭐라고 했더라?"

"시민들도 상관없다고. 하지만 순서가 바뀌었어. 근데 그 말이 뭐가 어때서?"

그 말에 뭔가가 있었다. 뭔가 석연치 않은 점이.

"그거 좀 다시 말해봐." 내가 예스를 채근했다. "칭얼이가 말한 그대로. 얼른."

예스는 잠시 생각을 해본 뒤 얌전히 칭얼이의 말을 반복했다. "'난 시민들은 상관없어. 집시들도 상관없고, 심지어는 이놈의 세상도 다 상관없어.' 음…… 그러고 나서 그걸 시민들한테 보여주겠다고 별렀댔어." 예스는 말을 마친 뒤 캐묻는 눈초리로 나를 올려다보았다.

마침내 알아냈다. 뭐가 이상한지 드디어 알 것 같았다.

나는 숨부터 한 번 깊이 들이마신 다음 천천히 입을 열었다. "생각해봐, 예스. 이 세상이 다 상관없다면서, 그걸 시민들한테 보여주겠다면서 현관문을 왜 집 뒤에다 숨겨놓겠니? 논리가 안 맞잖아. 게다가 '시민 환영식'이란 문패까지 주문해서 여봐란 듯이 달아놓을 때는 다들 보란 뜻이야. 그렇지? 여기 이건 완전히 말도 안 돼."

"그건 그래. 하지만 디딤돌을 공동묘지로 옮기는 사람이 세상에 어디 있어? 말이 안 되기는 그것도 마찬가지야." 예스가 말했다.

"이제 제발 조용히 좀 쉬려무나."

메이 할머니의 목소리가 어찌나 또렷하고 생생하던지 잠시나마 할머니가 내 옆에 서 있는 게 아닌가 싶었다. 그러나 할머니는 그곳에 없었다. 목소리는 내 머릿속에서 울리고 있었을 뿐.

"이제 제발 조용히 좀 쉬려무나."

그것은 내 눈에 씌었던 꺼풀을 벗겨내는 말이었다.
나는 경악스러운 심정으로 우리 집에서 공동묘지 쪽으로 서서히 눈길을 옮겼다. 무릎 높이의 현관문 위에 뚫린 구멍들에서 아홉 발 집의 진짜 현관 디딤돌이 위치한 산울타리 너머로.
그제야 캄캄하던 마음속에 한 줄기 빛이 비치는 것 같았다. 이제껏 아무도 알아차리지 못하다니 우습단 생각이 들었다.
기회가 그렇게 많았는데.

집을 못 찾아 돌고 돈 허가증.

건물 뒤에 자리 잡은 현관문.

그리고 무엇보다도, 그래, 무엇보다도 아빠가 예스를 데리고 2층으로 올라간 날 새벽, 폭풍에 맞선 듯 어깨를 앞으로 움츠리고 서 있던 할머니의 뒷모습이 그걸 말해주고 있었는데.

"이제 제발 조용히 좀 쉬려무나."

처음에 우리는 칭얼이가 조용히 쉬어야 한다고 생각했다. 나중에 할머니는 홈파 하치 아저씨를 두고 한 말이라고 내게 대답했다. 그러나 그것도 사실은 아니었다. 진짜 답은 훨씬 더 가까이에 있었다. 훨씬 더 가까이에. 너무 가까이 있어서 우리가 그냥 지나쳐버리고 만 데에.

"우리 생각이 완전히 틀렸어." 내가 소리쳤다. "옮겨진 건 디딤돌이 아니야!"

슐람밤스 사하라 끄트머리에는 집이 한 채 서 있었다.

이름 하여 아홉 발 집.

그러나 옛날에는 이름이 달랐다.

그 집에 사는 사람도 달랐다.

그리고 더 옛날에는—아주 먼 옛날에는—집의 위치조차 달랐다.

싸움

메이 할머니는 예스를 침대에 눕혔다. 위층에서 부스럭거리는
소리가 들려왔다.

뮐케와 나는 잔뜩 긴장한 채 할머니가 다시 아래층으로 내려오
기만을 기다렸다.

"이제 벼락이 떨어질 거야." 할머니의 발소리가 들리자 뮐케가
속삭였다.

나는 식탁 앞에 앉아 생각을 정리하려고 애썼다. 할머니는 허리
에 손을 짚은 채 창백하지만 화가 단단히 난 얼굴로 우리 앞에 와
섰다.

"뮐케는 이해한다 치자." 할머니가 입을 열었다. "앤 원래부터

책임감이라고는 쥐꼬리만큼도 없었으니까. 하지만 너한텐 정말 실망했다. 적어도 넌 예스 옆에 붙어 있었어야지."

얼굴이 빨개지는 게 느껴졌다. "저, 저도 남아서 벌을 서야 했어요."

"넌 쌈박질이랑 상관없다고 수녀들한테 그 자리에서 말을 했어야지."

"하지만……."

"주먹을 뮐케가 휘둘렀으면," 메이 할머니가 말을 이었다. "벌도 뮐케 혼자 받으면 되는 거야. 좀 약게 굴 줄도 알아야지. 뮐케는 혼자서도 위기를 모면할 수 있는 애야. 이만하길 다행이지, 예스한테 사고라도 났으면 어떻게 할 뻔했니?"

나는 심장에 쥐가 나는 것 같았다.

"심지어 교정 코르셋까지 벗어놓은 애한테."

"그만하세요. 다행히 별일 없었잖아요." 아빠가 할머니의 노기를 달랬다.

그러나 할머니는 진정할 기미가 보이지 않았다.

"예스가 정말 마스트리히트로 갔다고 쳐보자." 할머니가 고함을 쳤다. "그래서 무슨 변이라도 당했으면……."

"하지만 아무 일도 없었잖아요." 뮐케가 말대꾸를 했다. "예스는 그냥 여기 있었다고요. 그리고 솔직히 말하면 다 자기 잘못이에요. 누가 뭐 집 나가랬나요? 밤새 들어오지 말고 어디 숨어 있으라고 한 사람, 아무도 없다고요."

메이 할머니의 고개가 당장 뮐케 쪽으로 돌아갔다.

"네 생각 물어본 적 없다! 그래, 말이 나왔으니 말인데 네가 요조
숙녀로 자랄 거라는 희망은 이미 포기한 지 오래다. 하지만 그렇다
고 해서 버르장머리 없이 구는 것까지 봐줄 생각은 없어. 게다가 길
거리 깡패도 아니고, 마음에 안 든다고 머리끄덩이를 잡아 뜯으며
싸움박질을 해? 이건 도저히 참고 넘어갈 수가 없어."

뮐케는 분한 표정으로 할머니를 쳐다보았지만 입을 꾹 다물고
참는 듯했다.

"애 머리털이 뭉텅이로 빠졌더라. 뭉텅이로." 메이 할머니가 노
발대발을 해댔다.

나는 어디서 갑자기 그런 용기가 났을까?

"싸운 건 뮐케가 아니에요." 내가 나섰다.

"언닌 가만있어." 뮐케가 말했다.

"무슨 말이냐?"

할머니가 나를 바라보았다.

"가만있으라고 했어." 뮐케가 나에게 다시 한 번 경고했다.

"싸운 건 뮐케가 아니라 저예요." 내가 말했다.

"관둬라." 할머니가 말했다. "그런 말도 안 되는 소리를 누가
믿⋯⋯."

할머니는 말을 하다 말고 갑자기 입을 다물었다. 할머니의 따가운 눈총이 얼굴에 와 닿았다. 할머니가 내 말을 믿기 시작하는 것 같았다. 나는 어제 옷차림 그대로였다. 원피스의 소맷자락은 찢어지고, 팔꿈치는 깨지고, 리본은 구겨질 대로 구겨져 있었다. 메이 할머니가 숨을 들이켰다.

"저, 정말 네가……?"

나는 고개를 끄덕였다.

오빠들의 휘파람 소리가 들렸다. 감탄을 하는 건지, 기막혀하는 건지 정확히 구분이 안 갔다. 아빠는 웃음을 터뜨렸다. 그러나 그것이 오히려 도화선에 불을 붙이는 꼴이 되고 말았다.

"도대체 어떻게 돼먹은 집안이기에 식구들이 다 이 모양이냐, 응?" 메이 할머니가 드디어 폭발했다. "다들 정신이 나간 게냐? 작은애는 교정 코르셋을 벗어 던지고, 가운데 애는 병조림을 훔쳐서 홈파 하치를 저승에 보내버릴 뻔하고. 그걸로 모자라 이제는 큰애 너까지 주먹질을 시작해, 응?"

나는 입술을 깨물었다.

"안 그랬으면요?" 뮐케가 앙칼지게 되물었다. "예스가 놀림감이 되는 꼴을 그냥 보고만 있어야 했다는 말씀이세요?"

"네가 수녀들을 불렀어야지!"

"수녀님들이 안 계셨다고요!" 뮐케는 물러서지 않았다. "그리고 제가 언니랑 예스를 찾아냈을 땐 이미 싸움이 벌어진 뒤였어요. 전

솔직히 언니가 아주 잘한 것 같아요. 그 멍청한 뚱보가 먼저 잘못했어요. 다 자기 탓이라고요. 걔가 먼저 예스를 괴롭히지만 않았어도 이런 일은 없었을 테니까요." 밀케의 눈동자에서는 불똥이 튀었다.

"내가 언제 네 생각 알고 싶다더냐?" 메이 할머니의 불호령이 떨어졌다. "하지만 네 멋대로 입을 놀렸으니 이번엔 내 생각을 말해 주마. 너희들에 대한 내 솔직한 생각을 말이다. 너희들 어미가 벌써 저세상으로 가버렸기에 망정이지, 네 녀석들이 하고 다니는 짓거리를 보았더라면 그 애 넝마 심장으로는 버티지도 못했을 게다."

할머니의 말 때문이었을까? 할머니의 책망 때문이었을까?

"할머닌 우리한테 거짓말을 하셨어요!" 내가 소리쳤다.

집 안이 갑자기 조용해졌다. 아홉 발 집이 이렇게 조용한 적이 있었나 싶을 정도로.

"뭐, 뭐라고?" 할머니가 되물었다.

"할머닌 우리한테 거짓말을 하셨다고요. 그리고 그게 우리가 한 짓보다 훨씬 더 나빠요." 나는 한마디 한마디를 또박또박 말했다.

아빠와 오빠들이 동시에 헉하고 숨을 들이켰다.

"저기." 아빠가 끼어들었다. "이제 그만……."

"자넨 좀 빠지게. 난 내 장손녀가 대체 무슨 말을 하는 건지 들어보고 싶으니." 할머니가 아빠를 몰아붙였다. 할머니는 정상적인 눈으로 나를 얼음장처럼 차갑게 노려보았다. 방금 전 내 입에서 튀어나온 말은 그 눈빛에 질려 다시 입속으로 기어 들어가려고 했다. 아예 말이 되어 입 밖으로 나오고 싶지도 않았다는 듯이. 그러나 나는 억지로 말을 이어나갔다. "할머닌 묘비 침대를 태워버렸다고 하셨어요. 하지만 그 침대는 벳젤 아저씨 목초지에 있는 창고에 버젓이 보관되어 있어요. 그리고 이제 편히 쉬어야 할 사람이 홈파 하치 아저씨라고 하셨죠? 하지만 그것도 사실이 아니에요."

약하게나마 식구들 사이에서 동요가 이는 것이 느껴졌다. 아빠는 할머니를 뚫어져라 들여다보았고, 오빠들은 이마를 찌푸렸고, 할머니는 얼굴을 붉혔다. 아니, 그냥 붉어진 정도가 아니라 목까지 시뻘겋게 변했다.

"너, 네 할미한테 이게 대체 무슨 말버르장머리냐?" 할머니가 물었다. 할머니의 목소리는 아슬아슬하다 싶을 정도로 아주 낮았다. 나는 태어나면서부터 할머니를 알았기 때문에 어떨 때 할머니가 가장 위험한지 그리고 언제 입을 다물어야 하는지 잘 알고 있었다. 그러나 이번만큼은 도저히 입이 다물어지지가 않았다. 속에서 이상한 분노가 끓어오르면서 내가 나 자신의 피부를 뚫고 밖으로 나오는 것만 같았다.

"이 집이 원래는 공동묘지에 있었단 말씀, 왜 지금까지 안 하셨어요?" 나는 소리를 지르고야 말았다.

할머니의 부엉이 눈이 그야말로 미친 듯이 돌아가기 시작했다.

"뭐?" 아빠가 어리둥절한 표정으로 외쳤다.

"뭐라고?" 피트, 에트, 크레쳉, 쉐르 오빠도 합창을 했다.

"그게 대관절 어쨌다는 게냐?" 메이 할머니가 물었다.

내 짐작이 맞았다. 할머니도 인정했다. 결국 그랬던 거다.

"그러니까 할머닌 벌써 세 번씩이나 거짓말을 하셨어요."

"핑. 이제 그만해라." 아빠가 중재에 나섰다. "어머님, 어머님도 그만 진정하세요."

그러나 할머니와 나는 얼굴을 마주한 채 서로 꼼짝도 하지 않았다. 그 누구도 우리를 말릴 수는 없었다.

"네가 나한테 어떻게 감히 대들 수가 있니?" 할머니가 고함을 질렀다. "나한테, 네 할미한테!" 할머니의 손이 올라갔다. 순간 피트 오빠가 몸을 날려 할머니의 주먹을 재빨리 막았다.

나는 부엌 식탁 뒤로 몸을 숨기며 소리쳤다.

"할머닌 거짓말쟁이예요!"

"감히 어떻게!" 할머니도 맞고함을 쳤다. 할머니는 나를 덮치려고 했지만 아빠와 에트 오빠가 할머니를 말렸다.

"핑, 이제 그만해! 자자, 어머니도 이제 그만 진정하세요……."

"할머닌 아직도 거짓말을 하고 계세요!"

그 말은 확실히 내 입에서 나왔지만 나는 그저 입만 벌렸을 뿐, 도저히 내가 했다고는 믿기지 않았다. 끔찍함과 통쾌함이 동시에 느껴졌다.

"할머닌 거짓말쟁이예요!"

"입 닥쳐! 아직도 난 네 할……."

그러나 내 목소리가 더 컸다. "그 세 가지 말고도 저희한테 또 무슨 거짓말을 어떻게 하셨을지 누가 알겠어요? 악어 이야기는 어때요? 그 이야기들도 다 꾸며내신 거예요? 엄마에 대한 이야기들도 죄다 그럴싸한 거짓말이었어요? 페이 할아버지에 대한 이야기들도요?"

할머니가 갑자기 몸을 움찔했다. 나는 할머니의 그런 모습을 이제껏 본 적이 없었다. 그건 다른 식구들도 마찬가지였다. 아빠가 숨을 들이켰다.

침묵이 찾아왔다. 고함 소리보다 더 끔찍한 침묵이. 집에서 들리던 모든 소리가 보이지 않는 구멍으로 빠져나갔나 싶은 착각이 들 정도였다.

"난 손녀한테 거짓말쟁이 취급을 당하고는 못 산다." 메이 할머니는 얼음장처럼 차갑게 말하려고 애썼다. 하지만 목소리는 자꾸 잠기고, 표정은 힘이 빠졌다. 나는 할머니의 막강하던 권위에 금이 갔음을 느꼈다.

"자자." 아빠가 다시 분위기를 진정시켰다. "지금은 다들 너무 피곤하잖아요. 화는 언제든 낼 수 있는 거니까 이제 그만하고. 펑, 너도 빨리 올라가서 눈 좀 붙이렴. 얘기는 내일 계속하도록……."

순간 새로운 분노가 치솟았다.

"이 젠장맞을 떠돌이 생활은 대체 언제 끝나는 거예요?" 나는 아빠에게 소리를 질렀다. "우린 왜 어디 한군데 진득이 눌러 살 수 없죠? 그리고 엄마 무덤엔 왜 한 번도 안 가는 거예요? 엄마가 어디에나 있단 말은 사실이 아니에요. 그것도 거짓말이에요. 아주 비열한 거짓말이요! '걱정의 반대말'도 엉터리 거짓말이고요, '보기 전에 믿기부터 하라'는 말도 마찬가지예요. 아빠랑 할머니는 만날 거짓말만 해요, 새빨간 거짓말만요!" 나는 할머니 쪽으로 다시 돌아섰다. "할머닌 우리한테 왜 아무것도 못 물어보게 하세요? 할머니 마음에 안 드는 질문은 왜 하면 안 되느냐고요?" 내 목소리는 어느새 착 가라앉아 있었다.

"입 닥쳐라!" 할머니의 목소리는 떨렸다.

"그리고 또 있어요. 할머니 기분이 내킬 때까지 왜 항상 우리만 기다려야 해요? 해도 너무하시는 거 아니에요?"

"입 닥치래도!"

"전 다른 것들도 알고 싶어요." 나는 울면서 소리를 질렀다. "엄마가 어떻게 돌아가셨는지, 왜 할머니랑 계속 여기 살지 않고 아빠랑 다른 데로 이사를 갔는지, 왜 여기가 아니라 거기에 묻히셨는지 다 알고 싶어요. 엄마가 걸려서 돌아가셨다는 병이 도대체 뭔지도 이제 좀 알아야겠다고요!"

내 입에서 질문이 튀어나올 때마다 할머니는 한 발짝씩 뒷걸음질 쳤다. 그러고는 마침내 부엌을 뛰쳐나갔다. 비틀거리며 계단을 오르는 할머니의 발소리, 부스럭대는 소리 그리고 다시 계단을 내려오는 소리가 차례차례 들렸다. 할머니는 품에 악어를 껴안고 잿빛 얼굴로 복도에 서 있었다.

우리는 이제 둘 다 울고 있었다.

"그래, 어쩜 내가 늘 옳지는 않았겠지." 할머니가 부들부들 떨어 대는 부엉이 눈꺼풀을 손가락으로 누르며 서럽게 흐느꼈다. "최고의 할머니가 아니었을지도 몰라. 그럼 말을 했어야지, 이제껏 아무도 뭐라지 않았잖아."

"가세요! 가시라고요!" 나는 울면서 악을 썼다.

할머니는 우리가 채 마음을 가라앉힐 새도 없이, 우리 가운데 누구 하나라도 나서서 만류할 새도 없이 악어를 품에 안은 채 복도를 곧장 가로질러 가더니 현관문을 열어젖혔다. 그러고는 뒤도 한 번 돌아보지 않고 그대로 집을 나가 버렸다.

디딤돌이 20미터 밖에 떨어져 있는 이 시의 유일한 현관문을 껑충 뛰어내려서.

흩어진 기억들

사진들은 사방에 널려 있었다. 풀밭 위를 날아다니고 채마밭을 뒹구는가 하면 지하실 반달 모양 창문 뒤에 끼이거나 슐람밤스 사하라를 건너 산울타리로 날아가 버린 사진들도 있었다.

"저기!" 메이 할머니가 부엌 창밖으로 소리를 질렀다. "저기도."

그러면 우리는 아홉 발 집 주변을 뛰어다니며 사진들을 한 장씩 주워 모았다.

할머니는 붕대를 감은 왼발을 의자에 올린 채 소파에 앉아 있었다. 내가 사진들을 가져다주자 얼굴은 들지도 않고 사진만 받아 들었다. 나는 이미 화가 풀린 지 오래였다. 아니, 아직 화는 났지만 양

심의 가책은 더 이상 느껴지지 않았다.

"너, 아주 못됐더구나." 메이 할머니가 말했다.

"알아요." 내가 대답했다.

"그것도 이미……."

"……한 다리 반은 무덤에 담그고 있는 거나 다름없는 노인네한테." 우리는 누가 먼저랄 것도 없이 동시에 외쳤다. 할머니가 입술을 깨물었다. 나는 또 야단을 맞겠구나 했지만 할머니는 곧 표정이 풀리면서 그저 한숨만 내쉬었다.

잠시 침묵이 흘렀다.

"발은 좀 어떠세요?" 내가 물었다.

"견딜 만하다."

"방석 좀 갖다 드릴까요?"

"됐다. 나 좀 잠깐 내버려 두렴."

또다시 침묵이 흘렀다. "나무, 나무." 하는 뮐케의 목소리에 이어 나무에 걸린 사진들을 어떻게 끄집어 내릴지를 놓고 이러쿵저러쿵 의견을 주고받는 오빠들의 말소리가 이어졌다.

"다 찾을 수 있으면 좋겠어요." 내가 말했다.

"그냥 사진들인데 뭐." 메이 할머니가 대꾸했다. 그러나 목소리는 당신 말이 진심이 아니라고 말하고 있었다. 말씀이라도 저렇게 하시다니, 꿋꿋한 우리 할머니. 나는 할머니를 꼭 안아드리고 싶었지만 선뜻 행동으로 옮겨지지가 않았다. 아직은.

메이 할머니한테서 웃는 소리인지 우는 소리인지 모를 이상한 소리가 났다. 나는 할머니를 돌아보았다. 할머니는 방금 나한테서 받아 든 사진들을 손에 들고 들여다보는 중이었다.

나는 사진 줍는 데 정신이 팔려 내가 어떤 사진들을 모아 왔는지도 몰랐다.

내가 놀란 이유는 맨 위에 올라와 있는 사진 때문은 아니었다. 그것은 우리도 다 아는 페이 할아버지의 사진이었으므로. 고급스러운 옷차림에 펠트 모자를 쓰고 당신이 부리는 인부들과 함께 찍은 바로 그 사진.

문제는 그것을 들여다보는 할머니의 태도였다.

"칭얼이와 샤르의 이야기가 끝난 게 아니었군요. 그렇죠?"

내 질문에 할머니는 고개를 끄덕였다.

이유를 말해주세요

사람들의 인생은 무궁무진한 이야기보따리다. 한 사람 한 사람의 운명은 필연적으로 다른 사람들의 그것과 가느다란 실로 연결되어 있다. 성 밖 칭얼이와 꼬맹이 샤르의 운명 역시 그랬다. 그러나 두 사람은 인생이 황혼으로 접어들 무렵에야 다시 만났다.

삼십이 년이라는 세월이 흘러 때는 바야흐로 1902년. 이번에는 샤르가 칭얼이의 집 현관문 앞에 서 있었다.

그새 많은 변화가 있었다. 19세기는 20세기로 바뀌었고, 시에는 철길이 놓이고, 새 주거 구역이 탄생하고, 새 도로가 닦였다. 많은 것들이 바뀌었지만 모든 게 다 바뀐 것은 아니었다.

"드디어 돌아왔구나, 꼬맹이?" 쉰 살이 된 그리고 일주일 전에 과부가 된 칭얼이였다.

샤르는 하루 전날 고향으로 돌아와 싸구려 여인숙에서 하룻밤을
묵었다. 그러고는 새벽 동이 트자마자 가방을 싸 지키는 사람 하나
없는 우물 옆 성문을 통과했다. 부슬비가 축축이 내리고 있었다.
이제 대부분의 사람들이 성곽 밖에 살고 있었기 때문에 성문은 굳
이 지킬 필요가 없었다. 그러나 시내를 빠져나가는 샤르의 심정은
예나 지금이나 마찬가지였다. 조금은 두렵고, 조금은 행복하고.

슐람밤스 사하라는 쓸쓸하고 황량한 잿빛이었다. 11월은 농부들
의 달도, 집시들의 달도 아니었다. 사랑에 빠진 이들의 달은 더더욱
아니었다. 옥수수도 곡식도 모두 거둬들인 뒤였기 때문이다. 그러
나 멍청이 베스라는 이름의 개에게는 11월도 그리 나쁘지 않았다.
멍청이 베스는 어디든 쫓아왔다. 옥수수밭의 그루터기 사이에서 샤
르를 기다리는가 하면, 산비탈 떡갈나무 옆에서 꼬리를 치기도 했
다. 샤르는 가방을 내려놓고 멍청이 베스를 위해 막대기를 하나 던
져주었다. 베스는 좋아서 그 뒤를 쫓아갔다. 개는 천생 개일 수밖에
없었다. 비록 삼십 년 전에 죽었을지라도.

"드디어⋯⋯!" 칭얼이가 말했다.

샤르는 할 말이 너무나 많았다. 해명할 게 너무나 많았다. 삼십
년 동안 쌓아온 원망과 사랑의 맹세. 너무 오랜 시간 동안 설명을

들지 못한 탓에 가슴속에서만 맴돌다 결국은 저 스스로 그럴싸한 답을 찾아 나섰던 질문들. 자신의 분노와 슬픔과 수년 동안의 무관심과…….

순간 칭얼이가 샤르에게 입을 맞췄다.

과거의 집시 소녀가, 갓 과부가 된 칭얼이가 꼬맹이 샤르의 입에 다짜고짜 입술을 갖다 댔다. 입맞춤이 끝나자 칭얼이가 속삭였다. "이제 묵은 말은 모두 사라져버렸어. 아픔도 모두 사라져버렸고."

"그래."

꼭 그렇다고 할 수는 없었다. 하고 싶은 말도, 아픔도 여전히 남아 있었기에. 그러나 새로이 사랑에 빠진 사람들은 새빨간 거짓말을 하고, 무조건 '응응' 하며 고개만 끄덕이는 법. 제아무리 나이 많은 노인이 되었을지라도.

샤르가 보고 가장 놀란 곳은 침실이었다.

"도대체 왜?" 샤르는 당황해하며 물었다.

"뭐가 어때서?" 칭얼이가 대답했다.

침실에는 묘비 침대가 떡하니 자리 잡고 있었다. 샤르의 기억 속에 남아 있는 것보다 훨씬 더 작고 칙칙했다. 사랑의 종말을 고하는 묘비 침대를 만들다니, 갑자기 창피한 마음이 들었다.

"그래, 내가 잘못했어. 사랑 없는 남자와는 결혼하는 게 아니었어." 칭얼이가 말했다.

샤르는 그 말속에서 칭얼이의 고뇌와 분노와 비통함을 엿들었다. 그러나 순종은 느껴지지 않았다. 아니, 순종은 느껴지지 않았다.

칭얼이는 샤르에게 두 사람 사이에서 태어난, 고아나 다름없는 아들에 대해 입도 뻥긋하지 않았다. 그 아이는 열여섯이 되던 해 말 한마디 없이 그곳을 떠나버렸다. 그러니 무슨 말을 한단 말인가? 때로는 말이 일을 더 복잡하게 만드는 법. 차라리 침묵이 더 나을 때가 있었다.

세월이 지남에 따라 사랑도 차차 잦아들기 마련이라지만 칭얼이의 사랑은 그런 말과는 거리가 멀었다. 밀월의 낮과 밀월의 밤을 보낸 뒤에도 두 사람 사이에는 날마다 대화가 날아다녔고, 그 중간 중간에는 이따금씩 접시가 날아다니기도 했다. 샤르는 그럴 때마다 칭얼이가 화를 내도록 가만히 내버려 두었다. 화를 내는 이유나 마음속의 근심을 헤아려서가 아니었다. 다만 화를 낸다 함은 칭얼이의 심장이 아직 뛰고 있다는 뜻이요, 샤르로서는 잘못이 없어도 칭얼이를 달래며 뭔가를 해줄 수 있다는 뜻이었기 때문이다. 칭얼이는 천생 칭얼이였다. 그것은 예전에도 그랬고, 앞으로도 영원히 그럴 것이다. 제아무리 비싼 물건들로 가득 찬 집도 천성을 바꿔놓지는 못했다.

"나의 칭얼이." 샤르가 속삭였다.

두 사람은 밤마다 묘비 침대에서 함께 잤다. 그럴 때면 칭얼이는 옛날 칭얼이 그대로였다. 샤르의 목을 끌어안은 채 실두 이야기를 하고 실두와 함께 샤르의 머리 위로 떨어졌던 그날 밤을 추억했다. 또 샤르가 옥수수밭에 만들어놓았던 집을 떠올리며 자기가 샤르에 대한 사랑을 느낀 것은 바로 그 순간이라고 고백하기도 했다. 두 사람은 그러다 잠이 들었다. 그러나 샤르는 돌이판에서 돌아가는 의자 다리처럼 밤새 침대 위에서 이리저리 돌아누웠다. 묘비 침대에서는 도저히 잠을 청할 수 없었기 때문이다.

"우리가 벌써 무덤에 묻힌 기분이야."

그러나 칭얼이는 "미리 연습해보는 것도 나쁘지 않지 뭐." 하고 대수롭지 않게 받아넘겼다.

샤르는 새 침대를 만들겠다며 밑그림을 그렸다. 칭얼이는 입 맞추는 천사와 서로에게 가지를 물어주고 있는 새들 그림을 보더니 그 자리에서 대놓고 비웃었다.

"말도 안 돼. 너무 감상적이야."

그러고는 샤르가 보지 않는 틈을 타 종이를 난로 속에 집어던져 버렸다. 샤르는 칭얼이가 집을 홀랑 다 태워버리기 전에 자신의 계획을 포기하기로 했다.

두 사람은 도시 사람들에 관심이 없었고, 도시 사람들은 두 사람에게 관심이 없었다. 사람들은 과부가 된 집시 여자가 결혼도 안 하고 외간 남자와 같이 사는 것에 대해 입방아만 찧을 뿐이었다. 그러나 그것도 나이 든 사람들이나 그러지, 젊은 사람들은 샤르와 칭얼이가 누군지조차 몰랐다.

어느 날 편지가 한 통 도착했다. 편지를 읽던 칭얼이의 얼굴이 새하얗게 질렸다. 샤르가 무슨 일이냐고 물었지만 칭얼이는 대답도 없이 곧장 외투를 걸치더니 볏을 꼿꼿이 세운 수탉처럼 잔뜩 흥분해 시청으로 달려갔다.

"어림없을 줄 알아." 칭얼이는 소리를 지르며 창구에다 침을 퉤 뱉었다.

"아니, 하지만." 창구 공무원이 놀라서 더듬거렸다. "그건 제가 결정한 게 아니라 시청에서 결정한 겁니다."

"난 시청이고 나발이고 다 상관없어. 이놈의 세상, 나랑은 다 상관없다고."

도시는 지난 오십여 년간 많이 커져 있었다. 사람이 늘면 죽는 사람도 그만큼 느는 법. 그러나 구 공동묘지는 새로 형성된 거주지에 둘러싸여 더 이상 확장이 불가능했다. 따라서 새 공동묘지를 마련할 수밖에 없었다. 그리고 그 공동묘지는 앞으로도 계속 확장이 가능한 장소, 즉 도시 외곽에 자리 잡아야 했다. 더 정확히 말하면 슐람밤스 사하라 옆에.

샤르는 칭얼이가 왜 그렇게 흥분하는지 이해가 안 갔다. 시청에서 새 집을 지어주겠다고 약속했기 때문이다. 그것도 최소한 지금

집 정도 되는 크기의 새 집을.

"나쁠 것 없잖아." 샤르는 칭얼이를 달랬다.

그러나 칭얼이는 누가 찾아오든 자기는 그 집에서 꼼짝하지 않을 거라고 말했다.(아니 고함을 질렀다.)

"하지만 넌 이 집을 좋아하지도 않잖아." 샤르가 말했다.

그러자 칭얼이는 집시 시절, 제자리를 알라는 소리를 귀에 못이 박이도록 들었다며, 이번에는 절대 물러서지 않을 거라고, 어림 반푼어치도 없다고 말했다.(아니 이번에도 역시 고함을 지르며 심지어는 샤르를 졸장부라고 모욕하기까지 했다.)

결국 샤르도 칭얼이의 결정을 받아들이는 수밖에 없었다. 샤르는 더 이상 흥분하지 않았다. 이곳에 계속 살고 싶다고? 좋아, 그럼 나도 이곳에 계속 살도록 하지.

그러나 얼마 뒤 운명적인 사고가 일어났다. 샤르가 작업을 하다 둥근끌에 손을 베었는데 손이 부어오르기 시작하더니 결국 이틀 뒤 샤르의 목숨을 앗아가고 말았다.

패혈증이었다.

삶이 엄청 힘들 수 있듯 죽음도 아주 간단할 수 있었다.

칭얼이는 샤르의 묘비를 직접 골랐다.

"이거요?" 석공이 놀라서 물었다.

칭얼이는 고개만 끄덕였다.

"하지만 이건 가족용 묘비인데요?" 석공이 다시 한 번 확인했다.

"맞아요." 칭얼이는 그렇게 대답한 뒤 거기다 새길 말을 불러주었다, 아니 명령을 내렸다. 그날 저녁 그곳 늙은이들은 술집에 모여 앉아 집시 여자가 이번에는 또 무슨 꿍꿍이속이 있는지에 대해 서로의 귀에다 대고 쑤군거렸다.

"샤르랑 같이 무덤에 묻히려는 속셈이야!"

나이가 아주 많은 신부가 칭얼이를 찾아가 당신의 생각을 말했다.

"신이 맺어준 부부만이 한 무덤에 묻힐 수 있습니다."

그러나 칭얼이는 길길이 뛰며 부엌에서 프라이팬을 들고 나와 노신부를 쫓아냈다.

그랬다. 성 밖 칭얼이는 정말 약게 굴지 못했다.

회의에 회의가 거듭되었다. 시장까지 직접 참석한 높은 사람들의 회의가 계속 진행된 끝에 새로운 제안이 마련되었고, 결과를 보고하기 위해 공무원 한 사람이 칭얼이를 찾아왔다. 공무원은 늙은 신부와 프라이팬에 대한 이야기를 익히 들어 알고 있었기 때문에 되도록이면 현관문 가까이에 앉았다.

"두 분을 한 무덤에 묻어드리겠습니다. 그리고 새 집으로 가지 않으셔도 됩니다. 다만 집의 위치만 조금 옮기도록 하지요." 공무원이 말했다.

칭얼이는 어리둥절한 표정을 지었다. "옮긴다고요?"

"예, 그런 일을 아주 잘하는 사람들이 있답니다." 공무원은 그렇게 말한 뒤 토지대장을 펼쳐 집이 옮겨질 위치를 보여주었다.

칭얼이는 계약서에 서명했다.

이틀 뒤 측량 기사들이 와서 땅에 금을 긋고 여기저기 말뚝을 박기 시작했다.

칭얼이는 사람들이 일하는 모습을 거실 창문으로 내다보았다.

"대가가 너무 큰 거 아니냐고?" 관 속에 누운 샤르의 시신이 자기에게 뭔가를 물어보기라도 한 것처럼 칭얼이가 되물었다. "됐어, 그만해, 샤르!"

그러나 새 공동묘지의 첫 장례자로 샤르가 묻히던 날, 칭얼이의 눈에서 하염없이 쏟아지던 눈물이 오로지 샤르만을 위한 것이었다고는 아무도 자신 있게 말할 수 없었다. 공동묘지는 샤르가 묻힐 자리의 흙을 신부가 우선 축성(사람이나 물건을 하느님에게 봉헌하여 거룩하게 하는 일—옮긴이)부터 해야 할 정도로 아직 손봐야 할 게 많았다. 나무들을 베어내고, 들판을 잔디밭으로 바꾸고, 산울타리를 만들기 위해 침엽수도 심어야 했다. 그러나 칭얼이와 샤르의 무덤만큼은 이미 마련되어 있었다.

일주일 뒤, 집의 이전 공사가 시작되었다. 먼저 지붕의 기와가 걷혔고 이어 다락의 들보와 도리 들을 고정시켜놓았던 나사못들이 모두 풀렸다. 못 없이 서로 잇고 짜 맞춰져 있던 목재들은 좌우 굴뚝 사이로 커다란 구멍이 뻥 뚫릴 때까지 차례차례 해체되었다. 마룻널도 한 줄 한 줄 모두 뜯겼다.

그리하여 집은 벽돌에서 마룻널까지 하나씩 하나씩 전부 옮겨졌다. 그리고 다시 차곡차곡 쌓여 올라갔다.

그 후 칭얼이는 결국 제정신으로 돌아오지 못했다. 끊임없이 불안해하며 주위를 배회하는가 하면 아무나 붙잡고 샤르와 자기에 대한 이야기를 늘어놓았다.

그러다 일 년도 채 못 되어 칭얼이는 세상을 떠났다. 사람들은 칭얼이가 소파에 누워 있더라고 전했다. 샤르가 죽은 뒤로 칭얼이는 두 번 다시 묘비 침대에서 자지 않았다. 한편, 칭얼이의 얼굴에는 불신감이 가득 차 있었는데 그 염려는 결국 현실이 되고 말았다.

그 일에 누가 개입되었는지는 끝까지 밝혀지지 않았다. 그러나 1월 어느 날, 집 밖으로 옮겨진 칭얼이의 시신은 슐람밤스 사하라와 그녀가 사랑한 남자의 곁을 멀리멀리 떠나 살아생전 그토록 치를 떨며 싫어하던 시내를 통과해, 함께 묻히기를 원치 않았던 남자의 무덤에 같이 안치되었다.

물 두 방울

　밖에서는 나머지 식구들이 여전히 사진을 줍고 있었다. 밀케의 고함 소리가 들렸다. 아빠가 창문을 톡톡 두드리며 메이 할머니와 내게 별일 없느냐고 차례차례 물어보았지만 정작 대답은 듣지도 않고 금세 사라져버렸다.

　잠시 침묵이 흘렀다.

　"어쩜 두 사람이 물방울처럼 저렇게도 똑같은지." 메이 할머니가 침묵을 깼다.

　"누구랑 누구요?"

　"네 아빠랑 할아버지 말이다." 할머니는 대답을 하며 웃음을 터뜨렸지만 즐거워서 웃는 웃음소리는 아니었다. "두 사람은 한 번도 못 만났단다. 네 할아버지가 돌아가시고 약 일 년쯤 뒤에 엄마와 아빠가 사귀기 시작했거든. 하지만 두 사람이 만났더라면 분명 막역한 친구가 됐을 게다. 사실, 네 아빠는 할아버지의 사위라기보다는 아들이라고 하는 게 더 어울릴 사람이야."

나는 꾹 참고 기다렸다. 아빠와 할아버지가 칭얼이의 이야기와 도대체 무슨 연관이 있는지 이해가 안 갔다. 그러나 느낌상 할머니가 곧 그 이야기를 시작하리라는 것은 알았다. 이제 다 이야기해주시겠구나. 난 할머니의 이야기가 끝날 때까지 여기 가만히 앉아 있으면 돼.

"두 사람 다 끔찍한 몽상가들이지."

나는 할머니의 얼굴을 빤히 들여다보았다. "페이 할아버지가요?"

"네 할아버지는 특히 심했지. 몽상가 대회가 있었다면 아마 1등은 따놓은 당상이었을 게다. 114군데서 일하고 1,015번 사고를 낸 양반이 네 할아버지였어."

할머니는 거기까지 말하고 나서 다시 사진을 들여다보았다. 나도 할머니의 눈길을 따랐다. 할머니의 성한 눈은 할아버지를 죽 훑어 올리고 있었다. 할아버지의 조끼, 펠트 모자.

"하지만 페이 할아버지는 현장감독이셨잖아요?" 내가 못 믿겠다는 투로 물었다. "평생 동안요. 안 그래요?"

메이 할머니가 나를 물끄러미 들여다보았다.

잠시 뒤, 할머니가 손수건을 꺼내 코를 닦더니 마음을 가다듬고 이야기를 시작했다. 이번에는 집시 여인의 이룰 수 없는 사랑에 관한 길고 극적인 이야기가 아니라 비교적 짧은 이야기였다. 몽상가 페이 할아버지와 그런 할아버지를 길들일 수 있다고 믿은 여인에 대해. 그러나 허구한 날 날품만 팔다 말다 하고, 임시로 일할 자리를 구해도 몇 달을 진득이 버티지 못하는 할아버지에 대해. 늘 너무 일찍 떨어져버리고 마는 돈에 대해. 약속과 더 많은 약속들에 대해. 그러다 거의 모든 희망이 사라졌을 무렵 마침내 임신이 된 할머니가 마지막으로 내건 요구 사항에 대해. 일자리를 구하든지, 나가버리든지 둘 중에 하나를 선택해요.

"네 할아버지는 건축업을 하는 제 사촌한테서 견습 자리를 하나 받았단다." 할머니가 말을 이었다. "건축업을 아주 크게 하는 사람이었지. 그렇게 해서 네 할아버지는 마흔두 살에 현장감독 견습공이 됐어. 벌이는 변변치 않았지만 난 네 할아버지한테 정식 일자리가 생겨서 얼마나 기뻤는지 몰라. 하지만 솔직히 좀 창피도 하더라. 네 할아버지는 내가 그러는 게 우스웠나 봐. 이 사진은 그때 찍은 거란다. 날 놀리려고 제 사촌이랑 옷을 바꿔 입고 찍은 거야."

나는 사진을 다시 들여다보았다. 아, 그래서 저 뒤에 서 있는 남자기 저렇게 미친 듯이 웃는 거였구나. 저 남자는 인부가 아니라 사장이었어.

또다시 침묵이 흘렀다. 메이 할머니는 신음 소리를 내며 발의 위치를 조금 옮겼다. 그러더니 깊은, 아주 깊은 한숨을 내쉬었다. 나는 할머니에게 미소를 지어 보였다. 그러나 내 미소를 본 것 같지는 않았다.

"이 사진을 찍고 일 년쯤 뒤였단다. 네 할아버지의 사촌한테 칭얼이의 집을 옮기는 공사가 떨어졌어. 그런데 그이는 일주일 전에 더 크고 중요한 계약을 받아둔 상태였지. 그래서 진짜 현장감독은 그 일을 맡았단다. 그리고 칭얼이의 집은 네 할아버지가 맡았지. 그러니 잘못될 수밖에. 그것도 아주 단단히."

할머니는 손수건으로 다시 한 번 코를 닦았다. 나는 할머니의 다음 이야기를 기다렸다. 할머니는 잠시 창밖을 내다보았다. 손에 빗자루를 들고 슐람밤스 사하라를 건너가는 뮐케. 산울타리에 걸린 사진을 꺼내려고 피트 오빠를 목말 태운 채 비틀거리는 에트 오빠. 산울타리에서 도망쳐 들판으로 사라지는 참새들.

메이 할머니가 헛기침을 했다.

"뭐가 잘못됐는데요?" 내가 물었다.

할머니는 쓴웃음을 지었다. "잘못되지 않은 게 뭐냐고 묻는 편이 더 빠를 게다. 네 할아버지는 집이 무너지지 않도록 받쳐놓는 걸 잊어버렸단다. 그래서 벽돌을 깨내기 시작했을 때 굴뚝 두 개 중에 하나가 주저앉고 말았어. 그 밑에 서 있던 인부가 깔려 죽지 않은 게 천만다행이었지. 굴뚝은 간발의 차이로 현관문 디딤돌 위로 무너졌단다."

"그래서 돌 위에 금이 가 있었던 거군요." 내가 말했다.

"그래. 그리고 그래서 디딤돌은 옮겨 오지 않은 거고. 깨져버렸으니까. 나중에 집이 완성되면 새로 만들어놓겠다며 큰소리쳤지만 다 말뿐이었어. 말만 하고 실천에 옮기지 않은 일들이 어디 한둘이어야지."

머릿속이 바쁘게 돌아갔다. 점점 더 많은 일들이, 점점 더 많은 수수께끼들이 풀리고 있었다. 내 머릿속에 흩어져 있던 퍼즐 조각들이 다 맞춰진 느낌이었다. 한 가지만 빼고.

"그런데 아홉 발 집 현관문은 어떻게 된 거예요? 문이 왜 집 뒤에 있어요?"

"그것도 네 할아버지의 실수였단다. 어쩌면 가장 큰 실수였는지도 모르지." 할머니가 대답했다. "집을 옮긴답시고 상자갑 밀듯 그대로 위치만 바꿔놓는 통에 그렇게 된 거야. 집을 돌려서 현관이 다시 길 쪽으로 오도록 해야 한다는 걸 생각도 못 한 게지. 할아버지의 사촌이 와봤을 땐 공사가 이미 너무 많이 진척된 상태라 그냥 그대로 됐단다."

"그렇게 된 거였군요."

할머니는 내 말에 더 이상 아무 대꾸도 하지 않았다.

거실 시계가 종을 치기 시작했다. 바깥의 사진 사냥도 거의 끝나가는 듯했다. 크레칭 오빠와 쉐르 오빠의 말소리가 들렸다. 돈과 앞으로의 계획에 대해 이야기를 나누는 듯했다.

　나는 할머니의 손을 잡았다. 굳은살투성이였지만 여기저기 의외로 부드러운 곳이 남아 있었다. 아, 맞아, 할머니의 손이 이랬지. 나는 알고 있었으면서도 늘 자꾸 잊어버렸다.

　"할머니."

　"왜?"

　나는 잠시 생각에 잠겼다. 뭔가 하고 싶은 말이 있었는데 정확히 기억이 안 났다. 그러나 할머니를 물끄러미 바라보고 있자니 입이 저절로 열렸다.

　"상관없어요."

　"뭐가?"

　"페이 할아버지가 진짜 감독이 아니셨던 거요."

　할머니는 말없이 내 얼굴만 들여다보았다.

　"그리고 이 집이요, 정말 완벽한 집은 아니에요. 하지만 어쨌든 할아버지가 지은 집이잖아요. 약간은요. 그러니까 우리 집이기도 해요."

　"우리 공사판이라고?" 할머니가 비꼬듯 대꾸했다.

　그러나 할머니는 눈길은 여전히 내게 머물렀다.

　나도 할머니를 바라보았다.

　계속해서.

　할머니의 부엉이 눈은 한자리에 가만히 있었다.

뮐케가 거실로 뛰어 들어왔다. "다 찾았어요. 거의 다요. 한 장은 아직 홈통 뒤에 끼어 있는데 제가 지금 다락방 창문으로 나가서……."

"말도 안 되는 소리." 메이 할머니가 호통을 쳤다. "사내애는 계집애가 아니고, 계집애는……."

"사내애가 아닌 법!" 셋이 동시에 외쳤다.

뮐케가 나와 할머니를 번갈아 보더니 생긋 웃으며 물었다.

"아직도 싸우는 거야?"

영락없는 뮐케였다. 저 궁금하면 뭐든 다 묻고, 저 답답하면 무슨 말이든 다 하고, 도무지 제 생각을 감추는 법이 없었다. 나는 내가 뮐케 같지 않은 것에 대해 가슴을 쓸어내리며 다행이라고 여겨야 할지, 샘을 내며 속상해해야 할지 여전히 갈피를 잡을 수가 없었다.

뮐케는 소파로 가 할머니 옆에 털썩 주저앉았다.

"어때, 이번엔 내 말이 맞았지? 정말 비극이 있었잖아."

"그래, 처절한 비극." 나는 웃으려고 했지만 웃음이 나오질 않았다.

가슴 아픈 비극에 웃을 일은 없다. 특히 그 비극이 나의 바람과는 달리 나와 더 직접적인 관련이 있다는 사실을 알았을 때는.

이제 다리 하나만

성녀 로사 축일, 행렬에서 가장 단정한 소녀는 나, 가장 단정치 못한 소녀는 뮐케 그리고 가장 빛나는 소녀는 예스였다.

모든 여학생들은 한 줄로 길게 늘어서서 서로 발맞춰 걸었다. 우리는 방학 전에 안젤리카 수녀님한테 배운 대로 다들 경건한 표정을 지어 보였다. 토실토실한 얼굴에 신앙심 깊어 보이는 주름살이 팬 안젤리카 수녀님은 우리들 얼굴을 일일이 짚어가며 어디에 인상을 써야 그런 주름이 잡히는지 가르쳐주었다. 행진 연습은 운동장에서 했는데, 안젤리카 수녀님은 느린 4분의 4박자를 외쳐댔다.

"담다디다, 다다디다. 담다디다, 다다디다. 걷고, 붙이고! 걷고,

붙이고! 걷고, 붙이고! 담다디다, 다다디다!"

성녀 로사 축일에는 구름이 잔뜩 끼었고, 바람은 거의 불지 않았다. 금방이라도 천둥 번개를 동반한 소나기가 쏟아질 것 같았다. 복사(미사 때 사제를 도와 시중을 드는 사람—옮긴이)들이 향을 흔들며 맨 앞에서 걸었다. 그들이 반원의 연기를 흔들며 지나간 자리에는 자극적인 향기가 코를 찔렀다. 그 뒤는 수녀님들과 신부님 그리고 수도사님들이 따랐다. 수녀님들의 높고 조용한 목소리가 신부님과 수도사님들의 낮고 굵은 목소리와 번갈아가며 기도문을 외웠다. 그리고 그 뒤를 네 명의 소년이 받쳐 든 천개(종교 행렬에서 귀인의 상징으로 사용되는 장엄구의 하나—옮긴이) 밑에서 주교님이 걸었고 맨 끝은 우리였다.

행렬이 우물 거리에 다다랐을 때 우리는 색색의 모래로 그린 마리아와 리마의 성녀 로사의 그림을 밟으며 걸었다.

"담다디다, 다다디다." 안젤리카 수녀님이 목소리를 죽여가며 우리에게 박자를 불러주었다. 그러나 정작 박자를 못 맞추는 사람은 수녀님이었다. 안젤리카 수녀님은 너무 흥분해 얼굴이 벌겋게 달아올라 있었다.

주교님은 사람들이 집 앞에 내놓은 제단을 지나칠 때마다 멈춰서서 일일이 다 축복해주었다. 우리는 우물 옆 성문을 통과해 성녀 로사 예배당이 있는 마녀산으로 향했다. 머리 위에서는 보리수 가지들이 시원한 소리를 내고 있었다. 예배당으로 가는 길에는 십자가의 길에서 수난당하는 예수의 모습을 부조로 조각해 보여주는 작은 벽돌 탑들이 곳곳에 세워져 있었다. 우리는 '무릎 꿇는 곳'이라 불리는 그 벽돌 탑들과 '올리브 마당'(유다에게 밀고당하기 전 예수가 마지막으로 머문 올리브 숲을 상징하는 기념물로, 이 작품의 무대인 네덜란드 남부 도시 싯타르트에 실재한다—옮긴이)이라 불리는 커다란 벽돌 기념물 앞을 차례차례 지나쳤다. 모두 반 베쏨의 벽돌들이었다.

담다디다. 다다디다.

뮐케는 계속해서 치마를 치켰다. 치맛자락을 자꾸 밟는 바람에 뮐케의 치맛단은 행렬이 시작된 지 채 10미터도 못 돼 죄다 뜯어지고 말았다. 예스는 자랑스럽고 환한 미소를 머금은 채 등허리를 꼿꼿이 펴고 걷고 있었다.

홈파 하치 아저씨가 이뤄낸 기적 덕이었다.

악어가 슐람밤스 사하라에 제 이야기들을 날려 보낸 지 이 주 뒤, 홈파 하치 아저씨가 갑자기 사라져버렸다. 아저씨는 공동묘지에도 없었고, 산울타리 속에 쭈그리고 앉아 있지도, 그렇다고 시내에서 어슬렁거리지도 않았다. 마치 연기가 되어 공중으로 사라져버린 것만 같았다. 아저씨와 더불어 작업장에 있던 행운 담배도 서른 개비가 없어졌다.

그러나 그게 다가 아니었다.

"세상에 이런 일이 다 있나." 아빠가 어리둥절한 목소리로 외쳤다.

오빠들은 머리만 긁적댔다.

작업장에는 모기장이 있었다. 물론, 모기장의 창틀은 여전히 남아 있었다. 그런데 거기에 붙어 있던 거즈가 감쪽같이 사라지고 없었다.

"아니, 이건 또 뭐하자는 거야?" 쉐르 오빠가 소리쳤다.

피터 오빠가 대꾸했다. "하여튼 한번 미치면 구제불능이라니까."

우리는 작업장 구석에서 자루를 발견할 때까지 그저 어안만 벙벙해했다. 의자 위에 올려놓은 자루 위에는 작은 글씨가 쓰인 쪽지가 한 장 꽂혀 있었다.

예스에게

"아니, 이 사람이 글을 쓸 줄 아네! 너흰 알고 있었니?" 아빠가 놀라서 물었다.

예스가 자루를 조심스레 열어 펼쳐 보이는 순간 우리는 모두 입이 떡 벌어지고 말았다.

모기장에서 뜯어낸 거즈를 철사 뼈대에 둘러씌워 만든 날개였다. 날개는 깃털처럼 가볍고 하늘하늘했다. 양 날개의 크기와 형태도 아주 똑같았다. 게다가 거즈 위에는 진주색, 하늘색, 황금색 실로 수까지 놓여 있었다.

그렇게 해서 예스도 결국에는 천사가 되었다.

한편 행렬을 구경하던 사람들은 새 마리아를 보고 경악을 금치 못했다. 새 마리아는 종이찰흙으로 만든 동굴 안에 그야말로 옴짝달싹도 못 할 정도로 꽉 끼어 있었다. 머리에 쓴 관은 너무 작았고, 손에 든 마분지 하트는 구겨질 대로 구겨져 있었다.

"하느님 뜻에 따를밖에요." 행사 일주일 전, 교장 선생님이 결단을 내렸다. "난 이런 애를 도저히 천사 행렬에 끼울 수 없어요. 보세요, 머리털을 쥐어뜯겨 놔서 머리통이 절반이나 텅 비었잖아요. 그러니 얘가 마리아가 되는 수밖에요. 마리아가 되면 최소한 머리를 좀 가릴 수 있을 테니까요."

"은총이 가득하신 마리아님, 기뻐하소서……." 우리는 기도문을 외웠다. "……그리고 저희를 전염병에서 지켜주소서." 처음부터 마리아가 탄 마차 옆에 바짝 붙어 걷고 있던 뮐케는 기도가 끝나자마자 빙긋 웃으며 한마디를 덧붙였다. "그리고 대머리 머리통도 지켜주소서."

뚱보 토니는 붉으락푸르락하는 표정으로 뮐케를 노려보았지만 뮐케에게 덤비거나 하지는 않았다. 토니는 조심하고 있었다.

우리가 예스를 찾아낸 다음 날, 메이 할머니는 채마밭에서 파, 감자, 오이 등을 캐 바구니에 담은 뒤 나더러 따라오라고 일렀다. 할머니는 나를 데리고 우리 시에서 가장 가난하고 더러운 동네로 갔다. 좁은 골목은 악취가 진동했고, 온갖 쓰레기와 오물로 바닥이 미끈거렸다. 나는 토니에게 사과를 해야 했다.

"아, 그리고…… 내, 어차피 여기까지 왔으니 말인데." 토니의 엄마에게 야채 바구니를 안긴 할머니가 입을 열었다. 할머니의 목소리는 봄에 부는 산들바람처럼 부드러웠다. "토니 너, 우리 예스를 한 번만 더 건드리는 날엔 내가 가만 안 둘 거야. 그땐 머리통이 올챙이가 될 각오를 해야 할 게다. 그 전엔 네 머리채를 절대 놔주지 않을 테니까, 알았지?"

메이 할머니는 뚱보 토니의 어깨에도 오지 않았지만 빙빙 돌아가는 부엉이 눈과 심각한 말투는 그 애에게 충분히 겁을 주고도 남았다.

행렬 의식이 끝났다. 뮐케는 마녀산에서 내려오기도 전에 날개를 벗어버렸다. 그러나 예스는 끝까지 입고 있었다. 내년 행사 때까지 보관해두는 교회 앞에 다다랐다. 나는 아빠의 도움을 받아 예스의 날개를 조심스레 벗겨주었다.

"아빠?" 내가 아빠를 조용히 불렀다.

"왜?"

"귈련 다 파셨어요?"

"다 팔다뿐이냐!"

"그럼 우리 이제 부자예요?"

아빠가 싱긋 웃었다. "걱정 마라. 당분간 은행에 시달리지 않을 정도는 되니까."

아빠는 내게 한쪽 눈을 찡긋해 보였다.

비가 내리기 시작했다. 하늘에서 굵은 빗방울이 후드득후드득 떨어지나 싶더니 오 초도 못 돼 천둥 번개까지 쳤다.

나, 할머니, 아빠, 오빠들, 뮐케 그리고 예스는 모두 시장으로 뛰어갔다.

"어이구, 우리 새 엽궐련 왕 오시네." 놀 아저씨가 손짓을 하며 외쳤다.

우리는 아저씨 쪽으로 다가갔다. 엽궐련 왕들과 황제가 '르쾬느'라는 술집의 차양 밑에 바짝들 붙어 서 있었다.

왕들은 아빠에게 인사를 건네며 서로 먼저 담뱃갑을 꺼내 궐련을 권했다. 아빠가 누구 것을 받고, 누구 것을 사양해야 할지 몰라 얼굴이 시뻘겋게 달아오르자 왕들은 눈짓을 교환하며 싱긋 웃었다. 꼭 오빠들 같았다.

엽궐련 황제는 아무 말도 하지 않았지만 아빠가 인사를 하자 고갯짓을 해 보였다. 황제의 펠트 모자는 겨울에 보았을 때와 조금도 다름없이 여전히 말쑥했다.

빗방울이 차양을 때리는 동안 남자 어른들의 대화는 천천히 무르익어갔다.

나, 뮐케, 예스는 그 옆에 꿔다 놓은 보릿자루처럼 가만히 서 있었다.

"똑바로 서야지." 메이 할머니가 꾸짖었다.

엽궐련 황제의 부인도 그곳에 있었는데 얼굴은 분을 발라 여전히 뽀얬고, 눈썹은 작은 활처럼 가늘고 동그랬다. 그래도 가까이서 보니 멀리서 봤을 때만큼 이상하지는 않았다. 황제 부인은 손수건으로 얼굴을 톡톡 두드리며 우리에게 고개를 까딱해 보였다. 그리고 천둥이 칠 때마다 몸을 움찔거렸다.

"젊은 아가씨 세 명이라……." 황제 부인이 할머니에게 속삭였다. 뜻밖에 약간 칼칼한 목소리였다. "쉽지 않으시겠어요."

아가씨라는 말에 뮐케가 웃음을 터뜨렸다.

"젊은 신사 네 명이 더 있죠." 메이 할머니가 뮐케를 죽일 듯 노려보며 대답했다. "엽궐련 왕 한 명하고요."

그리고 나서 우리도 잘 아는 할머니의 넋두리가 이어졌다. "그것도 한 다리 반은 이미 무덤에 담그고 있는 이 나이에 말입니다." 할머니 스스로도 당신의 변화를 알아차렸을까? 어쨌거나 내 눈에는 띄었다. 예스와 뮐케의 눈에도.

어떤 계산 문제들은 오빠들의 도움이 필요 없었다. 칭얼이의 이야기가 끝난 덕분이었는지도 모른다. 아니면, 입이 양쪽 귀까지 찢어진 채 엽궐련 왕들과 어울려 처음으로 어딘가에 속한 사람처럼 보이는 아빠 때문이었을 수도, 아니 단순히 그저 당신의 이야기에 귀 기울여주는 사람이 있어서였을 수도 있다.

어쨌거나 뭔가가 우리 할머니를 무덤에서 반 발짝쯤 끌어낸 것 같았다. 그리고 그것은 불행 담배가 행운 담배로 변한 기적과, 예스가 천사가 된 기적 다음에 일어난 가장 큰 기적이었다.

걱정의 반대말 Ⅲ

개학 일주일 전 월요일. 우리 가족은 모두 버스에 몸을 싣고 시내를 빠져나가고 있었다. 우리는 버스 맨 뒤에 있는 긴 의자에 나란히 앉아 휙휙 지나가는 바깥 풍경을 내다보았다. 조금 덥게 느껴지는 늦여름날이었다. 반쯤 열린 창문으로 여름 바람이 불었다. 디젤 냄새, 땀 냄새에 섞여 메이 할머니의 향수 냄새가 간간이 풍겼다.

오빠들은 지나가는 자동차들을 가리키며 디젤엔진과 타이어 압력에 대해 자기들이 아는 사실과 지식을 서로 경쟁하듯 쏟아냈고, 뮐케와 예스는 집에 가는 길에 누가 창문에 앉을 건지를 놓고 말다툼을 벌였다.

단 한마디도 하지 않는 사람은 우리들 앞자리에 앉은 아빠와 할머니뿐이었다. 할머니는 일요일에 입는 원피스를 입고 꼿꼿한 자세로 앉아 있었다. 모자에 달린 펠트 장미가 바람에 살랑거렸다. 할머니는 똑바로 앞만 쳐다보고 있었다. 할머니의 바구니 위로 삐죽 튀어나온 작은 갈퀴가 보였다.

아빠는 창밖을 내다보고 있었다. 거리를 향해, 나무와 집 들을 향해 계속 고개를 까닥이며. 울퉁불퉁한 도로 탓이었을 수도 있지만 확실하지는 않다. 아주 오랜만에 다시 만나는 거리와 나무와 집 들에게 정말로 인사를 건넸던 건지도 모른다.

약 삼십 분 뒤 버스가 종점에 다다랐다. 사람은 별로 없었다. 날은 더웠고, 가게들은 아직 닫혀 있었다.

우리는 걸어서 약 삼십 분을 더 갔다. 목적지가 가까워올수록 모두들 점점 더 조용해졌다. 나는 이곳에 온 게 얼마 만인지 따져보려고 했다. 그러나 뭐가 언제 적 일이었는지 정확히 기억나지 않았다.

공동묘지는 작았다. 둘레에는 산울타리 대신 담이라고 부르기에도 우스운, 마음만 먹으면 기어 넘고도 남을 아주 야트막한 담이 둘러쳐져 있었다. 그러나 우리는 굳이 담을 돌아 작은 정문으로 갔다. 문은 기름을 쳐놓아 소리 없이 부드럽게 열렸다.

엄마의 묘비는 자연석이었다. 광택이 나는 묘비는 아니었지만 엄마의 무덤은 잘 다듬어져 있었다.

마리아 테오도라 안토니아 소피아 본클레인

1903년 4월 17일~1928년 10월 10일

안토니우스 휘베르튀스 빌헬미나 마르가레타 본

1900년 11월 3일~

할머니가 얼마나 철두철미한 사람인지는 무덤만 봐도 알 수 있었다. 무덤은 잔돌멩이 하나 없이 깨끗했고, 꽃이 활짝 핀 작은 들장미 덩굴은 낮은 시렁의 지탱을 받으며 묶여 있었다. "너희들, 묘지도 애들이 와 있을 수 있는 장소라는 걸 보여주겠다고 했겠다?" 메이 할머니가 말했다.

뮐케와 나는 물을 퍼 왔다. 오빠들과 예스는 무덤의 잡초를 뽑았다.

엄마의 무덤처럼 작은 무덤을 아홉 명이서 돌본다는 것은 당연히 말도 안 됐다. 우리는 계속해서 서로 부딪쳤지만 신경질을 부리거나, 킥킥거리거나, 농담을 하지 않으려고 아주 조심했다.

아빠는 아무 일도 하지 않았지만, 심지어 그것조차 아빠한테는 아주 힘들어 보였다. 아빠는 이 발 저 발로 계속 무게중심을 옮겼다. 아빠가 볼을 지그시 깨물었다. 그러다 내가 쳐다보고 있다는 걸 알아차리고는 얼른 미소를 지어 보였다. 그러나 결국은 고개를 삐딱하게 든 모습으로 사라지고 말았다.

나는 아빠와 엄마의 무덤을 번갈아 보며 망설였다.

"다시 올 게다." 할머니는 고개도 들지 않고 말했다. "잠시만 혼자 있게 내버려 두렴."

할머니는 시렁 사이로 시든 장미꽃을 조심스레 잘라내고 있었다. 우리가 그곳에 있었기 때문이었는지도 모른다. 그곳이 무덤이었기 때문이었는지도 모른다.

"할머니?"

"왜?"

"그런데 샤르의 무덤은 어디 있어요?"

할머니가 끙 하는 소리를 내며 몸을 일으켰다.

"샤르의 무덤?"

"네. 칭얼이가 묻힌 곳은 알아요. 그런데 샤르는 어디 묻힌 거예요?"

"그건 아무도 정확히 모른단다."

"왜요?"

할머니가 마른 장미를 내 손에 건넸다. 바스락거리는 소리가 들렸다.

"심지어는 무덤조차도 영원하지가 않단다. 칭얼이가 죽은 뒤로 샤르의 무덤은 아무도 돌보는 사람이 없었지. 수년 뒤 묫자리의 계약 기간이 끝나 계약을 연장해야 했지만 그때도 여전히 나서는 사

람이 없었어. 그래서 묘는 비우고, 뼈는 뼈 버리는 들판에 뿌렸단
다.”

나는 엄마의 무덤을 바라보았다. 엄마와 아빠의 이름이 다시 눈
에 들어왔다. 그러나 이번에는 두 분의 이름이 함께 새겨져 있는 것
이 아무렇지도 않았다. 물론 여전히 겁은 조금 났지만 지금까지처
럼 그렇게 많이는 아니었다.

메이 할머니의 말이 옳았다. 아빠는 다시 돌아왔다. 아빠의 표정
은 거의 평소나 다름없었고, 목소리도 떨리지 않았다.

“이 사람, 세상에서 가장 멋진 곳에 묻혔어요.” 아빠가 말했다.

메이 할머니가 원피스를 툭툭 털더니 손으로 햇볕을 가리며 무
덤을 들여다보았다.

“너무 멀어.” 할머니가 말했다.

“그래도 멋지잖아요.”

“너무 멀대도.”

그러나 두 사람 다 화난 목소리는 아니었다. 그보다는 서로 다른
시간과 공간을 여행하는 두 여행자가 대화를 나누고 있는 것 같았
다. 그 두 여행자가 서로에게 다가가려면 서로의 말을 새겨듣는 수
밖에 없었다.

“자.” 엄마의 이름이 다시 깨끗이 닦이고, 장미 손질과 잡초 뽑

기가 끝나고, 꽃병에 새 꽃이 채워지자 메이 할머니가 신호를 보냈다. 할머니는 바구니를 싸기 시작했다. 할머니의 손에는 묘비를 닦았던 헌 수건이 들려 있었다.

"이게 바로 넝마 심장 닦아주는 넝마 조각이란다." 할머니가 수건을 고이 접어 바구니에 넣으면서 말했다.

집으로 돌아가는 길에도 나는 오빠들과 여동생들 사이에 끼어 버스 맨 뒤, 긴 의자에 앉았다. 디젤 냄새와 땀 냄새 사이로 또다시 향수 냄새가 풍겼다. 그러나 이번에는 뭔가 다른 향이 하나 더 있었다. 무슨 향이라고 딱 꼬집어 말할 수 없는 향기가. 나는 이제부터 펼쳐질 시간의 향기를 맡고 있었다. 걱정의 반대말이 드디어 찾아온 것이다.

우리 할머니는 멀리 여행을 가본 적이 없었다. 할머니가 살았던 20세기에는 휴가도 일반적이지 않았고, 휴가를 간다고 해도 가까운 벨기에나 독일에 가는 게 고작이었다. 그러나 우리 할머니는 동시에 세계를 여행했다. 당신의 상상 속에서. 할머니는 상상력이 아주 뛰어났고, 당신의 상상을 듣고 싶어 하는 모든 이들과 기꺼이 나눠 가졌다.

할머니는 타고난 이야기꾼이었기에 나는 어려서부터 할머니의 이야기를 듣는 것을 참으로 좋아했다. 할머니는 때로는 동화를, 때로는 지어낸 이야기를 그리고 때로는 할머니가 어려서 직접 겪었던 일들을 이야기로 들려주었다. 할머니가 어렸을 때 살았던 이상한 집에 대한 이야기는 할머니가 실제로 겪은 이야기 중 하나다. 그 집은 할머니가 태어난 싯타르트라는 작은 마을 외곽에 있었는데 맞은편에는 공동묘지가 있었다. 그리고 그 작은 마을은 그 자체가 이야기의 샘이었다. 시장에게 훈장을 받은 거리의 떠돌이, 서로 치열하게 경쟁하던 엽궐련 공장들, 돈벌이를 위해 해마다 가을걷이를 도와주러 오는 집시들 그리고 그들에 대한 마을 사람들의 텃세와 차별…….

할머니는 불행히도 내가 스물세 살 되던 해에 돌아가셨다. 그리고 한참 뒤, 나는 할머니의 유년 시절에 대해 글을 쓰기 시작했다. 할머니의 옛이야기와 다행히 할머니로부터 물려받은 '상상 유전자'의 도움을 받아.

할머니 자신은 단 한 번도 먼 여행을 해본 적이 없지만 그분의 이야기가 전 세계를 여행하기 시작했다고 생각하면 얼마나 기쁜지 모른다. 가끔씩 "할머니, 이제 한국의 독자들이 할머니의 이야기를 읽게 됐어요."라고 하면 할머니가 과연 뭐라고 말할지 무척 궁금해진다. ……할머니가 내 말을 믿기는 할까?

한국 독자들에게 애정 어린 인사를 전하며.

2009년 9월
벤니 린데라우프

가만 생각해보면 나도 어려서 옛날이야기 듣는 것을 참 좋아했다. 특히 외할머니가 해주시던 이야기들이 참 재미있었는데 아쉽게도 그 구체적인 내용은 다 잊어버렸고 지금은 딱 한 가지, 이야기해달라고 조르는 나의 성화를 피해갈 때 할머니가 곧잘 쓰던 방법만 또렷이 기억난다. "막내야, 지금 말똥이 굴러가고 있거든? 이 말똥이 멈추면 그때 이야기해줄게." 나는 말똥을 본 적도 없으면서 언덕을 굴러 내려가는 말똥을 머릿속으로 열심히 상상했고, 할머니는 그렇게 상상의 말똥을 굴려놓고 마당의 잡초를 뽑거나 장을 보러 가셨다. 말똥은 하루처럼 느껴지는 한 시간 뒤에도 여전히 굴러가고 있기 일쑤였다.

벤니 린데라우프의 '이야기보따리 할머니'도 이따금 말똥을 굴렸을까? 이것 역시 내가 그에게 던진 수많은 질문들 속에 포함시켜야 했을까? 나는 이 책을 우리말로 옮기면서 작가와 꽤 많은 이메일을 주고받았다. 그는 이제까지 내가 책을 번역하면서 가장 질문을 많이 던진 작가이고, 그 기록은 아마도 당분간 깨지지 않을 것 같다. 어쨌거나 그는 나의 질문에 늘 친절하게 답해주었고, 나의 어려움을 이해해주었으며, 내가 지적한 문제들을 함께 고민하며 해결점을 찾아주었다. 벤니 씨와 그의 할머니에 대한 이야기는 구체적으로 나누지 못했지만 한 가지, 그가 자신의 할머니로부터 들은 이야기를 잘 기억해두었다가 거기에 뼈대를 만들고 살을 붙여 흥미진진한 소설을 써냈다는 것만큼은 확실하다.

우리에게는 아직 조금 낯설게 들리는 작가 벤니 린데라우프 (Benny Lindelauf)는 1964년 네덜란드 싯타르트에서 태어났다. 춤에도 재능이 있었던 린데라우프는 먼저 암스테르담 연극학교에서 무용을 전공했고 뒤이어 여러 극단에서 무용수와 연극배우로 일했다. 그때부터 틈틈이 글을 써오던 그는 더 이상 무용을 할 수 없게 되자 본격적으로 작가의 길을 걷기로 결심했다. 1998년 상상력 풍부한 꼬마 아넬리의 이야기를 다룬 『위로 굴러떨어지는 날』 (*Omhoogvaldag*)을 시작으로, 2001년 백혈병을 앓는 소년의 이야기를 감동적으로 그려낸 『재킷에 감싸고』(*Schuilen in een jas*)를 발표, 벨기에 플랑드르 언어권 청소년문학상인 황금부엉이상 후보에 오르는 등 세간의 주목을 받기 시작했다. 린데라우프는 언젠가 "글쓰기란 계속해서 새 집으로 이사 가는 것과 비슷하다."란 말을 한 적이 있는데, 그의 세 번째 집 『걱정의 반대말』은 제목처럼 그에게 걱정의 반대말 같은 책이 되어주었다. 네덜란드 원제는 '아홉 발 집'(Negen Open Armen)인 이 작품은 상복도 많아 2004년 최우수 청소년 역사소설에 수여되는 네덜란드 테아벡만 상(Thea Beckman-prijs)과 2005년 네덜란드 출판협회(CPNB)가 수여하는 황금키스 상(Gouden Zoen)을 받았으며, 국제아동도서협의회 세계본부(IBBY)의 2006년 명예도서목록과 2008년 독일아동청소년문학상 후보에 오르는 등 다양한 영예를 안았다.

이 책의 가장 큰 매력은 뭐니 뭐니 해도 탄탄한 구성이다. 이야기의 날실을 1937년을 살고 있는 핑과 그의 가족들이 쥐고 있다면, 씨실은 1863년을 살았던 칭얼이와 샤르에게 쥐어져 있다. 그 두 시공간을 이어주는 매개체가 셋 있는데 첫 번째는 아홉 발 집이고, 두 번째는 홈파 하치 그리고 세 번째는 메이 할머니이다. 그러나 아홉 발 집은 말을 못하고, 홈파 하치는 말이 없고, 메이 할머니는 말을 하려 들지 않기 때문에 이 두 가닥의 실이 피륙으로 짜였을 때 거기에 과연 어떤 무늬가 나타날지 처음에는 도무지 감이 잡히지 않는다. 그러나 솜씨 좋은 작가는 앞으로 놀라운 무늬로 나타날 복선들을 여기저기 치밀하게 집어넣으며 이야기의 긴장감을 끝까지 팽팽하게 유지시킨다. 아홉 발 집도, 할머니도 뭔가 좀 이상하다고 느끼면서도 복선을 눈치채지 못하고 책장을 넘기던 독자들은 중반부를 넘어서면서 드러나는 무늬의 윤곽에 '아하! 이렇게 된 거였구나!' 하고 무릎을 칠 것이다.

이 책의 또 다른 강점은 개성 넘치고 특성이 뚜렷한 인물들이다. 작가는 이를 위해 네 명의 오빠들처럼 대가족의 구성원이되 상대적으로 덜 중요한 인물들에 대한 묘사나 대사는 과감히 덜어내고 할머니, 핑, 뮐케, 예스 등 주요 인물들에게 초점을 맞추었다. 사려 깊지만 자신감이 부족한 첫째 핑, 직설적이고 극적인 경험을 하고 싶어 안달하는 뮐케, 겁 많은 응석받이 예스. 그리고 작가가 그 어떤 인물보다도 애정을 가지고 그려낸 메이 할머니. 그녀는 건물의 반석처럼 이 작품의 기반이요, 열쇠를 쥔 인물이다. 할머니의 지나치게 강경한 태도는 실은 숨기고픈 비밀 때문이었다. 남편의 치부를 감추려고 들면 들수록 그녀는 가족들 앞에 거짓 허상을 세워야 했고, 권위의 회초리를 들어야 했다. 비밀은 역시 늘 거짓말이라는 그림자를 드리우는 것일까?

할머니의 거짓말이 옳은지 그른지에 대한 가치판단은 부질없다. "시체 없는 지하실 없다."라는 독일 속담처럼 개인이든 가정이든 드러내고 싶지 않은 일 한두 가지쯤은 지닌 채 살아가는 법이므로. 단, 나이 마흔두 살에 현장감독 견습공이 된 남편을 보며 "솔직히 좀 창피했다."던 읊조림은 그녀의 실체를 가장 잘 드러내 주는 말이 아닌가 싶다. 그녀는 실은 나약한 사람이었다. 자신의 존재보다는 자신을 에워싼 환경에서 자신감을 얻으려던 사람. 당신은 그저 자기가 옳다고 생각하는 방식으로 손녀들을 키웠을 뿐이다. 그것도 최선을 다해, 손녀들이 남 보기 버젓한 정숙한 숙녀들로 자라나길 바라면서. 그래서인지 메이 할머니의 거짓말에 대해서는 원망보다 연민이 앞선다. 그러나 손녀 핑이 바란 것은 위선이 아닌 진실이었고, 아이에게는 그것이 진정한 가족애요, 걱정의 반대말이었다.

마지막으로 이 책은 최우수 청소년 역사소설에 수여되는 테아벡만 상 수상작답게, 19세기 말에서 20세기 초반 네덜란드인들의 삶을 생생히 그려내고 있다. 가난과 질병과 편견에 맞서 싸워야 했던 그네들의 힘겨운 일상이 우리의 예전 모습과도 비슷한 듯해 번역하는 내내 친근감이 들었다. 복잡한 사료를 바탕으로 하지 않고 개인적 추억을 근거로 당시의 풍색과 분위기를 전달한 픽션이 역사소설에 주는 상을 받았다는 사실이 조금 놀랍기도 했다.

분량이 만만치 않아 번역하기가 녹록지 않은 작품이었다. 그러나 읽는 이들이 즐겁다면 그것이 내 '걱정의 반대말'이 될 것 같다.

2009년 9월
김영진

창비청소년문학 21

걱정의 반대말

초판 1쇄 발행 • 2009년 9월 16일
초판 7쇄 발행 • 2020년 10월 12일

지은이 • 벤니 린데라우프
옮긴이 • 김영진
펴낸이 • 강일우
책임편집 • 이지영
펴낸곳 • (주)창비
등록 • 1986년 8월 5일 제85호
주소 • 10881 경기도 파주시 회동길 184
전화 • 031-955-3333
팩시밀리 • 영업 031-955-3399 편집 031-955-3400
홈페이지 • www.changbi.com
전자우편 • ya@changbi.com

한국어판 ⓒ (주)창비 2009
ISBN 978-89-364-5621-4 43850